George Tabori
Ein guter Mord

Zum 25.06.'95

Liebe Claudia,

allerbeste Geburtstagswünsche u.
eine Inspiration für kommende
Urlaubsträume!

Karin

George Tabori

Ein guter Mord

Herausgegeben und mit einem Nachwort von
Wend Kässens

Aus dem Englischen von
Ursula Grützmacher-Tabori

Steidl

Titel der englischen Originalausgabe: »Original Sin«

1. Auflage Februar 1992

Umschlaggestaltung: Klaus Detjen · Gesetzt aus der Bembo der H. Berthold AG, Berlin · Gesamtherstellung: Druckerei und Verlag Steidl, Düstere Str. 4, 3400 Göttingen
ISBN 3-88243-211-X

Je te frapperai sans colère
Et sans haine, comme un boucher,
Comme Moïse le rocher!

Pierre Charles Baudelaire,
Les Fleurs du Mal

Eins

MEA CULPA

Ich sitze hier in unserem Zimmer, wo alles unverändert ist. Mitternacht ist vorüber, das Haus still. Die schlimme Stunde der Hitze ist vorbei. Die Fenster sind offen, die Tür ist offen, die Moskitonetze bewegen sich im Luftzug. Auf der anderen Straßenseite kann ich den armenischen Baumwollhändler gespannt vor seinem Radio sitzen sehen, er trägt ein Handtuch um die Mitte, er fächelt sich mit der Abendzeitung Luft zu, er kratzt sich den Rücken. Aber die schlimme Stunde der Hitze ist vorbei, und ich kann jetzt beginnen: ich, Tristan Manasse, achtundvierzig Jahre alt, Witwer, etwas rundlich, unreligiös, Besitzer der Pension »Malika Farida« in Kairo-Stadt. Ich habe zu Papier und Feder gegriffen, um den Tod meiner geliebten Frau Adela zu erklären, mir selbst zu erklären. Diesen Monolog kann ich hier in diesem Zimmer, wo sie einst gelebt und geschlafen hat, nicht laut halten. Deshalb schreibe ich ihn auf; das Papier wird die Worte schützen.

Ich sitze an Adelas Toilettentisch. Er hat einen dreiteiligen Spiegel, der mein Gesicht dreifach zurückwirft. Auch dieses Gesicht gehört zum Zimmer, und ich sollte es, aus falscher Bescheidenheit, nicht ignorieren. Es ist ein rundes Gesicht mit kreisförmigen Schatten: Fette Wangen, von Stoppeln umrahmt, einige silbern; die Pupillen schwarze Kreise im Oval der Augen, darunter faltige Tränensäcke; ein rundes Kinn, in Wülsten verloren; das einst wellige Haar (so schön wellig!), jetzt im Begriff, schütter zu werden, strähnig, ölglänzend. Auf dem Toilettentisch rosa und blaue Tiegel und Flaschen mit Cremes und Parfums, eine Porzellanschale mit braunem Puder, daneben eine Quaste, eine große mit Stroh umflochtene Flasche Eau de Cologne, eine Schere und Nagelfeilen auf einem Tablett, eine Pinzette für die Augenbrauen, ein abgezupftes Stück Watte, ein Foto von ihr, eigenhändig koloriert, eine Vase mit getrocknetem Jasmin (ihre letzten Blumen), ein Haarnetz, ein angefangener Brief, Tabletten gegen Palpitation, Salbe gegen Transpiration, ein Glas, in dem sie ihr Gebiß aufbewahrte. Die Sandfliegen sitzen still auf dem Spiegel und der Glasplatte des Tisches. Was immer man berührt, man berührt Sand: kleine, spitze Körnchen. Alles ist rauh, vom Sand überzogen: die Feder, der Tisch, das Papier, der Stuhl; Sand an den Wänden, auf dem Boden, Sand zwischen den Zähnen und den Zehen.

Wenn doch nur die Käfer still wären.

Wenn sie still wären, könnte ich anfangen. Das Haus ist still, alle schlafen. Vor einer Stunde sind die Ritchies aus dem Kino zurückgekommen. Das Geflüster des Mannes ist verstummt, das Kind liegt im Bett. Lady Malville war in der Küche, um ihr nächtliches Brot zu stibitzen, und ist vor kurzem zurückgeschlurft. Zouba, der Hausboy, schnarcht im Gang. Alle mit Ausnahme der Käfer schlafen. Sie machen mir keine Angst mehr, aber ich höre sie trotzdem, die winzigen geschäftigen Füßchen. Auch die Käfer sind Realität, wie der zischende Sand und das Radio, wie Ritchies Geflüster, der Bauch des Armeniers, die schlimmen Stunden der Hitze. Ich werde all dies, dazu die ewig feuchten Laken, das lauwarme Wasser, die Gerüche der Straßen, die Sonne und selbst das Bild der Schweizer Alpen über dem Bett, streng ins Auge fassen. Diese Alpen sind blau und weiß und kühl.

Es war an einem Freitagmorgen, vor einigen Wochen, am fünften Tag eines Sandsturms, als ich meine geliebte Frau Adela tot in der Badewanne fand. Wir hatten schlecht geschlafen. Die Fenster waren seit fünf Tagen und Nächten geschlossen. Die Luft um uns herum schien wie Säulen zu stehen. Mit einem leichten Wind sickerte unaufhörlich Sand herein, durch die Fensterrahmen, unter der Tür hindurch. Ich wachte gegen vier Uhr auf. Der Morgen graute, rot vor Sand. Adela lag auf der Seite, den Rücken mir zugewandt. Auf ihren Schultern klebten Sandkörner. Ich lauschte ihren Atemzügen. Eine Weile befürchtete ich, sie könnte erstickt sein; solche Gedanken waren nicht ungewöhnlich. Ich wartete eine Weile, unsicher, ob ich sie wecken sollte, um zu sehen, ob alles in Ordnung war. Aber ich wußte es ja: meine Ängste waren nur die üblichen schlimmen Phantasien. Ich stand auf und ging zum Fenster in der Hoffnung, auf meinem bloßen Rücken den ersten kühlen Wind zu spüren, der das Ende der Hitze und des Sturms ankündigte, aber die Luft stand. Die Straße wirkte vom Sand in der Luft rötlich, der Himmel trüb. Am Ende der Straße konnte ich in der Morgendämmerung den trägen, geschwollenen Fluß sehen. Zwei Männer schliefen im Rinnstein, eingewickelt in weiße Galabiyas, die Füße braun. Alle Fenster in der Straße waren geschlossen. Der Wind jagte den Sand über die Straße: kaum hörbar das Geräusch der Körner auf dem Asphalt. Ich drehte mich zu Adela um. Sie lag da mit hochgezogenen Schultern, das Gesicht halb vergraben, über ihr die Schweizer Alpen. Ich konnte ihre schrumpeligen Ellenbogen sehen. Ihr Haarnetz war beiseite gerutscht; das Überschlaglaken aus Baumwolle lag zusammengeknüllt am Fußende. Eine Hand hing bis fast auf den Boden herunter, der eine Art Eigenleben führte: durch den leisen Wind wurde der Sand aufgerührt. Neben ihr stand ein Stuhl, darauf ein Aschenbecher, ein paar lose Zigaretten, der Wecker, unter dem Glas mit ihren Zähnen ein aufgeschlagenes Buch. Ich konnte die Käfer hören und, wenn ich mich anstrengte, das Schnarchen im Haus: das von Zouba im Gang, von Ritchie, seiner Frau und den anderen. Ich ging hinaus in den Gang bis zur Küche: Zouba lag auf seiner Matratze, sein schönes Gesicht im Halbdunkel, die Arme unter dem Kopf verschränkt, der braune Körper nackt außer einem Lendenschurz. Als ich vorbeiging, rührte er sich, drehte sich zur Wand, so daß sein muskulöser Rücken sichtbar wurde. Ich ging durch den Speiseraum in die Küche, zum Eisschrank, trank ein paar Schlucke Mineralwasser. Als ich ins Schlafzimmer zurückkam, war es eine Nuance heller. Adela lag da wie zuvor.

Ich schlief wieder ein in unserem sandigen Bett und schlief wie benommen zwischen zwei Welten, wie jede Nacht seit Beginn des Sturms. Ich hatte mehrere Träume, aber ich vergaß sie. Etwa eine Stunde später hörte ich Adela umhergehen und wachte auf. Ich sah sie vor dem Spiegel hier stehen und sich kämmen, Haarnadeln in den zahnlosen Mund geklemmt. Sie bemerkte mich nicht gleich. Sie zog ihren Morgenrock an, und als sie sich umdrehte, sah sie, daß ich die Augen offen hatte, und sagte leise: »Ich nehme jetzt ein Bad.« Ich schloß die Augen und versuchte zu schlafen. Ich hörte, wie sie in ihren Hausschuhen über den Boden schlurfte; sie waren sehr laut, diese Hausschuhe. Ich döste ein und wachte wieder auf, und mein erster Gedanke war: Adela – und daß sie womöglich erstickt war. Es war eine schlimme Phantasie wie immer, nur diesmal noch schlimmer. Ich drehte mich um in der Hoffnung, sie läge noch immer im Bett, schliefe, den Rücken mir zugewandt, mit einer Hand bis fast auf den Boden. Aber sie war nicht da. Dann fiel mir ein, daß sie aufgestanden war und am Toilettentisch gestanden hatte, und ich hoffte, es wäre nur ein Traum gewesen und sie hätte nie gesagt: »Ich nehme jetzt ein Bad.« Ich lauschte auf ein Plätschern, aber da waren nur die Geräusche des Windes und der huschenden Käfer. Ich stand auf: das Zimmer war hell, der Morgen noch rot. Ich zog Unterhose und Latschen an und ging in den Gang bis zur Badezimmertür, horchte auf Wassergeräusche. Ich rief leise: »Adela?« Als keine Antwort kam, machte ich die Tür auf, und im selben Moment sah ich sie: halb untergetaucht, lächelnd. Was für ein entsetzlicher Schock! Ich wagte nicht, sie zu berühren. »Zouba!« schrie ich. »Zouba!«

Nach dem Schrei war es still. Dann rührte sich etwas, Füße trappelten, und Türen schlugen. Ich stand inzwischen auf der Schwelle. Sie lag da, freundlich lächelnd; ein runzliges Knie ragte aus dem Wasser, eine Hand hing vom Wannenrand. Ihren restlichen Körper konnte ich von da, wo ich stand, nicht sehen, wollte es auch nicht. Das Milchglas des Fensters war rosa. Ihr Morgenmantel aus Leinen mit Rosenmuster war über einem Stuhl zusammengefaltet. Vor der Wanne lag eine Matte. Der Hahn tropfte wie ein flüssiger Hammer. In einer Ecke über dem Waschbecken waren im Spiegel des Arzneischränkchens ihre Füße zu sehen. Das Wasser war rostbraun vom Sand. Sie lächelte freundlich unter Wasser; ihre Augen schienen geschlossen.

Aber die anderen waren aufgewacht. Zouba setzte sich auf, ein schläfriger Prinz, die Brust so jung und glatt. Mit offenem Mund rieb er sich die Augen und murmelte etwas. »Zouba«, sagte ich ruhig. »Zouba, schnell!« Er zögerte. Er schien wieder einzutauchen in den Schlaf, versuchte, meine Rufe und den Tag zu ignorieren. Aber die Tür hinter ihm ging auf, und er drehte sich um. Ritchie sah um die Ecke, mit seiner winzigen Nase und den winzigen Augen. Er bemerkte mich und kam heraus; er trug einen Regenmantel und sudanesische Pantoffeln, aus denen zwei rosafarbene englische Beine wuchsen. Zouba erhob sich schwankend. »Schnell!« sagte ich wieder. Er bewegte sich langsam, noch immer im Halbschlaf, vielleicht hatte er vom Ende der Hitze geträumt.

»Was ist los?« flüsterte Ritchie und schlich mit seinem Frauengang, die Oberschenkel hörbar aneinanderreibend, näher. Er hielt seinen Regenmantel vorn zusammen.

»Ein Unfall«, sagte ich. »Meine Frau hatte einen Unfall.«

»Oh«, sagte er bekümmert. Er zögerte und sah zurück zu seiner Tür, als wollte er Reißaus nehmen.

»Rufen Sie Doktor Schnurli, bitte«, sagte ich.

Zouba sah mich ein wenig ängstlich an. Dann lächelte er, um mich und die Zukunft gnädig zu stimmen. Wie schön seine Zähne waren, wie weiß und kräftig! Er war sich der Schönheit seines Lächelns bewußt; er lächelte aus Angst, obwohl er noch nicht wissen konnte, was geschehen war; er lächelte nicht aus Zufriedenheit oder Heiterkeit. Ich packte seinen heißen, sandigen Arm und zog ihn mit mir. Er sträubte sich. Ich sagte freundlich: »Du mußt mir helfen.«

Ich zog ihn zur Badezimmertür: sein Gesicht fiel zusammen, sein Mund öffnete sich, er sagte »O Allah« und sog zischend die Luft ein; dann sah er mich an und dann wieder sie und wandte sich ab. Ich ließ seinen Arm los und trat ins Badezimmer. Ich nahm den Morgenrock und legte ihn über sie, und das rosafarbene Wasser sog rasch das Leinen an und zog es dicht über ihren Körper. Das Wasser war, bis auf den tropfenden Hahn, ruhig und ohne Blasen. Ich beugte mich über sie, berührte ihre Hand und ihr Knie. Dann hoben meine – im Wasser so fremden Hände – sie in den Achselhöhlen an. Ihr Kopf fiel nach hinten über den Wannenrand, Wasser lief ihr das Gesicht und den Hals herunter. Noch immer lächelte sie freundlich. Am Ende des Ganges konnte man Dr. Schnurlis und Ritchies Schlurfen näherkommen hören. Dr. Schnurli ist der, der uns das Gemälde mit den Alpen geschenkt hat.

Dr. Schnurli untersuchte sie, Dr. Schnurli sagte: »Sie ist tot.« Graziös wie ein Tänzer breitete er auf dem Sofa ein Tuch über sie. Wir standen im Gang und warteten. Ritchie flüsterte verlegen: »Wie schrecklich.« Seine Frau, die Polin, trat zu uns, mit dicker weißer Salbe über ihrem Ekzem, im geblümten Baumwollmorgenrock, das Haar mit einem Tuch hochgebunden, die Augen funkelnd vor Erregung. Auch Lady Malville war da: sie ging umher und schenkte Kaffee ein, ihr gebräuntes Pergamentgesicht tausend Jahre alt; die Runzeln um ihren Mund bewegten sich, als sie ein Stück Brot kaute. Dr. Schnurli drehte sich auf den Zehenspitzen einmal um sich selbst; wie graziös seine Finger waren! »Sie muß eingeschlafen sein«, verkündete er, nickte dabei und sah uns alle nacheinander ernst an. Er sah uns immer ernst und warnend an. Er ging zurück ins Badezimmer und wusch sich lange die Hände und trocknete sie sorgfältig ab und untersuchte bei Licht seine schorfigen Handflächen nach Hitzeblasen. »Man muß die Polizei benachrichtigen«, sagte er.

Inzwischen war es richtig Morgen geworden. Irgendwo, wußten wir, war die bleierne Sonne hinter dem Vorhang aus Sand hervorgekommen. Wir standen in unserem Zimmer, tranken Kaffee und warteten auf den Krankenwagen und die Polizei. Sie waren nett zu mir, unsere Mieter; sie sorgten dafür, daß ich mich setzte; Ritchie schlich davon, um Zigaretten zu holen; Lady Malville machte ein Sandwich und beobachtete es hinter ihrer billigen Brille hervor; Zouba stand verängstigt, abseits von allem, im Hintergrund; der Doktor schrieb seinen Bericht, berührte Papier, Feder und Tisch vorsichtig: er fürchtete um seine Hände. Die Polin redete ohne Pause, knabberte an ihren Niednägeln, ihre blaßblauen Augen blitzten. Ich hörte nur einen langen, gleichmäßigen Fluß von Worten, als spräche sie in einer fremden Sprache. »Arme Mrs. Manasse arme Mrs. Manasse wie schrecklich wie schrecklich erst gestern gestern erst hat sie gesagt sie muß eingeschlafen sein oder ohnmächtig geworden arme Mrs. Manasse erst gestern« – so etwa klang sie für mich, die Polin.

Sie waren nett zu mir. Es tat ihnen leid um Adela. Plötzlich, im gleichmäßigen Fluß der Worte, hörte ich die Polin sagen: »Erst gestern hat sie mir von einer Apotheke erzählt wie nett von ihr wie nett.« Beim Sprechen sah sie sich im Zimmer um. So sind die Frauen, schnüffeln in anderer Frauen Reich auf der Suche nach wer weiß was. Ihre blassen Augen musterten das Zimmer. Sie sah die Alpen, den Toilettentisch, das Glas mit den Zähnen, und ihr Blick schweifte immer wieder zurück zum zerwühlten Bett: Frauen lieben es, die Betten fremder Leute zu inspizieren. Ich fragte mich, wonach sie suchte. Ich ging zum Fenster, und ihre Stimme versank wieder im fremden Fluß der Worte. Unten auf der Straße war gerade der Milchwagen angekommen. Hafouli und sein Bruder hievten die schweren Kannen heraus. Sie machten einen Riesenspektakel, brüllten sich wie immer an, fluchten und drohten. Hafouli öffnete eine Kanne, steckte seine schwarze Hand hinein, zog sie mit einer Handvoll Sahne, die an Fingern und Handfläche kleben blieb, heraus und schleckte sie ab. Am Adamsapfel war seine Gier zu erkennen. Ahmed, unser Koch, kam heraus, um die Milch zu holen.

»Unglücksrabe«, schrie er Hafouli an; den Rest bekam ich nicht mit. Die Armenier im Haus gegenüber standen gerade auf; das Radio knackte laut hinter ihren geschlossenen Fenstern. Wie immer hatte er ein Handtuch um seine Mitte geschlungen, ging herum, fächelte sich mit der Morgenzeitung Luft zu und meckerte mit seiner Frau, die in der Küche das Frühstück machte. In diesem Moment kamen der Notarztwagen und ein Polizist. Der Armenier verstummte, ging ans Fenster, starrte hinunter zum Wagen, rief seine Frau, vergebens, rief ein zweites, ein drittes Mal, und sie kam, eine kleine, graue Frau mit hervorstehenden Augen und Schnurrbart, in ihrem rosafarbenen Burnus, eine Schüssel in der Hand. Sie starrten beide zum Notarztwagen, zu den beiden Sanitätern hinunter, die mit einer Trage herauskletterten. Hafouli und sein Bruder gafften auch, stellten Fragen; die Sanitäter stellten ihre Trage ab und antworteten. Zusammen mit Ahmed waren sechs Leute auf der Straße (dazu die zwei, die noch im Rinnstein schliefen) und sprachen über, dessen war ich mir sicher, meine arme Adela. Sie alle, samt den Armeniern und jenen hinter meinem Rücken in unserem Zimmer, freuten sich, das wußte ich: der Unfall lenkte sie ab von der Hitzewelle und dem Sand.

Aber für wie lange? Zehn Minuten, eine halbe Stunde, fünfundvierzig Minuten? O nein. Sie versuchten alle ihr Bestes, doch vergebens. Die Polin redete ohne Unterlaß, Lady Malville hörte zu und kaute, der Doktor schrieb, Ritchie ging noch einmal nach dem Kind sehen, die Armenier hinter ihren Fenstern verzogen aufgeregt die Gesichter; sie sahen komisch aus mit ihren tonlosen Grimassen. Wie lange? Schon kam der Wind in plötzlichen Stößen. *Puff,* machte er, und rote Sandschwaden fegten die Straße entlang zum Fluß. Wieder *puff,* die Fenster klapperten, und dünn pfeifend zischte der Wind in die Häuser. Eine weitere Böe brachte größere Schwaden, stob den Staub der Nacht auf, fuhr unter Galabiyas. Hafouli, zum Beispiel, stemmte sich gegen den Wind, kniff die Augen zusammen, sein Rock flog hoch; man konnte sehen, wie sein Adamsapfel gegen den Sand ankämpfte. Einer der Männer im Rinnstein bewegte sich, hob den Kopf, sah sich um, zog den Kopf wieder zwischen die Schultern. Wie Läufer in einem Wettrennen eilten Sandkügelchen, Papier- und Stoffetzen, Gemüsereste die Straße entlang. In der ganzen Stadt, wußte man, waren die Straßen lebendig mit dieser wandernden Masse von Staub und Sand, die sacht pfeifend auf den Fluß zueilte, sich ins angeschwollene Wasser ergoß und es rötete; der Fluß nahm alles mit zum Meer. Obwohl doch das Meer, wic man wußte, blau war.

Die Sanitäter und der Polizist kamen, begleitet von Hafouli, seinem Bruder, unserem Koch Ahmed, und (wie sich herausstellte) einem der Männer aus dem Rinnstein, den Gang entlang. Es gab einen Aufruhr, und einige Leute brüllten. Durch die offene Tür konnte man sehen, wie sich alle vor dem Badezimmer versammelten. Sie stießen sich beiseite, um einen Blick zu erhaschen. Der Polizist erschien und brüllte, um die Ordnung wiederherzustellen. Einer der Sanitäter schrie: »Es ist unmöglich, unmöglich, unter diesen Umständen seine Arbeit zu tun!« Ein murmelnder Chor antwortete. Doktor Schnurli sprang behende vom Stuhl auf und eilte vor.

»Ruhe, ihr!« sagte er.

Sie verstummten und drehten sich um. Viele dunkle Gesichter, vor Hitze glühend, lugten zu uns herein. Im Hintergrund erhob sich ein Gemurmel, und jemand stieß einen anderen beiseite. Der Polizist trat vor.

»Seid gegrüßt, Herr«, sagte er gewichtig.

Ich kannte diesen Polizisten, einen kräftigen Mann aus Oberägypten, eingesetzt als Wache bei den Baracken, nicht weit von uns. Er kam des öfteren wegen des Meldebuchs, und Adela gab ihm etwas zu essen, eine Tasse Kaffee oder Zigaretten. Er kam sich wichtig vor. Er drehte sich zu den anderen um:

»Elendes Gesocks«, schrie er. »Banditen! Räuber! Verschwindet auf der Stelle!«

Man konnte Geflüster und das Geräusch nackter Füße hören.

»Kommen Sie herein«, sagte ich.

Er nickte mit dem großen Kopf und bellte, um seine Autorität noch einmal zu bekräftigen, in den Gang hinaus: »Hurenböcke, gotteslästerliche Bastarde, hinaus mit euch!« An die Sanitäter gewandt, fügte er hinzu: »Setzen Sie auf der Stelle Ihre Arbeit fort.«

Er trat ins Zimmer, nahm den Fes ab und wischte sich die Stirn. Am Ansatz des schwarzen Kraushaares war ein roter Streifen zu sehen, der Abdruck des Feses.

»Gestatten Sie, daß ich Ihnen mein Beileid ausspreche«, sagte er. Ich nahm eine Zigarette aus der Schachtel und bot sie ihm an. »Allah, was für ein Unglück!« fügte er hinzu.

»Vielen Dank, Gendarm. Nehmen Sie Platz.«

Er ließ sich vorsichtig auf einem Stuhl nieder, wobei er sich umsah. Seine Augen blieben, wie die aller anderen, an den Alpen hängen: er seufzte.

»Ich werde einen Bericht schreiben müssen«, verkündete er unglücklich. Er knöpfte die oberste Tasche seiner weißen Tunika auf und holte ein Notizbuch mit einem kleinen Bleistift hervor. »Ein Unfall, ja?« Er seufzte wieder. »Trotzdem, einen Bericht muß ich schreiben.« Er betrachtete den Notizblock und den Bleistift (der sehr klein in seiner großen schwarzen Hand wirkte); er wünschte, er müßte diesen Bericht nicht schreiben, er wünschte, er wäre an seinem dunklen Posten und könnte Kaffee trinken oder etwas Süßes lutschen.

»Allah, was für eine Katastrophe!« Damit meinte er, das war deutlich, die ganze Welt.

Ich bat Zouba, mehr Kaffee zu kochen. Er ging schnell und dankbar hinaus und Lady Malville mit ihm. Aber die Polin blieb nur zu gern. Sie setzte sich aufs Bett und sah den Polizisten in Erwartung jeder nur denkbaren Frage an.

»Was für eine schreckliche Hitze!« Der Polizist öffnete und schloß sein Notizbuch.

Doktor Schnurli trat mit graziösem Hüftschwung auf Zehenspitzen zu ihm und sagte: »Hier ist mein Bericht.« Er streckte ein Blatt Papier aus. Der Polizist starrte es an, dann sah er unglücklich zu ihm auf. »Mrs. Manasse ist an Herzversagen gestorben.« Wie die Stimme des Doktors sang! »Sie hatte ein sehr schwaches Herz«, fügte er warnend hinzu, als wollte er sagen: Ihr habt alle sehr schwache Herzen.

»Danke, Doktor.« Dem Polizisten war ganz elend wegen des Berichts. Ohne einen Blick darauf zu werfen, fragte er: »Arabisch?«

»Französisch«, antwortete der Doktor.

Der Polizist war erleichtert. »In dem Fall muß er von einem vereidigten Übersetzer übersetzt werden.« Er faltete das Blatt zusammen; dabei fiel sein Blick auf seinen Notizblock und den Bleistift, und seine Erleichterung schwand.

»Trotzdem, ich muß selbst einen Bericht schreiben.«

Er öffnete das Notizbuch. Der Doktor ging in den Gang, um sich noch einmal die Hände zu waschen.

Der Polizist leckte an seinem Bleistift und begann zu schreiben, wobei er die breiten Lippen bewegte.

Der Doktor schüttelte das Wasser von den Händen und nahm mit zwei spitzen Fingern ein sauberes Handtuch, rieb sich die Hände daran trocken und inspizierte dann seine Handflächen und die Fingerzwischenräume.

Die Polin war bereit, jede Frage zu beantworten, und fixierte den Polizisten.

»Name?« fragte mich der Polizist.

»Adela Manasse, geborene ... «

Der Polizist hob protestierend die Hand. »Eins nach dem anderen, wenn ich bitten darf.« Er schrieb große, ungelenke Buchstaben. Dann sah er wieder auf. »Geborene?«

»Geborene Lapsos.«

»Lapsos.«

Er seufzte. »Wo?«

Die Polin öffnete den Mund, sah mich an, schloß ihn wieder.

»Port Said«, antwortete ich.

»Port Said.«

Der Polizist war müde. Er wollte sich ausruhen. Er legte den Notizblock auf seinen Schoß, zog an seiner Zigarette, schluckte, sah auf die Alpen und schüttelte den Kopf.

»Allah, wie jung sie war«, sagte er.

Es war eine Weile still; er kämpfte mit sich, ob er weitermachen sollte; er muß an die vielen noch offenen Fragen gedacht haben: Geburtsdatum, Wohnsitz, Ort des Unfalls, Name des Vaters, Name der Mutter, Name des... Die Liste schien endlos. Er seufzte tief.

»Erst gestern ...«, begann die Polin.

Der Polizist sagte »Entschuldigung«, öffnete seinen Kragen, holte ein schmutziges Taschentuch hervor, wischte sich über den Hals, betrachtete das Taschentuch, faltete es auseinander, rollte es wieder zusammen und wischte sich den Hals noch einmal.

»Erst gestern ...« Die Polin wollte ihre Chance nutzen. Der Polizist hörte ihr wohlwollend zu: inzwischen konnte er sich erholen. Aber ganz glücklich war er nicht. Er wußte, es mußte weitergehen, und die Liste war endlos. Er öffnete die Beine wie eine Schere, legte die Hände auf die Knie und hörte zu.

»Erst gestern hat die arme Mrs. Manasse die arme Frau gesagt ich solle zur Apotheke gehen die englische Apotheke wissen Sie da solle ich hingehen ich leide nämlich schon seit Monaten an einem Ekzem« – die Hände hoben sich verzweifelt – »seit Monaten weiß ich nicht ein noch aus und die arme Mrs. Manasse sie war immer freundlich zu mir sie hat gesagt Mrs. Ritchie hat sie gesagt warum versuchen Sie es nicht mal bei Layton?« Sie holte tief Luft. »Warum versuchen Sie es nicht mal bei Layton hat sie gesagt.« Ihre blaßblauen Augen waren vollkommen ausdruckslos. »Erst gestern.« Und heute ist sie tot, drückten ihre Schultern achselzuckend aus.

Der Polizist führte die Knie zusammen, wobei seine Stiefelspitzen vorn auseinandergingen und wie bei einer Schere an den Fersen zusammenklappten. Er wollte etwas Angemessenes sagen wie zum Beispiel: »So ist das Leben« oder »So sind Allahs Wege«. Aber er war zu müde, und so verdrehte er nur die Augen zur Decke.

Und plötzlich, als sie Adela hinausschafften, legte sich der Sturm. Welch ein Wunder! Wir saßen im Zimmer wie zuvor: der Polizist, Mrs. Ritchie und ich. Doktor Schnurli wollte gerade gehen. Er verbeugte sich ernst und stieg über die Bettkante, wobei er die graziösen Finger auf und ab bewegte, um sie zu lüften, nehme ich an. Kurz bevor er die Tür erreichte, blieb er wie angenagelt stehen. Er stand reglos wie eine Statue, lauschte und starrte ins Leere. Wir sahen zu ihm auf. Er schürzte die Lippen, verengte die Augen zu Schlitzen, eine Hand in der Luft, die Finger gespreizt, den kleinen Finger delikat abgewinkelt. »Was ist denn, Doktor Schnurli?« fragte jemand. Er legte einen Finger an die Lippen; mit dem Anflug eines Lächelns ging er auf Zehenspitzen zum Fenster. Ungefähr zu der Zeit spürte auch ich die unerwartete Erleichterung in der Luft und irgendwo an meinem Hinterkopf das Nachlassen der Hitze. »Kommen Sie«, sagte der Doktor. Skeptisch, aber voller Hoffnung, folgte ich ihm zum Fenster. Vor unserer Tür versammelte sich eine Menschenmenge. Ahmed erschien großspurig, drängte die Leute beiseite, um Platz für die Sanitäter zu machen, die mit langsamen rhythmischen Schritten die zugedeckte Gestalt auf der Trage hinausbrachten. Alle möglichen Leute waren in der Menge: der Armenier mit seiner Morgenzeitung, ohne Kragen, mit großen nassen Flecken auf dem Hemd, mehrere Frauen mit Brotlaiben, der zweite Mann aus dem Rinnstein, der mit gequälter Miene auf dem Pflaster saß, zwei Soldaten, ein Straßenfeger, der die Szene beobachtete und geistesabwesend Schmutz und Staub herumfegte, ehrfürchtige Kinder und ein kleiner gedrungener Mann mit grauem Filzhut. Hafouli und sein Bruder traten feierlich, als seien sie Angehörige der Verstorbenen, aus der Haustür; auch sie scheuchten die Versammlung beiseite. Ein paar Neuankömmlinge eilten herbei, um an Ort und Stelle zu sein, bevor die Trage in den Wagen gehoben, die Tür geschlossen würde, die Aufregung vorüber wäre. Es herrschte große Bewegung, aber plötzlich kehrte Ruhe ein. Alles stand still, lauschte und starrte ins Leere; selbst die Sanitäter hielten inne. Und dann, wie zur Bestätigung, wurde ein Fenster, das erste im dritten Stock eines Hauses ein Stück die Straße hinunter, krachend aufgestoßen, und das fröhliche Gesicht eines Kindes erschien. Die Menge war immer noch reglos; zwanzig oder mehr standen unbeirrt und warteten: mißtrauisch, skeptisch, erwartungsvoll wie Millionen andere in der Stadt, in dampfenden Straßen und Gassen und Wohnungen, und Millionen draußen vor der Stadt auf ausgetrockneten Wegen und überschwemmten Äckern, wo dicker Dunst wie übler Atem hochstieg. Wer, welcher Spion, hat es zuerst bemerkt? Überall in dieser stickigen, rötlichen Welt hielten die Menschen inne: sie lauschten mit Haut, Nüstern und Nacken, und dann sahen ihre entzündeten Augen das erste blaue Dreieck am Himmel.

Es tauchte ein wenig nördlich von uns über dem Fluß auf: ein kleines blaues Fenster. Es sah aus, als würde es von jemandem aufgedrückt, schnell wurde es größer. Die Menge in unserer Straße reckte, noch immer mißtrauisch, die Hälse. Aber dann blies eine neue Art Wind durch die Straße, sein frischer Atem war unverkennbar. Der Doktor nickte und öffnete das Fenster. Wir spürten den kühlen Wind. Der blaue Fleck am Himmel wurde größer. Die Menge jubelte. Die Sanitäter setzten kurz ihre Trage ab, hoben die Arme und drehten sich um. Andere drehten sich im Kreis. Frauen rannten mit der guten Botschaft nach Hause. Kinder hüpften herum. Hafouli betete, und sein Bruder schenkte Gratismilch aus.

»Gelobt sei der Herr«, sagte Lady Malville zahnlos und spuckend. »Ich gehe und koche uns Tee.«

Wirklich, es war wie die Auferstehung: die toten Häuser und Straßen erwachten zum Leben. Überall beugten sich Menschen weit aus den Fenstern und winkten einander zu.

Von meinen wunden Schulterblättern zu den dampfenden Baumwollfeldern und der trockenen Wüste: der neue starke Wind blies überall. Der alte Staub wurde weggefegt. Der Straßenfeger begann seine Arbeit.

Ein Sprengwagen fuhr in unsere Straße, spritzte Fontänen, halbnackte Gören im Kielwasser, die brüllten und tanzten und sich wie wild im Kreise drehten.

Am Himmel war jetzt ein gänzlich blauer Streifen, und die Sonne war wieder golden. Der Doktor hob die Hände und inspizierte seine Handflächen in dem neuen Licht, hielt sie in die Brise und bewegte die Finger.

Dann sah ich wieder hinunter. Die Menge war verschwunden. Hafouli und sein Bruder fuhren, ihre Pferde antreibend, mit scheppernden Kannen davon. Die Sanitäter hoben mit einem fröhlichen Schwung die Trage in ihren Wagen, schlossen die Tür, kletterten ins Führerhaus, fuhren davon in Richtung Fluß. Ich blieb lange am Fenster stehen und genoß das Ende des Sandsturms.

Kommen wir nun zu Adelas Mördern.

Denn wer glaubt schon, daß es ein Unfall war? Als ich sie in der Badewanne liegen sah, eine Hand vom Rand hängend, wußte ich sofort, was geschehen war. Dieser Frieden, diese Hingabe, dieses Lächeln! Seit Jahren hatte ich ihr Gesicht nicht so froh gesehen. In dem Augenblick, bevor sie starb, muß sie den Sinn des Lebens, auch des Todes, das Ende des Schmerzes erfahren haben: das Ende eines verblühten Körpers, das Ende des Sandsturms. Sie starb als glückliche Frau, aber nur weil die Mörder ihr zuvor das Leben zur Hölle gemacht, sie verfolgt, sie umzingelt hatten wie eine Meute Hunde. Was blieb ihr außer der Flucht? Sie hätten ihr ein paar weitere qualvolle Jahre zugestanden, und schließlich wäre sie doch erlegen.

Unfall? Blödsinn.

Der Doktor hatte von Herzversagen gesprochen: ein Krampf, ein paar Keucher, ein Schrei, den niemand hören konnte. Aber ich kannte ihre Anfälle: die kindischen Schmerzensgrimassen, die schlaffen Lippen, die faltige Hand, die sich an ihre Brust preßte. Nur – wo waren diese Gesten und das verzerrte Gesicht jetzt? Sie lag in der Badewanne mit einem letzten Lächeln, ihr Körper in großer Erleichterung. Sie hatte, da bin ich mir sicher, einfach dagelegen und sich dem kühlen Bade hingegeben. Sie genoß es und schloß die Augen. Ein-, vielleicht auch zweimal, blickte sie auf und sah das Fenster und den Sand, der über den Boden kroch, sah die ersten Fliegen erwachen und in Schwärmen ihre Jagd auf Fleisch beginnen und wie ihre Vettern, die Sandfliegen, mit einem plötzlichen Sirren herabtauchen und sich einem auf Ohrläppchen oder Nasenflügel setzen; sie sah ein Stück vom Spiegel und darin ihr runzliges Knie. Sie sah all das und lauschte: dem gleichmäßigen Pfeifen des bösen Sandes, dem Gemurmel im Haus, dem Ächzen der Möbel. Der Sand und die Fliegen und das runzlige Knie, was bedeuteten sie ihr? Sie dachte an die lauwarmen Laken und an meinen armseligen Körper, mein schütter werdendes, öliges Haar, an ihre Zähne im Glas, den staubigen Markt, auf den sie am Vormittag gehen mußte. Sie dachte an den flüsternden Ritchie, die nach Eßbarem jagende alte

Dame, den wichtigtuerischen Armenier, der nackt herumstolzierte, an das Murren und Meckern der Diener, an die jaulende Musik aus dem Radio, das Geschrei der Eingeborenen, an den Gestank. Seit fünf Tagen schon waren alle Fenster geschlossen: die Luft stand sauer um uns herum. Durch die Rahmen der geschlossenen Fenster sickerte Sand herein. Er brachte die Verwesung der Straßen mit sich, den geklumpten Schweiß von Millionen. Der Straßenfeger war seit zwei Tagen nicht dagewesen: getrockneter, zu Staub zerbröselter Dung wurde vom Wind erfaßt, kroch, mit Sand vermischt, in die Häuser. Sie dachte an all das. An den Klempner, der im Haschischrausch lag und nicht kam, um die Toilette zu reparieren: während dieser fünf Tage hatte sie die Mieter ständig an der Klosettkette zerren hören.

Das Wasser war kühl, die Torturen des kommenden Tages lagen noch fern. So lag sie da, kleine Klagelaute ausstoßend, im Bewußtsein, daß die Kühle des Wassers sich bald in irritierende Wärme verwandeln würde; sie wußte, wenn sie herausstiege und ein paar weitere kühle Sekunden gewänne, indem sie sich nicht abtrocknete, würde das Zimmer mit seinen üblen Gerüchen auf sie warten. Ihr Bett würde zerwühlt bleiben: es würde keinen Schlaf mehr geben, ein langer Tag dehnte sich vor ihr. So lag sie einfach da und fand sich mit allem ab. Sie schloß die rotgeränderten Lider. Ihr Gesicht war heiß, im Gegensatz zu ihrem Körper unter Wasser; sie rutschte etwas tiefer, und das

Wasser benetzte Kinn und Ohren. Wie angenehm das gewesen sein muß! Aber auch Stirn und Wangen sehnten sich nach der kühlen Berührung. Tiefer und tiefer rutschte sie, indem sie ein runzliges Knie anzog, um mehr Platz für den Kopf zu gewinnen. Tiefer und tiefer. Sie dachte an ihre Mörder, und ganz natürlich sagte sie sich: Ich bin allein. Das Summen einer Fliege, ein Hauch von faulen Eiern, Ritchies Schnarchen mit offenem Mund oder einfach eine unbestimmte Angst ließen sie tiefer sinken. Da ließ sie es fahren, dieses Klammern an den Irrsinn, der uns ans Leben kettet. Das Leben selbst war ihr Mörder, der Hauptschmerz jedes Tages: Sand, Sonne, Hitze, Staub, die langsame Hand des Alterns.

Jeden Frühling und Herbst sammelt sich in der großen Wüste ein Sandheer und setzt sich süd- und west- und nordwärts in Marsch, für mich geheimnisvoll wie die Gezeiten des Meeres: welch böse Hand, welch böser Geist schickt es auf den Weg? Über die weiten Ebenen frißt sich der Sturm seinen Weg, wächst und wächst, hüllt alles ein, auch die Luft selbst, und drückt wie eine große Dunstglocke auf die Erde herunter. Nichts kann ihn aufhalten, und wenn er unser grünes Tal erreicht, verstellt er den Horizont: eine bleierne, rötliche Wand. Diese riesige Wand lehnt sich über den Himmel und verdunkelt Sonne, Mond und Sterne; bevor sie auf unsere Stadt niedergeht und den Atem aus uns herauspreßt, zögert sie noch. Aber zunächst, so scheint es, schickt sie Späher aus: einen leichten Wind, Sandkörner, ein paar fliehende Vögel. Die Älteren kennen es schon; ihre Knochen spüren den sengenden Atem ein paar Tage im voraus. Dann eines Morgens wacht man auf:

Der Vorabend war noch kühl, aber der Winter, das wußte man, ist vorüber. Die Ölöfen sind verstaut. Die Bäume auf der Allee haben ihre graue Farbe verloren. Auf der Insel Gesira sehen die Palmen naß aus, und die Rasen der Engländer sind smaragdgrün. Der Hibiskus hat ein blutiges Gesicht, und wenn man nach Maadi fährt, wird man von der Süße der Nachthyazinthen und der fleischigen Calla mit ihren gelben Zungen begrüßt. Die Dämmerung ist blaßblau und der Horizont blutunterlaufen. Vom Meer kommt eine Brise, und auf den Alleen sieht man junge Mädchen in engen Kleidern, die alte Sehnsüchte wecken. Auf den Trottoirs stehen kleine Tische und Stühle, und die Parks sind voller Menschen. Abends kommen die Bettler aus ihren Höhlen und bevölkern die Bürgersteige; die Verdecke der Gharrys sind heruntergelassen, und in der Nacht sind die großen Denkmäler der Paschas wie Väter. Aber eines Morgens wacht man auf:

Es ist nichts, wirklich nichts außer einer kleinen Schwere, einem leichten Druck. Man denkt sich nichts dabei. Erst später, in der Rückschau, weiß man, daß es so angefangen hat. Wir, die Älteren, spüren es in den Knochen; wir haben so viele

Chamsine erlebt, schlimme und schwarze, lange und kurze, leichte und unerträgliche. Zuerst achtet man nicht darauf: schließlich ist man nicht mehr ganz jung; das Gift des Alters und des Tabaks trübt den Geist, und Träumen macht müde. Das wird kein guter Tag, denkt man sich an diesem Morgen, während man resigniert wie angesichts des nahenden Todes aus dem Fenster den Himmel betrachtet. Man verweilt im Bett, versucht, zurück in den Schlaf zu sinken. Man dreht und wälzt sich, und die Laken kleben am Rücken. Eine Tasse Kaffee würde jetzt guttun. Man steht auf, duscht, und in jenen paar Sekunden, in denen man nach dem Handtuch greift, läuft einem ein Schauder über den Rücken. Noch immer tut man es ab. Man fühlt sich ein bißchen heiß, an der Schläfe pocht laut die Arterie, beim Anblick des Frühstücks dreht sich einem der Magen um, der Besuch des stillen Örtchens ist ein Fehlschlag, und der erste Diener, der einem entgegenkommt, wird angebrüllt: »Sohn des Unheils, ich mache dir Beine!« Diesmal war es genauso, nur noch schlimmer.

Adela war eingespannt bis zum Lunch. Sie ging auf den Markt, um Gemüse und Obst zu kaufen, und schaute beim Fleischer Angoulis (einem entfernten Verwandten) vorbei, um sich zu beschweren. Auf dem Weg nach Hause traf sie eine gewisse Mrs. Tewfik, die Frau eines Anwalts, über die sie sich aufregte. »Diese Person!« erzählte sie beim Lunch. »Ihr Mund rasselt wie eine Klapperschlange.« Sie war bleich. Unter ihren Augen lagen dunkle

Ringe, sie schluckte viel, klagte über Kopfschmerzen. Wir saßen im überfüllten Speiseraum; das Kind der Ritchies wollte seinen Spinat nicht essen; über das Summen der elektrischen Ventilatoren hinweg war Ritchies endloses Geflüster zu hören.

Wir freuten uns auf die Siesta. Eine gewisse Elena, eine Schulfreundin von Adela, würde nachmittags zum Kaffee kommen, jemand namens Papagos vielleicht vorbeischauen; wir hatten nicht viel Zeit zum Ruhen. Nach dem Lunch ging Adela in die Küche, um mit Ahmed, dem Koch, das Abendessen zu besprechen. Dann kam sie in unser Zimmer. Als sie eintrat, war ich schon ausgezogen. Sie war schlecht gelaunt. Sie sagte: »Laß die Jalousien herunter.«

»Gleich«, sagte ich, nach Zigaretten suchend.

»Herrgott, laß die Jalousien herunter.« Sie klang gereizt. »Diese schrecklichen Leute können ins Zimmer sehen.«

Die Armenier, die sie haßte, konnten seit fünfzehn Jahren in unser Zimmer sehen.

»Laß sie doch.« Ich versuchte es mit Humor: »Ich sehe genauso gut aus wie er, oder?«

Sie schnaubte verächtlich, ich drehte mich zu ihr um. Sie setzte sich mit leer werdendem Blick aufs Bett. Sie seufzte, und sie muß etwas gedacht haben, daß mit mir, dem Zimmer, den Armeniern nichts zu tun hatte.

Nachdem ich die Zigaretten gefunden hatte, zog ich die Jalousien herunter und die Vorhänge vor, da ich wußte, daß die Nachmittagssonne auf unsere Straßenseite scheinen würde. Während ich das tat, sagte ich mir plötzlich: »Wie dumm von mir! Es ist doch noch nicht Sommer! Die Frühlingssonne kann doch noch gar nicht so heiß sein!« Aber irgendwie war sie es doch, und die Hitze lastete schwer. Ich zündete mir, bevor ich mich hinlegte, eine Zigarette an; der erste Zug traf auf eine wunde Stelle in meinem Hals. Ich schluckte und räusperte mich: wieder tat es weh. Ich rollte die Zigarette zwischen den Fingern und prüfte, ob sie nicht vielleicht zu fest gedreht war.

Adela saß regungslos auf dem Bettrand.

»Was ist mit dir, mein Engel?« fragte ich. »Elena kommt um vier, ruhe noch ein wenig.«

Sie antwortete nicht.

An ihrem Haaransatz waren Stoppeln zu sehen. Zwei Jahre zuvor hatte sie sich das Haar abschneiden lassen, und man schor und rasierte sie immer zu knapp.

Ich sagte freundlich: »Sei lieb und komm zu Bett.«

Sie stand auf und ging ums Bett herum zum Toilettentisch.

»Ich wünschte, Elena würde nicht kommen«, sagte ich in der Hoffnung, eine unfreundliche Bemerkung über Elena könnte sie zum Sprechen provozieren.

Mit wütendem Gesicht fuhr sie herum. »Was hast du gegen Elena?« Ihre Stimme war schrill. »Ich lasse nicht zu, daß du über sie herziehst!« Sie knallte den Kamm auf den Tisch und wandte dem

Spiegel den Rücken zu. (Sie wußte, daß sie häßlich aussah, wenn sie wütend war.) »Was hast du eigentlich gegen Elena,« – es folgte ein Wortschwall, unterbrochen von Japsern nach Luft – »gegen Elena? Was, frage ich dich, sie ist hundertmal besser als irgendeiner« – Japser – »deiner dämlichen Freunde, die zum Schachspielen kommen, das Zimmer verpesten und Schweinereien erzählen, hundertmal,« – noch ein Japser – »hundertmal besser ist Elena, treu ist Elena immer da, wenn man sie braucht, wenn ... « Sie schwieg und brach in Tränen aus.

O Allah, dachte ich. Es war besser, nichts zu sagen; sollte sie sich beruhigen. Insgeheim rechnete ich: es standen uns vier, fünf schwierige Tage, vielleicht eine Woche, bevor, mit schlaflosen Nächten, Kompressen und großer Gereiztheit; vielleicht sollte ich besser meine Cousine in Port Said besuchen und Adela mit Elena zurücklassen.

Als sie zu weinen aufhörte, war ihr Gesicht noch älter und grauer. Ich fragte mich, was sie weniger reizen würde: wenn ich die Zeitung läse, sie freundlich ansähe oder zur Decke starrte. Ich beschloß, sie anzulächeln. »Sei lieb und ruh dich aus, mein Engel.«

Wieder wurde ihr Blick leer. Sie starrte in den Spiegel und begann langsam ihr Gesicht einzucremen. »Dieser Trauerkloß von Twelve hat sich achtzig Piaster vom Koch geborgt«, sagte sie. (Der »Trauerkloß« war ein Mieter aus Mytilene, Konstantinopoulos mit Namen.) Ich war froh, daß sie das gesagt hatte. Ich griff nach meiner Zeitung; sie hörte auf, ihr Gesicht zu bearbeiten, beugte sich vor, starrte ihr Spiegelbild an, riß ihr Gebiß heraus und knallte es auf den Tisch.

»Aber, aber«, sagte ich. »Komm zu Bett, Liebes.«

Sie schlief erschöpft ein. Ich konnte nicht schlafen. Ich drehte und wälzte mich, aber meine Glieder begannen zu schmerzen, und das Zimmer wurde heißer. Ich versuchte eine neue Zigarette; sie schmeckte bitter. Mein Hals schmerzte jetzt stark. Ich döste ein und wachte wieder auf und öffnete die Augen, und auch sie schmerzten, und da wußte ich, daß der Chamsin gekommen war. Ein bißchen versuchte ich noch zu hoffen. Ich untersuchte, was ich empfand: im Hals, in den Augen und den Gliedern und bemerkte plötzlich im Spalt zwischen den Vorhängen, daß der Himmel nicht mehr blau war. Ich lauschte: noch war nichts zu hören. Ich wartete eine Weile. Ich räusperte mich und konnte das Mittagessen auf der Zunge schmecken. Dann, etwa gegen drei Uhr, sah ich, wie der erste feine Sand vom Fenstersims rieselte.

Gleich stand ich auf. Ich ging zum Fenster. Der Himmel wurde grau. Auf der Straße gab es bedrohliche Bewegungen. Ein Mann blieb stehen, blickte nach oben. Eine Frau mit Baby fing an zu laufen. Die Bäume schwankten. Der Armenier, diesmal nackt bis auf die Mittagszeitung vor dem Bauch, sah heraus. Irgendwo wurde eine Tür zugeschlagen; ob von Mensch oder Sturm war nicht zu sagen.

Schnell zog ich mich an. Ich ging in den Gang hinaus und schloß dort zwei Fenster und eins im Badezimmer. In der Halle traf ich Lady Malville, die dort herumlungerte und auf ihren Nachmittagstee wartete. Ich bat sie, ihre Fenster zu schließen. In der Küche unter dem Tisch schlief Ahmed, Zouba döste, Ali, der Oberkellner, schnarchte, alle drei wie im Koma. »Schnell!« drängte ich sie. »Die Fenster! Der Chamsin!«

Dann ging ich hinunter auf die Straße, um mich umzusehen. Noch hatte sich kaum etwas verändert; nur der Himmel wurde grauer, und alle, die es bemerkt hatten, versuchten, schnell nach Hause zu kommen. Ein paar Europäer kamen vorbei, offenbar Touristen, denn sie gingen unbekümmert ihres Wegs. Ich ging zur Ecke: Hafouli und sein Bruder fuhren langsam vorbei. »Er kommt«, schrie er. »Er kommt.« Von unserer Straße aus kann man nicht weit sehen: überall stehen große Häuser. Also ging ich zum nächsten Platz, von dem die breite Straße zur Brücke und zum Fluß führt und wo man den ganzen Horizont überblicken kann. Es wurde dunkler, in der Ferne erhob sich ein riesenhafter Fächer und öffnete sich und deckte uns alle zu. Einer nach dem anderen verschwanden die kleinen blauen Sprenkel vom Himmel, wurden überlappt von einem allumfassenden Grau. In diesem schnellen Wechsel des Lichts hatten die Häuser klare Konturen, und auf der anderen Seite des Flusses zeichneten sich scharf die Palmen ab. Die satten Farben und Geräusche schwanden aus der Landschaft wie in den aufgeladenen Stunden vor einem Gewitter mit ihrer Stille und nahenden Finsternis.

Ich ging zurück zum Haus; als ich zur Ecke kam, hörte ich das erste Pfeifen: irgendwo zwischen den Häusern oder in einem Loch in der Mauer fing sich der böse Wind. Es klag wie *piffu* und war dann vorbei. Die große Wand, ein Baldachin aus Sand und Staub, schob sich über die Stadt. Man konnte spüren, wie der Sturm langsam unsere Luft aufsog. *Piffu* – eine weitere Böe raste vorbei und rüttelte an Fenstern und Türen. Jetzt war es dunkel: dunkler als in der Dämmerung, heller als in der Nacht. Ich beschleunigte meine Schritte. Ich weiß, es war lächerlich: unsere Ängste waren übertrieben. Diese Art Sturm ist kein tödliches Naturereignis wie die Hurrikane, von denen man liest, aber mit zunehmendem Alter lernt man, den Sand zu fürchten; jedes Jahr wird es ein wenig schlimmer. Nein, er bringt nicht den Tod – man wünscht ihn sich nur herbei. Jedes Jahr erscheint dieser Gastgeber des Unheils und der Finsternis zwei- oder dreimal und versucht, unzählige Kehlen zu ersticken, und gerade, wenn man sich ergeben will, verschwindet der Druck, und der Himmel wird wieder klar. Es ist wie im Alptraum: die schweren Glieder, die gebremste Bewegung, das Entsetzen als Druck auf der Brust.

Als ich unser Haus erreichte, eilte die erste Legion Sandkörner die Straße entlang, und die Luft war wie ein Vorhang aus scharfen roten Nadeln.

Elena, eine fröhliche Riesin mit messingfarbenem Haar, kam um vier Uhr.

Adela war mit Kopfschmerzen aufgewacht und gereizter als zuvor. Sie saß da, bleich, stumm, mit einem Buch in der Hand, wartete auf Elena und versuchte, den Sturm zu ignorieren.

Es war ziemlich dunkel draußen. Massen von Fliegen, Überlebende des Winters, krochen aus ihren Verstecken und saßen überall: in den Falten unserer Bettücher, auf dem Tisch, an der Decke und selbst auf dem Bild mit den Schweizer Alpen. Da ich mich mit Adelas Launen auskannte, ließ ich sie allein und ging duschen. In der Zwischenzeit kam Elena. Ich hörte sie durch den Gang brüllen, ihr kraftvolles Klopfen an unserer Tür. Elena war voller Männlichkeit: sie kannte weder Angst noch Schmerz. Sie trug ein glänzendes lila Kleid, das ihre üppigen Formen umwogte; sie schien wie aus riesigen Luftballons gemacht. Sie trug eine neue Frisur, und ihre tiefe Stimme war mächtig. Adela hörte ihr höflich zu, obwohl sie ein verächtliches Lächeln aufgesetzt hatte, und doch beneidete sie sie: um die kräftige Stimme, den großen Busen, die Betriebsamkeit.

Ich wollte Kaffee oder Tee bestellen, aber Elena bestand darauf auszugehen. Ich protestierte, und Adela wurde augenblicklich ärgerlich; alles, was ich tat oder sagte, schien sie zu reizen, und aus purem Trotz ergriff sie Elenas Partei. Eigentlich wollte sie bei dem Sturm nicht hinaus auf die

Straße: sie hätte lieber allein im dunklen Zimmer gelegen, mit einer Eiskompresse auf der Stirn.

»Ach, kommt doch«, röhrte Elena und rutschte auf ihrem Stuhl herum. »So schlimm ist es nicht. Ich muß ein Eis haben.«

»Ich schicke den Hausboy«, erbot ich mich.

»Wir gehen«, sagte Adela und kniff die Lippen zusammen. Sie drehte sich schnell zu Elena um, um deutlich zu machen, daß ihr Entschluß endgültig war und sie sich auf keine Diskussion einlassen würde.

Also gingen wir aus, Elena uns voran im Halbdunkel. Auf der Straße empfing uns mit unzähligen Nadelstichen der heiße Atem des Windes. Es war, als beträten wir einen Schmelzofen. Der Sand war überall: alle Rundungen und Ecken des Körpers fühlten sich allmählich rauh an. Elena schien in bester Laune; sie nahm Adelas Arm, und sie gingen ein Stück voraus. Der Nachmittag war trotz des Windes ruhig. Immer wieder traten plötzlich Menschen aus dem Sandvorhang. Einmal stieß ich unversehens mit einem Polizisten zusammen. Wir mußten nicht sehr weit gehen, und es war eine Erleichterung, ins Café zu treten. Durch den Unterschied zu draußen kam es uns kühl vor; überall surrten große elektrische Ventilatoren, und gelbe Lampen brannten. Das Café war halbleer, und wir nahmen gegenüber von einem großen Spiegel Platz. Die Plüschsitze bedeckten sich allmählich mit Sand; am Nebentisch auf einem Teller mit Marmelade schnappten Fliegen nach Luft. Elena bestellte eine Cassata, einen großen Becher mit einem dicken Klecks Schlagsahne obendrauf. Der Anblick war ekelerregend.

»Trink du besser einen Tee, Liebes«, warnte ich Adela.

»Das gleiche«, sagte sie trotzig zum Kellner.

Ich wußte, eigentlich wollte sie kein Eis, und ich sah ihr Gesicht, als es kam: eine große rosa-grün-weiße schmelzende Masse; die dunklen Finger des Kellners waren mit Sahne bekleckert, die am Becher herunterlief. Sie schluckte und blickte auf, und ich schüttelte mißbilligend, aber freundlich, um sie nicht zu verärgern, den Kopf. Dann sah sie Elena an: Die große Frau löffelte eifrig, ihr Giermund schnappte, mit verzückt geschlossenen Augen, auf und zu, ihr Löffel war vom schmelzenden Lippenstift verschmiert. Auf ihrem Kinn saßen kleine Sahnekleckse. Adela aß sorgfältig und ernsthaft, jedesmal nur ein Löffelchen, gegen ihre Übelkeit an. Sie war sehr bleich. Ihre rot geschminkten Wangen waren clownsartig. Langsam füllte sich das Café; die Luft war drückend, die Plüschsessel heiß und kratzig. Um uns herum wurde geschwitzt, gemächlich, nicht heftig wie im Fieber oder nach körperlicher Betätigung, sondern auf schwache, trockene Art, als sei schon alle Flüssigkeit aus der Haut herausgepreßt. Die Menschen hockten, kranke Blässe im Gesicht, mit hervorquellenden Augen in ihren Sesseln, als wollten sie aufstoßen und könnten es nicht. Jemand namens Papagos ging draußen an den Fenstern vorbei. Auf der

Oberlippe und an den Schläfen Elenas hatte sich eine Reihe von Schweißperlen gebildet. Hin und wieder sammelten sie sich, wurden zu schwer und glitten Wangen, Hals und Brust herunter und bildeten zwischen ihren Brüsten ein glänzendes Rinnsal. Es kümmerte sie nicht; sie lachte und rauchte und redete in einem fort mit mächtigem, einschüchterndem Organ. Adela schien zu schrumpfen; ihr war übel. Sie preßte die Lippen zusammen, schluckte hart und starrte auf ihr halbaufgegessenes Eis: eine bunte Masse schmelzender Soße.

Als wir zurückkamen, fanden wir den verzweifelten Konstantinopoulos vor: seine Wäsche war nicht geliefert worden. Wir aßen früh zu Abend. Einer der elektrischen Ventilatoren gab den Geist auf. Dann ging Adela in unser Zimmer. Ich versuchte, den Ventilator zu reparieren, aber auf einem Stuhl stehend, die Arme ausgestreckt, wurde mir schwindlig, und ich mußte es aufgeben. Später ging ich zu ihr; sie saß am Fenster und fächelte sich mit einer Fliegenklatsche Luft zu. Die Fliegen hatten sich vermehrt, seit wir im Café waren. Ich jagte sie mit einer zusammengefalteten Zeitung. Ich hatte etwa ein Dutzend erlegt, als sie sagte:

»Bitte, laß das. Das geht mir auf die Nerven.«

Ich beherrschte meinen Ärger.

»Ja, Liebes.«

Aber dort, genau vor mir, an der Rückenlehne eines Stuhls, in bequemer Schlagentfernung, saß eine Fliege, und ich konnte nicht widerstehen.

Wie sie mich haßte, als ich wieder aufblickte!

Als wir im Dunkeln lagen, waren wir still und versuchten einander nicht zu beachten.

Die Vorhänge waren aufgezogen. Die hohe Straßenlaterne reichte genau bis an unsere Fenster und gab, hinter Myriaden von Sandkörnern, ein trübes Licht von sich. Die Nacht hatte viele Hände, und man konnte seinen Körper nicht vergessen. Hier war es zu heiß, dort eine Delle in der Matratze oder eine harte Stelle, ein Jucken, ein Drükken. Die Luft war feindselig. Auf der anderen Straßenseite waren ein paar Fenster erleuchtet. Der Armenier ging, ein großes nasses Handtuch um den Kopf geschlungen, auf und ab und stritt. Die ganze Nacht war ein einziger Streit mit Schritten und Stimmen, und mit dem Sand breitete sich Gehässigkeit aus.

Adela zuliebe wagte ich nicht zu rauchen, und dieses Rauchverbot machte mich noch elender; ich sehnte mich nach einer Zigarette. Ich konnte ihre Feindseligkeit zu mir herüberdampfen fühlen. Ich wünschte, sie würde einschlafen oder freundlich sein und ein paar Worte sagen.

Ein paar humorvoll freundschaftliche Worte. Dann würde ich vielleicht ihre Wange küssen, wobei ich ihre Lippen miede, sie tätscheln, sie »mein kleines Dummerchen« nennen, und erleichtert könnten wir beide einschlafen. Aber ich wußte nicht, wie ich die Stille unterbrechen sollte.

Sie seufzte laut. Sie drehte sich um, und die Sprungfedern quietschten, ein quengeliges Geräusch.

»Das ist ja scheußlich«, sagte ich.

Sie antwortete nicht.

»Kannst du nicht schlafen?« fragte ich dümmlich. »Liebes«, fügte ich hinzu.

»Natürlich nicht.« Ihre Stimme klang gereizt.

»Möchtest du vielleicht einen Drink?«

»Nein«, sagte sie. »Du weißt, mir ist so schon schlecht genug.« Sie seufzte wieder.

Irgendwo wurde ein Radio angestellt; ein Schwall schriller Töne erklang und verebbte.

»Darf ich rauchen?«

»Wenn du mich ersticken willst«, sagte sie.

Nach einer Weile fragte ich: »Und wenn du etwas gegen die Schmerzen nehmen würdest?« Ich wartete.

»Danke, nein.«

Beim Licht der Straßenlaterne sah sie gelb aus und löste sich zu Myriaden von Sandkörnern auf. Sie hatte mir den Rücken zugedreht, den armen alten Runzelrücken.

»Dann könntest du schlafen«, sagte ich.

Sie bewegte ein Bein und kratzte mit dem großen Zeh ihre andere Wade; mit einer Hand griff sie nach hinten, um eine Fliege zu verscheuchen.

»Meine Fliegenklatsche, bitte.«

»Wo ist sie?«

Sie drehte sich ein wenig um.

»Das weißt du ganz genau.«

»Das weiß ich nicht.« Aber ich wußte es.

Ihr wurde bewußt, daß Feindseligkeit in nacktem Zustand etwas lächerlich war.

»Auf dem Toilettentisch.« Es klang freundlicher.

Als ich aufstand, blieb das Laken an meinem Rücken kleben, und ich zog es mit mir hinauf, so daß es sich über das ganze Bett wellte. Ich pellte es ab, fand die Klatsche, gab sie ihr und versuchte das Laken glattzustreichen. Meine Hände berührten überall Sand.

Das Radio brummte und pfiff, ein paar deutliche Worte, dann wieder Stille.

»Gleich morgen früh lassen wir den Klempner kommen«, sagte ich. Reden war besser als stumme Feindseligkeit.

Sie blieb stumm; ihre Fliegenklatsche machte *zisch.*

»Der Ventilator ist auch kaputt. Wer wohl daran gefummelt hat? Zouba wahrscheinlich.«

Zisch machte die Fliegenklatsche.

»Wieso Zouba?«

»Wer sonst?«

Sie wartete.

»Immer Zouba«, sagte sie aggressiv. »Immer Zouba.« *Zisch.*

Reden half auch nicht. Auch die Worte waren wie Hände. So seufzte ich nur und murmelte »Schon gut« und drehte mich zum Fenster um. Der Armenier gestikulierte wild mit seiner unsichtbaren Ehefrau. Einen Moment dachte ich daran, eine Dusche zu nehmen, aber ich hatte schon zweimal geduscht und Angst vor Hautreizungen, außerdem wäre es ziemlich unsinnig, aufzustehen, etwas überzuziehen, ins Badezimmer zu gehen, zurückzukommen und genauso heiß zu sein wie zuvor. Es herrschte wieder zänkische Stille. Der Wind legte sich, der erste Sturm war nun vorüber, ab jetzt würde der ruhige Atem träger Stunden herrschen. Der Sand auf dem Fenstersims zirpte, die Sandfliegen sirrten und ließen sich auf den Weichteilen des Körpers nieder.

Wir schliefen wenig in dieser Nacht: wir nickten ein, wachten auf, nickten wieder ein, wachten wieder auf, keine Erleichterung. Träume krochen ins Zimmer und wieder heraus. Der Morgen war genauso grau wie der Abend.

Der zweite Tag war etwas besser.

Nicht wirklich besser, nur schien man sich an den Sturm zu gewöhnen. Man konnte hoffen, daß der Chamsin nur kurz wäre, am dritten Tag vorüber. Adela war umgänglicher; ihre Krämpfe waren der Erschöpfung gewichen. Nach einer Dusche, in frischen Kleidern, fühlte ich mich kühler und war froh, das stickige Schlafzimmer zu verlassen. Wir frühstückten im Speiseraum, dem kühlsten Ort, da er nur ein Fenster hatte. Die Diener waren mürrisch, ihre Augen verquollen. Es wurde viel mit Tellern und Tassen geklappert, und wann immer die Tür zur Küche knarrend aufschwang, drangen verärgerte Wortfetzen heraus: Ahmed stritt herum. Lady Malville kam, um ihr zweites Frühstück einzunehmen. Sie saß in ihrem weiten Burnus da, das Pergamentgesicht noch eine Spur ausgetrockneter, strich ruhig Butter auf ihr Brot, schenkte sich ruhig Tee ein, schmatzte ruhig vor sich hin.

»Wie haben Sie geschlafen, Lady Malville?« fragte ich.

Sie blickte über den Rand ihrer billigen Brille zu mir auf.

»Ich schlafe selten viel.«

Sie lächelte, sich entschuldigend, ihr Fassadenlächeln. »Ich habe immer Hunger, dann wache ich auf«, sagte sie. »Was ich so in mich hineinschlinge!« Sie wollte sich nicht stören lassen; der Abscheu der anderen, die ihr beim Mampfen zusahen, war ihr gleichgültig; sie wollte sich nur auf ihr Frühstück konzentrieren.

An diesem Vormittag mußte Adela zum Zahnarzt. Ich ging mit ihr hinunter, um ein Gharry für sie anzuhalten. Auf der Treppe hielt ich stützend ihren Ellenbogen: ihr war immer schwindlig, wenn sie diese Treppe hinunterging. Die Stufen schienen ineinander überzugehen, und bei jedem Schritt zögerte sie. Einmal lächelte sie dankbar, und ich drückte ihren Arm.

»Heute geht es dir besser, mein Engel, nicht wahr?«

Sie machte ein vorsichtiges Gesicht: sie wollte sich nicht festlegen; unwohl zu sein war eine wichtige Zeremonie; sie brauchte ständiges Mitleid.

»Na ja«, seufzte sie. »Nicht wirklich.«

»Zurück nimmst du dir auch ein Gharry, ja?« sagte ich. Es fühlte sich gut an, Freundlichkeit zu zeigen.

Die Straße war grau und still: kein Wind, keine Bewegung, der Sandvorhang war sengend heiß. An der Ecke fanden wir ein Taxi, und ich half ihr hinein. Als sie sich zurücklehnte, schlugen ihre Strümpfe Falten. Aus irgendeinem Grund erinnerte ich mich, wie ich ihr eines Tages, vor vielen Jahren, genauso wie jetzt in ein Auto geholfen hatte, wie ich ihre Beine angestarrt hatte und wie jung sie damals waren.

Ich winkte ihr nach; sie winkte zurück.

Ich hatte einige Besorgungen, nicht sehr weit von unserem Haus entfernt, in der Stadt zu machen. Ich ging vorsichtig durch die grau werdenden Straßen, beobachtete mich, den Sand und den Himmel. Im Chamsin ist man immer wachsam; es könnte ein Wunder geschehen; manchmal ist es nur ein »kleiner« Sturm von ein oder zwei Tagen. Man hofft auf einen Lufthauch, ein blaues Fleckchen am Himmel. Die anderen sind auch wachsam.

Ich überlegte, ob ich mir einen Haarschnitt und ein Eisshampoo gönnen sollte, aber, töricht wie ich war, sagte ich mir:

»Dies ist erst der zweite Tag, so schlimm ist es noch nicht; morgen oder übermorgen könnte es unerträglich sein, dann wird das Eisshampoo sein *müssen.«*

Also ging ich nicht in Vamos' Salon.

Als ich nach Hause kam, traf ich Konstantinopoulos, den kahlen Poeten tiefer Traurigkeit, einen unglücklichen Menschen, der es nicht lassen konnte, in der Nase zu bohren oder seinen schorfigen Skalp zu kratzen; er hatte, wie immer, einen gehetzten Gesichtsausdruck. Der Sandsturm macht einen so dumm! Ich wußte ganz genau, daß Konstantinopoulos keine Erfahrung hatte und alles düster sah. Dennoch fragte ich ihn:

»Nun, was halten Sie davon, Mr. Konstantinopoulos?«

Da er etwas taub war, verstand er mich nicht gleich.

»Ich wäre beinahe von einem Auto überfahren worden«, beklagte er sich.

Er hatte ein sehr weißes Gesicht, von blauen Stoppeln gesprenkelt, und verbitterte Nasenflügel. Er beklagte sich ständig; immer stieß Konstantinopoulos etwas zu.

Ich erhob meine Stimme: »Ich habe gefragt, was Sie vom Sturm halten.«

Wir standen vor unserem Haus. Wie dumm man ist! Ich wollte, daß er etwas Zuversichtliches über den Sturm sagte, obwohl ich wußte, daß auf seine Ansichten kein Verlaß war.

»So schlimm war er noch nie«, sagte er nickend. »Der dauert mindestens eine Woche.«

Wir gingen zusammen die Treppe hinauf. Zweimal stolperte er und wäre beinahe gestürzt. Die Welt und die Gegenstände darin waren Konstantinopoulos feindlich gesinnt. Der Gong zum Lunch ertönte. Ich ging in die Küche: hier war es am heißesten. Ahmeds Gesicht war eine braune Maske. Halbnackt stand er am Ofen und schimpfte vor sich hin. Zouba kam mit einem Tablett aus dem

Speisezimmer. Er lächelte wie um einen Gefallen bittend und sah mich direkt an.

»Mrs. Manasse ist in ihrem Zimmer. Mrs. Manasse ist krank.« Unvermittelt setzte er eine besorgte Miene auf.

Ich ging durch den Speiseraum. Er füllte sich. Lady Malville saß auf ihrem Platz, als hätte sie ihn nie verlassen. Die Ritchies fütterten ihr Kind, eben kam Doktor Schnurli mit einem Gast an.

Adela lag im verdunkelten Zimmer auf ihrem Bett. Es herrschte einige Unordnung: ihr Kleid lag zerknüllt, halb nach links gedreht, auf einem Stuhl, ihre Schuhe waren in eine Ecke geschleudert. Sie lag, nicht ganz ausgezogen, im Schlüpfer da, die Strümpfe halb heruntergerollt.

»Adela?« flüsterte ich. »Was ist denn?«

Sie rührte sich.

»Ich bin schrecklich krank«, seufzte sie. »Bitte laß das Licht aus.«

Ich ging auf Zehenspitzen näher und wollte mich auf ihr Bett setzen, ihre Hand nehmen und sie streicheln.

»Bitte!« kreischte sie. »Du tust mir weh.«

Ich hielt inne.

»Alles tut mir weh«, sagte sie.

Aus den Augenwinkeln beobachtete sie mich. Das ärgerte mich. Immer wollte sie Mitleid. Ich hätte es ihr bereitwillig, aus freien Stücken, gegeben. Aber sie übte Druck auf mich aus und kriegte nie genug.

»Willst du hier zu Mittag essen?«

Sie ließ ein Stöhnen hören.

»Bist du verrückt?« fragte sie. »Mittagessen? Schon vom Gedanken wird mir übel.« Zum Beweis fing sie an zu würgen, ihre Schultern zuckten im Dunkeln.

Wenn sie mir mein Mitleid doch nur geglaubt hätte; aber sie war mißtrauisch.

»Schon gut«, besänftigte ich sie. »Soll ich Dr. Schnurli rufen?«

»Nein!« schrie sie.

Arme Adela! Ich hätte ihr gern mit Rat und Tat beigestanden, wenn sie nur nicht derart auf mein Mitleid gepocht hätte.

Still ging ich zum Fenster, setzte mich dort und wartete. Sie wäre beleidigt gewesen, wenn ich sofort wieder gegangen wäre. Nach einer Weile, bemüht, nicht ungeduldig zu klingen, fragte ich: »Möchtest du irgend etwas?« Kann der Mensch noch demütiger sein?

Sie schüttelte den Kopf.

»Warst du beim Zahnarzt?«

»Aber natürlich. Das weißt du doch.«

»War es schlimm?« Ich gab ihr jede nur mögliche Chance.

Sie wartete.

»Ach was!« Jetzt spielte sie die Amazone, die auf Anteilnahme pfeift.

»Vielleicht kommt der Klempner heute abend«, sagte ich. »Ich habe nach ihm schicken lassen.«

Was sonst war zu sagen? Erheischtes Mitleid schrumpft leicht zu Gereiztheit. Da waren wir beide im dunklen Zimmer, und sie haßte mich und die ganze stickige Welt voller Sand. Sie konnte nichts dafür, die arme Adela. Die scharfen Sandkörner sickerten überall herein; wir waren wie Mumien in der Wüste, unser Fleisch und unsere Knochen zerfielen zu Staub; wir waren noch nicht tot, sondern spürten genug Kraft in uns, um fühlen und leiden zu können. Die Sandfliegen warteten, tauchten einem mit einem plötzlichen *Zirp-zirp* ins Ohr. Jedesmal, wenn ich irgendwo auf meinen Körper klatschte und hoffte, den kleinen Mörder unter meinen Fingern zerquetscht zu haben, zuckte Adela zusammen. Sie drehte sich weg von mir, meine geliebte Adela, arme, schmerzensreiche Frau! Ich beobachtete sie in unserer ägyptischen Finsternis, während ich so ruhig wie möglich dasaß, auch wenn es plötzlich, mal hier, mal da, piekste, als hielte mich ein frecher Dschinn zum Narren. Hin und wieder bewegte sie sich: ihre Hand verdrehte sich und kratzte ein Schlüsselbein; sie hob ein Bein an und rieb es am anderen. In der Zwischenzeit wurden, wie man wußte, die letzten Tropfen guter Luft weggeschlürft; beinahe konnte man hören, wie der riesige trockene Mund unsere kostbare Luft einsog und die Leere mit Bleigewicht füllte, wie die Sandfliegen zirpten und in der Stille die Käfer emsig krabbelten.

Am Morgen des dritten Tages schreckte ich auf und sah sie im Zimmer umhergehen.

Es war ein merkwürdiges Erwachen. Aus einem bösen Fall- und Verfolgungstraum erwachend, hatte ich, ohne den leisesten Übergang, die Augen geöffnet. Der Traum war freudlos, aber aufzuwachen war schlimmer. Die Tücke des neuen Tages war schon zu spüren: die Nadelstiche, die lähmende Last, die dunkle Luft. Aus irgendeinem Spalt oder Ritz brach wie ein greller Strahl der Atem der Straße herein. Adela stand im Schlüpfer am Toilettentisch, mit beiden Händen an den Schläfen. Sie drehte sich um und begann auf- und abzugehen. Sie bemerkte nicht, daß ich aufgewacht war. Ich, mit klarem und leidendem Kopf, wollte die Augen gleich wieder schließen, um sie nicht zu erschrecken. Sie sollte nicht wissen, daß ich sie beobachtete. Für ein paar Augenblicke wollte ich zurück in den Schlaf fliehen, aber ich mußte sie ansehen: Sie war so sonderbar, wie sie auf- und abging, vom Toilettentisch zur Tür, vorbei an unserem Bett und wieder zurück. Sie schien tief in Gedanken, sie runzelte die Stirn; sie wirkte so klein, so zerbrechlich! Wie hätte ich mich nicht daran erinnern sollen, als sie jung war und ich sie hochheben und herumschwenken konnte, an ihre Küsse, denn irgendwie hatte sie immer etwas lüsterne Gefühle, wenn ich sie packte und schwenkte, und wie sie sich wie ein Kind an mich geschmiegt und gelacht hatte und sich streicheln ließ. Wie unvorstellbar das jetzt schien trotz meines Wunsches, mich zu erinnern! Arme Adela! So fern die alten Lüste, auch wenn blasse Erinnerungsfetzen ihren Weg in die Gegenwart erzwingen wollten: nicht mehr als ein Schnappschuß im Album eines Fremden. Meine Zehen schauten aus dem Baumwollaken hervor, mit ein, zwei Hühneraugen, die sie beim Auf- und Abgehen mit ebensolchen Gedanken, wie ich sie hatte, bemerkt haben mußte. Sie war einmal größer gewesen: all die Sonnen- und Sandjahre hatten ihre Säfte ausgelaugt, ihre Schlüsselbeine stachen spitz hervor, ihre Schultern hingen schlaff herunter, ihre Brüste waren ausgetrocknet und altersgefleckt. Ihr Rükken war einmal gerade und fest gewesen, aber inzwischen hatte sich ein kleines Fettpolster auf ihm gebildet und wölbte sich bis hinauf zu ihrem Hals, und manchmal wirkte sie etwas bucklig. Dieses Fettpolster war etwas höchst Erbärmliches; es wurde fleckig, wenn sie erhitzt war; manchmal schien es anzuschwellen, und die ersten Sommersprossen des Frühjahrs erschienen immer auf ihm.

Was ging in ihr vor? Ich weiß es nicht. Ich beobachtete sie lange. Hin und wieder blieb sie beim Spiegel stehen, warf einen Blick durchs Fenster, das eine rötlich-graue Straße freigab. Einmal hätte sie mich beinahe erwischt, als ich sie beobachtete, aber ich schloß schnell die Augen und tat, als schliefe ich. Ich konnte sie auf dem sandigen Boden barfuß laufen hören; ich hatte Angst, sie könnte auf einen Käfer treten. Später ging sie ins Badezimmer, und als sie zurückkam, gähnte und ächzte ich und tat, als wachte ich gerade auf. »Ich hasse dieses Bild«, bemerkte sie mit einem Blick auf die Schweizer Alpen.

Sie blieb den ganzen Vormittag im Bett. Schmerzen habe sie nicht, sagte sie, sie sei nicht krank, nur sehr müde. Der Klempner erschien nicht, der Elektriker auch nicht, und Doktor Schnurli beschwerte sich über die Wasserspülung und den Ventilator. Ich überlegte, ob ich mir einen Haarschnitt und ein Eisshampoo gönnen sollte, verschob es aber wieder, töricht, wie ich war.

Was für ein entsetzlicher Tag! Die Hoffnung auf ein frühes Ende des Sturms war dahin. Die Mauer aus Sand schob sich langsam, aber spürbar näher. Jedes Geräusch hatte sein kleines Echo, jede Stimme traf auf eine wunde Stelle im Gehirn. Zwischen Zehen und Fingern bildeten sich Schweißtropfen, und beim Laufen rieben sich die Sandkörner am Fleisch des Unterkörpers. Jede Bewegung, jedes Wort wollten vorher überlegt sein, und nichts schien der Mühe wert.

Ich ging in die Küche. Ahmed saß mit schweißglänzendem Gesicht in der Ecke. Ali schlief auf seiner Pritsche, die Augenhöhlen schwarz vor Fliegen. Als ich die Tür öffnete, schreckte eine Armada von Käfern auf und nahm ohne Angst Reißaus. Ahmed sah hoch und hörte auf, mit seinen Bernsteinperlen zu spielen.

»Heute kalter Lunch, Ahmed«, sagte ich. Das Wort »Ahmed« war die reine Kraftverschwendung.

Er murmelte etwas. Meine Worte taten ihm weh, und er errichtete einen Schutzwall gegen das Sprechen, selbst gegen das Denken.

»Kaltes Fleisch und Salat.«

Er blickte auf: ein müder alter Hund. Bitte, tu mir nicht weh mit deinen Worten, sagte sein Blick.

»Um ein Uhr.« Es gelang mir, so präzise wie irgend möglich zu sein. Er verstand mich nicht, er wollte nicht. Seine mauvefarbene Unterlippe sank herunter.

»Früher heute«, erklärte ich.

Ali in seiner Ecke fing an zu schnarchen. Sein Kopf hatte sich in einer blaugestreiften Galabiya, die von einem Haken hing, verfangen, bedeckte halb sein Gesicht; ein oder zwei Fliegen hoben ab, der Rest blieb schläfrig sitzen. Undeutlich war ihm bewußt, daß etwas vorging in der Küche: sein dösender Geist haßte jede Art von Geräusch und Bewegung. Für eine Sekunde öffnete er ein Auge, das schlimme starre mit der milchigen Pupille. Die nicht neugierigen Fliegen wurden von einem Lid angehoben; eine flog davon, setzte sich auf sein Ohr. Er machte die Augen wieder zu.

Ich hätte zurück ins Büro oder in den kühlen Salon gehen oder eine Dusche nehmen können. Einfältig, wie ich war, sagte ich mir: Die Küche ist der schlimmste Ort im ganzen Haus! Je länger ich hierbleibe und leide, desto wohler werde ich mich später im Salon oder in der Badewanne fühlen!

»Wo ist Zouba?« fragte ich.

Ahmed schaute zur Seite, kläglich strichen seine Finger über die Perlen, sein Gesicht eine Maske des Vorwurfs. Er gab keine Antwort, schüttelte nur leicht den Kopf. Schwer zu sagen, ob es eine Antwort war oder nur der Versuch, eine Fliege zu vertreiben.

»Wo ist Zouba?« wiederholte ich.

Seine Augen, die mich anflehten, ihn zufrieden zu lassen, hoben und senkten sich müde.

»Zouba?« fragte er, als hätte er den Namen noch nie gehört. Schwach versuchte er, sich ein paar Tricks auszudenken, um mich loszuwerden.

Ich stieß ein Glas Bratensaft gegen einen Teller, um seine Antwort zu forcieren. Er zog gequält die Augenbrauen zusammen. Ali rührte sich wieder, zog die hängende Galabiya ganz über sein Gesicht.

»Weg«, sagte Ahmed resigniert. Er zuckte mit den Achseln, um hinzuzufügen: Mehr ist nicht dran an der Sache.

Oh, wie werde ich meine Dusche genießen, dachte ich. Es war grausam, Ahmed so zu benutzen, aber ich konnte nicht anders.

»Wohin?«

Er war ein wenig überrascht. Wozu das noch, Herr? – formulierte im Geiste sein eines Auge den vagen Gedanken. Was macht das schon, Herr, er kommt wieder, belästigen wir einander nicht.

»Weg«, wiederholte er.

Zwei oder drei Schweißtropfen begannen ihm die Schläfen hinunterzugleiten. Halb beobachtete ich ihre kitzelnde Spur: bald würden sie die Pfütze im Doppelkinn erreichen.

»Ist er zum Lunch zurück?« Zu sehr wollte ich ihn nicht bedrängen.

Er schloß zustimmend die Augen. Aber ich mußte weitermachen. Er wußte es und lehnte den Kopf an die Wand.

»Mrs. Manasse wird auf ihrem Zimmer essen«, sagte ich.

Mit noch immer geschlossenen Augen nickte er knapp. Er betete, ich möge tot umfallen oder die Sprache verlieren oder wenigstens in Ohnmacht fallen.

»Warst du einkaufen?« fragte ich.

Er nickte wieder. Irgend etwas mußte mit seiner Galle oder Leber sein, denn sein glänzendes Gesicht war etwas verfärbt. Auf seiner niedrigen Stirn standen, dicht beieinander, perfekte Schweißperlen. Er betete, jetzt ärgerlicher, stumm weiter, die fetten Lippen zusammengepreßt. Er wußte, daß ich weiterfragen würde; er wußte, daß er bald das Recht hätte, sich zu entrüsten.

»Was hast du geholt?«

Entsetzt verdrehte er, angesichts der langen Liste, die er würde aufzählen müssen, die Augen gen Himmel. Er starrte mich flehentlich an. Er wußte, er könnte meine Frage nicht ignorieren, denn ganz bestimmt würde ich sie wiederholen.

»Einkäufe«, versuchte er Zeit zu schinden.

Ich sah ihn an. Seine Wangen waren in schmerzliche Falten gezogen.

»Einkäufe«, wiederholte er bitter, bereit, dieses eine Wort noch hundertmal zu wiederholen.

Mir wurde schummerig vor Augen. Ich dachte an das dämmerige Badezimmer und die Dusche.

»Lunch um eins«, das war mein letztes Wort.

Erleichtert schloß Ahmed wieder die Augen. Eine Antwort gab er nicht. Er wußte, daß er mich besiegt hatte, und so haßte er mich nicht mehr.

Der Nachmittag war vollkommen still.

Die große durchlässige Decke aus Sand dämpfte jedes Lebenszeichen. Wir schliefen die Siesta hindurch. Ich wachte um fünf schweißbedeckt auf. Jede Bewegung hatte, wie ein scharfer Schnitt, ihr Echo im Gehirn. Unter den Lidern und am Zahnfleisch knirschte Sand. Selbst die Fliegen schienen ohnmächtig umzusinken. Die Stadt lag im Sterben. Überall lagen die Menschen, mit schlaffen Leibern, leerem und ausgetrocknetem Verstand, apathisch herum. Immer tiefer drückte die graue Decke auf sie herunter. Die rotgesichtigen Engländer versuchten wie die Wahnsinnigen, Tennis zu spielen. Wo war die Sonne, die mildtätige, schattenspendende Sonne? Es gab keine Schatten; alles war grau und eintönig und drückend still. Die Mutigen und Jungen waren besser dran: sie konnten auf den Beinen sein und arbeiten. Auf den Feldern lagen dumpf die Wasserbüffel, und ihre Besitzer fuhrwerkten umher; der Straßenstaub der Dörfer war gelb, ihre Wege aufgebrochen durch die Dürre;

nur die Würmer in ihren seichten Gräben waren zufrieden.

Doch Adela fühlte sich besser. Sie lag mit gerötetem Gesicht auf dem Rücken und wedelte mit der Fliegenklatsche.

»Ach, es ist hoffnungslos«, sagte sie.

Vielleicht war sie, welch entsetzlicher Gedanke, in Gesprächslaune. Ich wollte nichts als still daliegen und hoffen.

»Der dritte Tag ist immer der schlimmste. Aber mir geht es jetzt besser. Besser. War der Klempner da?«

Wenn die Fliege von meinem Arm verschwände, ginge es mir besser. Schon die kleinste Erleichterung würde helfen.

»Nein.«

»Nach wem hast du schicken lassen? Dem Griechen? Wahrscheinlich nach dem Griechen, wie heißt er noch gleich, die Null?« Die Fliegenklatsche nickte. »Kann sein, daß Elena kommt. Ich könnte sie heute nicht ertragen, sie kann einem schrecklich auf die Nerven gehen. Hast du ihre neue Frisur bemerkt? Wie dumm von ihr. In ihrem Alter. Ich muß schon sagen – was manche Frauen sich so herausnehmen. Aber dafür ist sie gesund. Diesen Sommer will sie in den Libanon fahren. Das würde ich auch gern. Oder in die Schweiz.« Ihre Augen schielten nach oben. »Dieses Bild. Du hast mir mal Schnee versprochen, daß ich den Schnee sehe. Was ist los mit dir?«

»Nichts.«

»Bist du krank? Du siehst müde aus heute vormittag. Du brauchst Erholung. Ich brauche dringend Erholung. Wirklich, nach dem Sturm sollten wir wegfahren. Elena kennt da ein kleines Hotel im Libanon. Wir fahren ja doch nie.« Sie drehte sich um. »Das Zahnfleisch tut mir wieder weh« – mit dem Finger am Zahnfleisch – »ich habe da eine Stelle … Warum siehst du mich nicht an, wenn ich mit dir spreche?«

»Wie bitte?«

»Du interessierst dich nicht für mich, ich habe die schrecklichsten Schmerzen, aber dir ist das egal.« Fliegenklatsche. »Natürlich. Elena interessiert dich mehr.«

»Sei nicht …«

»Schön, na schön. Gesund ist sie ja, diese Elena, läuft noch immer den Männern nach. Obwohl sie ein oder zwei Jährchen älter ist als ich. Das weiß ich genau. Kriegst du nicht den Mund auf?«

»Du weißt, ich kann sie nicht leiden.«

»Ich weiß, ich weiß.« Seufzer. »Ich halte es nicht mehr aus. Der Schnee, ein hoher Berg. Ich kann nicht mehr.« Sie blies Luft aus, nahm ihr Buch, fächelte sich damit zu. Ich wünschte, sie läge still. »Ich stehe jetzt auf. Ich muß einen Brief schreiben.«

»Was für einen Brief?«

»Was spielt das für eine Rolle, einen Brief eben. Haben wir Tinte im Zimmer?«

Ich hob den Kopf, sah mich um, schüttelte den Kopf, ließ ihn wieder sinken. Wenn doch, so betete ich, wenn doch nur plötzlich ein Wind ins Zimmer bliese und man nackt dastehen und frösteln könnte, o ja, frösteln, tief Luft holen, die Arme heben, sich im Kreis drehen und von allen Seiten belüften könnte. Wenn doch... Noch einen Tag, zwei Tage, drei Tage; wenn man nur schlafen und an einem Regenmorgen wieder erwachen könnte.

»Laß uns ins Kino gehen.«

»Kino?«

»Es hat eine Klimaanlage, es ist kühl. Es gibt einen guten Film. Ich halte es hier drin nicht mehr aus.« Sie setzte sich auf. »Wir könnten ein Taxi nehmen, zwei, drei Stunden hätten wir es kühl, bitte, laß uns gehen.«

»Was wird gespielt?« versuchte ich es.

»Was gespielt wird, warte, ein guter, ein amerikanischer Film, die Dame von Soundso, ein Krimi.«

»Kennen wir sicher schon.«

Sie legte sich wieder zurück: »Nein, nein, bestimmt nicht, ach du, du willst nie mitkommen, ich kann doch nicht allein, ich könnte ohnmächtig werden.«

Es war hoffnungslos: eine Sand- und Hitzestraße erstreckte sich vor mir, die brennendheißen Ledersitze des Taxis, das Golgatha des Anziehens und Treppe-Hinuntersteigens.

»Es hat eine Klimaanlage«, sagte sie jammernd. »Ein Krimi mit Clark Gable.«

»Wann?«

»Um sechs.«

Die Fliegenklatsche bewegte sich.

»Du solltest im Bett bleiben«, sagte ich.

»Ach, du.«

Warum reagierte ich auf diese Tonlage, die vielleicht ganz normal war, wenn vielleicht auch etwas hoch und piepsig, wie auf eine Beleidigung? Warum diese Abwehr einer einfachen, ja bescheidenen Bitte, nur weil sie von ihr kam? Woher die Gereiztheit, die Blähgalle, nur weil ihr feister, kleiner Mund »Um sechs« sagte? Woher der Reizmagen, die plötzliche Gesichtsröte, wenn sie auf eine bestimmte Art die Luft einzog? Woher die Unduldsamkeit und der Wunsch, loszubrüllen? Nur geliebte Menschen lösen Haß aus. Jemand namens Papagos kam mir in den Sinn.

Noch feucht von der langen Dusche, zogen wir uns langsam an, wobei wir uns immer wieder in die Quere kamen, an ihren Armen und im Gesicht Puderreste, das unmögliche Eau de Cologne, das sich mit der drei Tage alten Luft mischte. Wie Schlafwandler gingen wir hinaus auf die Straße und atmeten unter Qualen: Nase, Mund, Schlund voll wunder Stellen. Vorsichtig und stumm gingen wir auf der Suche nach einem Taxi zur Ecke. Der Nachmittag war grau, eine andere Farbe anzunehmen wollte ihm nicht gelingen. Nur wenige Menschen waren auf den Straßen, hin und wieder auf der anderen Straßenseite ein Flaneur, ein müde trottendes Pferd, ein Engländer mit Kragen und Krawatte, trotzig die Arme schwingend. Adela trug ein Baumwollkleid, ihr runzliger Hals dem eines Hühnchens ähnlich. In der Eisdiele an der Ecke sahen wir einen Mann mit fiebrig glänzenden

Augen, den Kragen weit offen, dessen Zunge sich bei jedem Schlecken, wobei er die Augen schloß, selbst traf. Das Eis lief ihm an den Fingern, am Handrücken hinunter in die Manschetten. Wir fanden kein Taxi, nahmen ein Gharry und galoppierten den leeren Boulevard entlang.

Das Kino stieß kalten Atem aus. Kinder, ein paar Soldaten, ein blinder Bettler standen neben dem Eingang und taten, als wären sie Kinogänger, starrten die großen Plakate, die Fotografien an. Hier begann eine andere Welt. Wir fröstelten und kriegten eine Gänsehaut und atmeten tief durch, aber der Sand war noch immer in Kehle, Nase und Schritt. Die Teppiche waren weich, und um uns herum lächelten aus rosafarbenen Fotografien breit und gesund die Leinwandgötter. Wir setzten uns auf den Rang, in die eisige Zugluft. Adela zog die Schuhe aus, schloß die Augen; in der erfrischenden Dunkelheit entspannten wir uns. Auf der Leinwand stritten zwei schrille Stimmen, mächtige Stimmen, denen man nicht entrinnen konnte. Adela berührte meine Hand und streichelte sie. Die Dunkelheit war neu und ungesund; die Erinnerung an die Straße, ein leichtes Gefühl der Schuld und des Zweifels blieb in uns. Der kühle Luftzug streifte uns, und unsere ausgetrocknete Haut fühlte sich fiebrig an. Mein Rücken klebte am Ledersitz. Adela seufzte, und wir begannen, der Vorstellung zu folgen. Großbuchstaben in drei Sprachen flammten über eine Neonleinwand. »WARUM?« dröhnte eine Stimme. Diese Götter und Göttinnen, mal fern, mal nah, furchtbar und übergroß! Ein riesiges Augenpaar zwinkerte; Lippen, groß wie Elefanten, bewegten sich. Vielleicht war ich müde, aber das alles ergab kaum einen Sinn. Da war ein zorniger Mann mit Pistole, der nie den Hut abnahm, jedermann mit seiner stahlharten Stimme verhöhnte. Da war ein kleiner, fetter Mann, der mit jungen Mädchen liebäugelte; die Zuschauer schütteten sich aus vor Lachen über ihn. Es war kaum zu sagen, wer die Götter und Göttinnen waren und wer die Zuschauer. Das Gebrüll auf der Leinwand schallte, wie um die Wette, von den Zuschauern zurück. Eine große Frau mit silbernem Haar im Abendkleid erschien, lachte und weinte in schnellem Wechsel, zeigte ihre Beine, küßte die Kinder zur Nacht, kletterte auf ein Fenstersims und hüpfte dort herum. Sie und der zornige Mann näherten sich einander wie zwei Lokomotiven kurz vor dem Aufprall. In den Pausen, wenn sie nicht sprachen, schwoll die Musik an, und das Schnarren des Projektionsapparates war zu hören. Seine Stimme schrie: »Hinaus!« Gleich darauf schmetterte sie, in einer Reihe mit anderen Frauen, die soldatisch die Beine schmissen, ein Lied; Palmen tauchten auf, eine matte Sonne, viele Männer, die mokant lächelnd Musikinstrumente spielten; dazwischen erschien das breite, finstere Gesicht des Mannes. Adela war angespannt. Ich beobachtete ihr Gesicht: es spiegelte getreu das Drama der Götter; sie lächelte und weinte und fürchtete sich wie auf ihren Befehl hin. Einmal brach sie in ein schrilles Gelächter aus, klatschte sich auf die Knie, hörte aber sofort damit auf, weil sie Angst bekam. Der zornige Mann ging in einem großen Garten spazieren, bestellte Dinner, schnaubte, schnipste eine Zigarre weg, ohrfeigte jemanden. »Aber, aber«, sagte ein anderer. Ein wilder Tanz begann, eine andere Gruppe von Männern und Frauen hüpfte herum, die Zuschauer zitterten. Hatten sie wirklich den Sand vergessen? Den schweren Vorhang, den taumligen Nachmittag? Eine neue Szene, eine traurige, begann: ein Kind wurde krank, ein kahlköpfiger Arzt kam, Adela schniefte, ihr schlaffes Kinn bebte.

Der vorletzte Tag, der vierte Tag, war ein langer Tag. An alle Einzelheiten kann ich mich nicht erinnern, wirklich nicht, wer könnte es mir verdenken? Er war ein langer Tag, der vierte Tag.

Es war nichts weiter zu tun, als sich die Haare schneiden und mit Eis shampoonieren zu lassen. Ich kalkulierte so:

Wenn ich um acht aufstünde (weil ich nicht länger schlafen konnte) und die Zeit bis zehn totschlüge und um elf beim Friseur wäre, dann hätte ich den Vormittag herumgebracht. Dann Lunch, Siesta und vielleicht ein freundlicherer Abend.

Am Vormittag lauerte die Straße, und unser Haus lauschte aufmerksam. Heute war der vierte Tag des Sturms. Die Hoffnungen waren dahin, die Hoffnungen, die uns manchmal zum Trugschluß verführt hatten: ah, hat sich der Wind nicht gelegt, wird der Himmel nicht schon heller? Fühlst du nicht, wie der Druck nachläßt? Dieser vierte Tag, wie er lauschte, das war ernst. Ritchie stand im Gang oder am Fenster, preßte seine kleine Nase, die Augen rund und kindlich, gegen die Scheibe.

»Morgen«, flüsterte er zaghaft, »sollte es vorüber sein.« Er hob seinen tintenbeschmierten Finger.

Der Armenier stand auch am Fenster, demütig und kläglich. Er war nackt, aber er stolzierte nicht umher und zankte nicht mit seiner Frau. Seine Nacktheit war absolute Notwendigkeit. Sein Spitzbauch preßte sich ans Fenster; die Hände hinter dem Rücken verschränkt, beobachtete er traurig den Himmel.

Konstantinopoulos, der mit melancholischer Miene an einem Finger knabberte, blieb drinnen, als ich hinausging. Sein offener Kragen hatte einen dunklen Schwitzrand, er umklammerte sein Manuskript; das kurze Kraushaar, das am Hinterkopf von Ohr zu Ohr reichte, glänzte ölig.

Die Straße war glühend heiß wie die Mittagssonne im Sommer, nur daß die Sonne nicht schien. Eine gleichmäßig graue Decke hing über der Stadt.

(Überall Mörder.)

Ich ging langsam, rang nach Luft und überlegte: Je länger ich unterwegs war, desto besser würde mir das Eisshampoo tun. Die Häuser schienen im Dunst zu zittern, die Menschen hatten keine Schatten. Ich versuchte, mich zu beruhigen, indem ich an Adela dachte, wie sie geschlafen hatte, als ich das Haus verließ; vielleicht würde sie nun den Tag über gnädiger sein.

Atmen war unmöglich; mit jedem Luftzug sog man spitze Nadeln aus Sand ein; der Tag hatte Würgefinger. Ich blieb stehen, um mir die Augen zu wischen.

Ein hoher Regierungsbeamter ließ sich von Vamos persönlich rasieren. Sein Gehilfe, der geschmeidige Syrer mit welligem Haar und zackigem Schnauzer, stand unter dem elektrischen Ventilator und tupfte sein Gesicht mit Alkohol ab. Vamos sagte »Guten Morgen«, lächelte aber nicht. In den Spiegelecken, in den Seifenbecken saßen Fliegen. Der Gehilfe zog mir einen Stuhl heran; wir sahen uns im Spiegel feindselig an.

»Haare schneiden und ein Eisshampoo.«

Er beschloß, höflich zu sein, um sich von der Hitze abzulenken.

»Haare schneiden, sehr wohl, Mr. Manasse. Nur eine Idee, wie immer. Wollen Sie einen Blick in *Le Sourire* werfen?«

Er legte mir einen Umhang um, stopfte ihn geschickt in meinen Kragen; das Tuch war feucht und sandig und scheuerte am Hals.

»Der neueste *Sourire,* Witze und nackte Mädchen.«

Ich konnte seiner Stimme anhören, daß er den Versuch, höflich zu sein, bald aufgeben würde. Auf seine Wangen traten Flecke, und parallel zu seinem dünnen Schnauzer bildeten sich Schweißperlen, die er immer wieder ableckte.

»Was für ein Tag, was für eine Hitze!« Seine Schere und die sandige Kante des Umhangs kitzelten und reizten mich.

Ich schloß die Augen. Was blieb, waren die Hitze und die Hände des Gehilfen, seine Schere und sein Kamm. Ich döste ein und wachte durch die Berührung seiner heißen Handflächen wieder auf. Ich lehnte den Kopf an, und aus einer Flasche quoll eine kalte, prickelnde Flüssigkeit, die er kräftig in meine Kopfhaut einmassierte, bis mir schwindlig wurde. Ich befragte mich gründlich: War das der Genuß, den ich erwartet hatte?

Das Gedächtnis arbeitet merkwürdig: Einzelheiten und Begebenheiten, die nie wichtig schienen, kehren zurück. Hier mein Gespräch mit dem Gehilfen des Frisörs Vamos, während er mit gekrümmten Fingern meine Kopfhaut bearbeitete.

»Leiden Sie unter Schuppen, Mr. Manasse?«

Auch er mochte die Berührung mit dem kalten Shampoo.

»Nein.«

»Ich weiß nicht so recht«, sagte er und musterte meinen Schädel.

»Ich weiß nicht so recht«, wiederholte er. »Ihre Kopfhaut ist sehr trocken.«

Er griff in mein spärliches Haar, zog einen neuen Scheitel, hob widerwillig ein Haarbüschel, starrte wieder auf meinen Schädel. »Sehr trocken.«

»Die Hitze«, sagte ich.

»Die Hitze«, stimmte er zu. »Staub und Schmutz. Wir alle...«, er beugte sich vor, vergaß die Hände in meinem Haar, verriet mir ein Geheimnis: »Wir alle leiden an Schuppen.«

Er rubbelte weiter, mein Kopf wackelte, die Flüssigkeit brannte. Ich schloß die Augen.

»Zu kräftig?« flüsterte er.

Ich schüttelte den Kopf und wünschte, er würde kräftiger rubbeln.

»Nichts hilft besser gegen Schuppen als Kopfmassagen«, sagte er. So arbeitet das Gedächtnis.

ADELA BEOBACHTEN.

(Denn so arbeitet das Gedächtnis.)

Sie saß an unserem kleinen Tisch mit dem Gesicht zum Bett, auf dem ich lag.

Sie schrieb einen Brief. Ihre Feder machte ein spitz kratzendes Geräusch.

Ich haßte das Geräusch ihrer Feder.

Einen Arm angewinkelt, den Kopf gesenkt, das graue Haar im Gesicht, eine Schulter hochgezogen, die andere schief abfallend, die Zunge zwischen den Lippen, ein Auge halbgeschlossen, ein gelegentliches Krausen der Nase: so schrieb sie ihren Brief.

Ich starrte sie an und überlegte, wie ich dieses Kratzgeräusch ignorieren könnte. Wieder war der Nachmittag, bis auf das Kratzen der Feder, vollkommen still.

Sie versuchte, eine Fliege zu verscheuchen. Diese Fliege, so spürte ich, war meine Verbündete. Sie war groß, eine Gefangene in unserem Zimmer, brummte wütend, stieß gegen Wand und Fenster, ruhte sich an der Decke aus. Dann hob sie wieder ab und summte in starker Erregung.

Hin und wieder flog sie einen langsameren Kreis und landete auf Adela, meistens auf ihrem Rücken zwischen den Schulterblättern. Zuerst zog sie nur den Rücken hoch.

Dann vollführte sie eine irritierte wellenförmige Bewegung mit dem ganzen Körper.

Die Fliege blieb sitzen.

Dann, noch immer auf ihr Schreiben konzentriert, hob sie die freie Hand, langte nach oben und hinten: ein kleiner Schlag war zu hören.

Sie verfehlte die Fliege.

Sie schrieb weiter, *kritzkratz.* Ihre Feder war stumpf; ihre Schrift fiel, der Papierfaser entgegen, nach rechts hin ab. Man konnte hören, wie die Feder Worte formte, wußte, ob sie kurz oder lang waren. Hin und wieder tauchte sie die Feder vorsichtig in die Tinte, das Gesicht entschlossen, als schriebe sie einen Drohbrief. Das Geräusch des Eintunkens war fast schlimmer als das Kratzen. Zuerst ein flüssiger Laut, dann das harte Auftreffen auf Glas, als sich die Feder auf dem Grund des Tintenfasses spreizte. Jedesmal glaubte ich, die kleine Metallspitze würde sich verbiegen und abbrechen.

Die Fliege kroch über ihren Rücken. Wieder die Wellenbewegung. Jetzt nahm sie die Feder und versuchte, indem sie über ihren Rücken strich, mit dem Ende des Federhalters die Fliege wegzuscheuchen.

Die Fliege blieb sitzen. Adelas Mund öffnete sich und entblößte ihre toten Zähne, die, mit schmalen dunklen Lücken dazwischen, locker in ihrem Kiefer saßen. Sie legte die Feder hin, sah, die Augen zu Schlitzen verengt, zur Klatsche: sie hatte es auf die Fliege abgesehen. Ein Lid zuckte. Langsam, mit steifem Oberkörper, kroch ihre Hand näher zur Klatsche; sie nahm sie und hieb plötzlich zu; mit einem erschreckten Brummen flog die Fliege auf. Ich war erleichtert.

Sie seufzte und kehrte zurück zu ihrem Brief, aber unterwegs ertappte sie mich. Ich sah schnell weg.

»Was ist denn?« Sie war ärgerlich.

»Was ist was, mein Engel?«

»Du hast mich beobachtet«, sagte sie. »Ich habe es gesehen.«

»Du hast was gesehen?«

»Tu nicht so, ich habe dich gesehen.«

»Aber ich kann doch …«

»Du beobachtest mich wie eine Spinne.«

»Adela, Schatz …«

»Wie eine Spinne. Ich habe gesehen, wie du schnell weggeguckt hast.«

»Also wirklich. Ich habe nur vor mich hingeguckt, ich habe …«

Ich hoffte, sie würde weiterschreiben, die Fliege würde zurückkehren, und ich könnte sie weiter beobachten. Aber sie legte die Feder hin, stützte sich mit mißtrauischer Miene auf den Tisch. Die Fliege saß, momentan ruhig, an der Tür.

»Warum hast du mich beobachtet?«

»Ich habe dich nicht beobachtet! Ich habe vor mich hingestarrt, also wirklich…«

»Nein, nein, ich habe dich gesehen. Warum?«

»Ich sage dir doch, das stimmt nicht.«

»Störe ich dich vielleicht? Gehe ich dir auf die Nerven? Ich kann ja in der Halle weiterschreiben…«

»Adela, sei nicht kindisch. Schreib weiter. Ich werde schlafen.«

»Ich kann nicht mehr schreiben. Du hast alles kaputtgemacht.«

»Was kaputtgemacht?«

»Ach, laß mich zufrieden.«

Die Fliege war wieder unterwegs.

Adela vergrub das Gesicht in den Händen.

Die Fliege setzte sich auf ihre Schulter. Ich konnte sehen, wie sie sich die Beine rieb. Es muß sehr gekitzelt haben.

Aber zunächst rührte Adela sich nicht.

Dann zuckte sie mit den Schultern.

Die Fliege blieb sitzen.

Arme Adela! Sie tat mir schrecklich leid.

Um neun Uhr kam Fjodor Pawlowitsch, der bucklige Blumenhändler, zum Schachspielen.

Mit anmutigen Schritten, den Zwergenkörper und großen Buckel behutsam im Gleichgewicht haltend, die Schachtel mit Schachfiguren und das hölzerne Brett unter dem Arm, trat er in den Speiseraum.

Der Raum war, bis auf Adela und mich, leer. Hin und wieder kam Zouba durch die Schwingtür herein, um Geschirr, Bestecke und Tischtücher abzuräumen. Adela beobachtete ihn, aber das war nicht von Belang.

Fjodor Pawlowitsch knallte die Hacken zusammen, lächelte und sagte:

»*Bon soir,* Madame Adela!«

Wenn er lächelte, kräuselten sich seine langen, dünnen Lippen in den Mundwinkeln.

Er trat näher, verbeugte sich, küßte ihr die Hand.

»Guten Abend, Fjodor Pawlowitsch«, sagte sie matt.

Sie haßte Fjodor Pawlowitsch; vielleicht hätte ich es nicht zulassen sollen, daß er an diesem letzten Abend kam, aber das konnte ich ja nicht wissen.

Fjodor Pawlowitsch war trotz Hitze wie immer makellos gekleidet. Er trug einen grau gestreiften Tropenanzug, einen steifen, weißen, an den Ecken abgerundeten Kragen, eine gelbe Seidenkrawatte mit kleinem Pferdemuster. Er war sehr stolz auf seine halbgestärkten Manschetten, die elegant hervorlugten: hin und wieder zupfte er daran, sein eckiges Gesicht glänzte. Sein Mund war wie eine alte Narbe. Aus seinen Nasenflügeln und Ohren lugten, wie Flöckchen Baumwolle, kleine Haarbüschel.

Ich bat ihn, sich zu setzen, und bestellte Kaffee bei Zouba.

»Wie geht es Ihnen heute abend, Madame?« Er beugte sich vor und starrte sie verführerisch an. Immer ein Kavalier der alten Schule, unser Fjodor Pawlowitsch.

Adela zog ihre linke Wange hoch, ein Zeichen, daß sie sich langweilte.

Ich antwortete statt ihrer: »Ein gräßlicher Tag. Wie ist es draußen?«

Seine buschigen Brauen hoben sich. »Ziemlich trocken und heiß.« Unter den Hautfalten seines Halses weichte der Kragen durch.

Ich wechselte Blicke mit Adela, versuchte, humorvoll zu zwinkern, um ihr zu vermitteln, daß auch ich über Fjodor Pawlowitsch lächelte. Sie gab meinen Blick gleichgültig zurück.

»Wird es morgen vorbei sein?«

Fjodor Pawlowitsch holte ein goldenes Etui hervor und bot uns eine Zigarette an. Wir dankten. Er zündete sich eine russische Zigarette mit langem Mundstück an, hob eine Augenbraue, setzte sich seitlich und schlug ein Bein über das andere: der perfekte Gardist des Zaren, nur daß er klein, alt, bucklig, Blumenhändler und Exilant war.

»Allah weiß, mir ist es egal. Mein Laden ist kühl. Was glauben Sie, wer heute bei mir war?«

Zouba kam mit drei Tassen Kaffee herein; Adela beobachtete ihn, verlangte Wasser.

Ich sagte: »Trink kein Wasser, mein Engel. Du weißt, das soll man nicht.«

Sie lauter zum wartenden Diener: »Wasser, Zouba.«

»Ja, Ma'am.« Er ging hinaus.

»Wer, glauben Sie, war heute im Laden?« fragte Fjodor Pawlowitsch wieder.

Wir wußten es nicht.

Er zog die Stirn in laszive Falten. »Raten Sie«, sagte er.

»Keine Ahnung, Fjodor Pawlowitsch, keine Ahnung. Der König?«

Er kicherte. »Nein, nein! Etwas darunter, etwas! Versuchen Sie es noch mal!«

»Offen gesagt, Fjodor Pawlowitsch, für diese Art Scherze ist es mir zu heiß.«

Er lachte herzlich; er lachte immer über seine eigenen Witze, zweifellos aus Angst, daß niemand sonst lachen würde.

»Ha-ha! Sie werden es nicht glauben.« Er brach ab, sah um sich, ließ dann den Blick auf Adela ruhen und flüsterte: »Madame Corti.« Er lehnte sich zurück und beobachtete die Wirkung.

Zouba kam mit einem Glas Wasser zurück. Adela legte, um sie zu kühlen, die Finger um das eiskalte Glas.

»Ich kann nichts Außergewöhnliches darin sehen«, sagte ich zu Fjodor Pawlowitsch.

Zouba wartete.

»Ja, aber!« Fjodor Pawlowitsch packte den Knoten seiner Krawatte, zerrte daran, schob ihn hoch. »Ja, aber wem wollte sie Blumen schicken?«

Adela sagte zu Zouba: »Bring mir eine Karaffe Wasser aufs Zimmer, bevor du schlafen gehst.«

Der Diener nickte und ging.

»Wem?« wiederholte der Bucklige. »Nun?«

»Dem König«, sagte ich und wünschte, er würde aufhören, mir Rätsel aufzugeben.

Er brüllte vor Lachen, schlug sich aufs Knie, blickte nieder, um zu sehen, ob seine makellose Bügelfalte Schaden genommen hatte, zupfte daran. Dann lachte er wieder.

»Immer der König!« sagte er. »Was für ein Patriot Sie sind, Tristan!« Er wurde ernst. »Nein, nicht dem König.«

»Wollen wir jetzt Schach spielen?« fragte ich.

»Nein, nein, nein, Sie müssen raten, Sie müssen. Eine schöne Dame der Oberschicht wie Madame Corti, eine schöne Dame, die jeden zum Liebhaber haben könnte, jeden General, Diplomaten, Landbesitzer.«

Adela fragte: »Wie lange wollt ihr spielen?«

Ich berührte ihren Arm.

»Nicht sehr lange, mein Engel. Ein oder zwei Spiele. Warum? Würdest du gern hinaufgehen?«

Sie nickte: »Ja, bald.«

Sie trank das Wasser.

»Also?« fragte Fjodor Pawlowitsch. »Also?«

Ich öffnete die Schachtel, klappte das Brett auf und begann die Figuren aufzustellen.

»Im Moment fällt mir wirklich niemand ein«, sagte ich.

In Fjodor Pawlowitschs Augen trat triumphierende Ausgelassenheit. Er sah mich an; er sah Adela an und dann wieder mich. Seine Züge spiegelten pure Einbildung wider.

Da ich wußte, daß das noch lange so weitergehen konnte und was er wollte, sagte ich: »Doch nicht Ihnen, Fjodor Pawlowitsch?«

Die Stirn in Falten gelegt, die Lippen kokett geöffnet, mit der Zunge eine Wange ausbuchtend, wandte er sich ein wenig ab, dann rasch wieder zu uns um: »Sie glauben es nicht, wie?« flüsterte er. »Nun, mir«, schnaubte er. »Ja, Sir. Mir. Madame Corti.« Seine Augäpfel verschwanden fast. *»Une femme fatale,* was für eine Frau.« Seine Lippen kräuselten sich ekstatisch, die Hände beschrieben Kurven. »Groß, Elfenbeinhaut, die Figur einer Nymphe!« Noch ein Schnauben. »Diese Leidenschaft! Diese Technik! Diese Phantasie!« Elegant küßte er seine zu einem Dreieck geformten Fingerspitzen.

Adela stand auf. Ihre Augen glänzten fiebrig. Hinter meinem Rücken hörte ich die Schwingtür knarren.

»Ihr müßt euch nicht beeilen«, sagte sie. »Laßt euch Zeit. Vergiß nicht, zu Konstantinopoulos zu gehen, bevor du ins Bett kommst. Gute Nacht, Fjodor Pawlowitsch, Sie entschuldigen mich?«

Er sprang auf, küßte ihre Hand.

»Ich bin etwas müde heute abend«, sagte Adela.

Sie ging langsam zur Tür und blieb dort stehen.

Ich lächelte sie verständnisvoll an.

Fjodor Pawlowitsch küßte seinen Handrücken, blies Adela den Kuß hinüber.

Dann war sie verschwunden, und wir fingen an zu spielen.

(Das war die Nacht vor ihrem Tod.)

Es war nach Mitternacht, als Fjodor Pawlowitsch ging.

Ich weiß es: ich weiß es, weil ich auf die Standuhr in der Diele blickte, als ich ihn zur Tür begleitete. In der dunklen, stillen Diele ging das Pendel hin und her. Obwohl ich die Uhr hasse, ging ich in jener Nacht zu ihr und sah ihr ins gelbe Gesicht: zehn Minuten nach Mitternacht.

Den Panamahut verwegen über ein Auge gezogen, ging Fjodor Pawlowitsch, den Stock über dem Arm, auf Zehenspitzen zur Tür.

»Tausendmal *merci«,* flüsterte er.

Ich hatte ihn gebeten, leise zu sein; immer, wenn er im Schach gewann, wurde er laut, pfiff und gab kleine Triumphschreie von sich.

»Tausendmal *merci. Mes hommages à Madame.* Kommen Sie mich bald besuchen.«

Ich lächelte und tätschelte ihn (mit Bedacht nicht seinen Buckel); wir schüttelten uns die Hände. Er trat auf die Treppe.

»Wollen Sie bestimmt nicht mitkommen?« fragte er blinzelnd.

»Nein, danke, Fjodor Pawlowitsch«, sagte ich.

Er fuhr mit seiner Zunge ans untere Zahnfleisch: eine kleine Beule erschien an seinem Kinn.

»Sie versäumen etwas.« Er hob die Hände über den Kopf und bewegte die Hüften wie eine Bauchtänzerin.

»Gute Nacht, Fjodor Pawlowitsch«, sagte ich.

»Gute Nacht«, flüsterte er und ging.

Ich schloß vorsichtig die Tür hinter ihm und lauschte. Ein leiser Wind, ein böser Wind hatte sich früher am Abend erhoben, und man konnte hören, wie er den Sand die Straße entlangfegte. Ich wischte mir übers Gesicht und ging wieder hinauf zur verhaßten Uhr.

Es war viertel nach zwölf.

Im Hauptgang öffnete sich eine Tür, und Lady Malvilles vertrocknetes Gesicht schaute heraus. Ich tat, als hätte ich sie nicht gesehen.

Ich ging in den Seitengang, bis zum Ende, und blieb vor Konstantinopoulos' Zimmer stehen. Er hatte mich durch Adela wissen lassen, daß er mich wegen irgendeiner Beschwerde sehen wollte.

Ich lauschte wieder; nur die Standuhr schwang laut ihr Pendel. Ich klopfte.

»Herein«, sagte er.

Wie ein trauriger Hund saß er in der Unterhose auf seinem Bett, die Finger tief in der Nase. Überall lagen Papierstapel, Bücher, Aschenbecher und Socken herum. Auf seinem Schoß hatte er ein großes Schreibheft und in der Hand einen Federhalter.

»Treten Sie ein, Mr. Manasse«, sagte er und blinzelte, denn die einzige Lichtquelle, eine grelle

Lampe, stand neben seinem Bett, und er konnte mich nur schlecht erkennen. Mit dem rechten Zeh kratzte er sich am linken Knöchel.

»Guten Abend«, sagte ich. »Meine Frau hat gesagt, Sie wollten mich sprechen.«

»O Gott«, seufzte er, überaus pessimistisch, als wüßte er, daß es sowieso vergeblich sei, was immer »es« war. »Es ist sehr freundlich von Ihnen, sich zu bemühen.« Er schürzte angewidert die Oberlippe. »Eine ziemlich peinliche Angelegenheit. Setzen Sie sich, bitte.«

Er bot mir eine Zigarette an.

»Es ist gestohlen worden«, flüsterte er und nickte dabei. (Die ganze Welt ist eine Räuberhöhle, sollte die Geste ausdrücken.) »Nichts Wichtiges, ich will nicht, daß Sie sich aufregen oder die Polizei benachrichtigen oder einen Leserbrief schreiben oder den Boy verprügeln.« Seine Augen wurden einen Moment lang starr; er befand sich weit weg von diesem Zimmer.

»Gestohlen?«

Seine Augen bewegten sich: er war wieder da.

Er zog die Schultern hoch, kratzte den jeweils gegenüberliegenden Ellenbogen und sagte: »Mein Eau de Cologne. Ich habe es gestern gekauft, und heute nachmittag war es verschwunden.« Seine Stirn drückte aus: Überrascht Sie das? Mich nicht.

»Eau de Cologne?«

»Jemand muß es sich genommen haben. Normalerweise würde ich kein Aufheben davon machen. Aber die Hitze ... «

»Oh, aber natürlich«, unterbrach ich ihn, »natürlich müssen Sie Aufheben davon machen. Verdächtigen Sie einen der Diener?«

Er sah mich düster an; gemeiner Mensch, sagte sein Blick, wieso die Diener? Wieso finden Sie es so selbstverständlich, daß ... Aber dann kehrte sein gesunder Menschenverstand zurück.

»Ich weiß«, sagte er mit hoher Stimme, »wer es war – Zouba.«

Ich wartete.

»Zouba?« Jetzt war das Pendel zu hören.

»Ja. Als ich heute nachmittag zurückkam, sah ich, daß er etwas unter dem Arm trug. Er hat mich nicht bemerkt. Später am Abend, als er das Zimmer machen kam, konnte ich mein Eau de Cologne an ihm riechen.«

Ich stand auf.

»Ich werde mich sofort darum kümmern.«

Er protestierte.

»Schmeißen Sie ihn nicht raus.« Es klang heftig. »Rufen Sie nicht die Polizei. Bringen Sie mir nur meine Flasche zurück. Wir alle mögen Zouba.«

Er wandte den Blick ab. »Außerdem ist es zu heiß«, fügte er hinzu.

»Überlassen Sie das ruhig mir.« Ich ging zur Tür.

»Ich danke Ihnen«, sagte er und sah kurzsichtig auf sein Manuskript. »Ich muß weiterarbeiten, ich muß«, sagte er zu sich selbst.

Ich öffnete die Tür.

»Muß weiterarbeiten«, murmelte er. »Und beichten, beichten.«

»Wie bitte?« fragte ich.

Er blickte auf; offenbar hatte er mich nicht gehört.

»Beichten«, wiederholte er, schüttelte den Kopf, um in die Realität zurückzukehren, lächelte gezwungen: »Es tut mir leid.«

»Gute Nacht, Mr. Konstantinopoulos.«

»Äh – ja – gute Nacht.«

Adela war wach.

Ich trat vorsichtig ein, weil ich glaubte, sie schliefe. Sie lag mit einem Handtuch über ihrer Mitte auf dem Bett. Ihr Körper war gelb und runzlig.

»Noch wach?« fragte ich und knöpfte mir das Hemd auf.

Sie atmete schwer.

»Kann nicht schlafen. Kann nicht schlafen. Sieh dir den Verrückten an!«

Der Armenier stand im hell erleuchteten Vorderzimmer. Er war splitterfasernackt; er summte und tanzte Walzer. Sein Radio lief gedämpft, aber ununterbrochen. Er hatte die Augen geschlossen und umarmte einen eingebildeten Partner; er war wie im Rausch; er wußte, daß wir ihn sehen konnten.

»Zieh die Vorhänge vor«, sagte Adela. »Ich hatte nicht die Kraft aufzustehen.«

Ich zog die Vorhänge zu.

»Ich habe Lady Malville wieder erwischt.« Sie war gesprächig in ihrer letzten Nacht. »So kann das nicht weitergehen. Sie hat im Eisschrank gewühlt und den Schinken gestohlen.«

»Setz ihn ihr auf die Rechnung.« Ich zog mein Hemd aus. »Sie kann nicht anders, die Arme. Sie sagt es selbst.«

»Es steht mir bis hier.« Sie schielte an ihrem Körper herunter und beobachtete eine Fliege. »Ich habe genug von ihr. Sie wäscht sich nicht.«

»Sie ist eine arme alte Frau. Sie muß sechsundachtzig sein, außer dem Essen ist ihr nichts geblieben.«

Adela krümmte die Hand und schnappte die Fliege. »Sie geht mir auf die Nerven.« Sie klatschte die Fliege an die Wand.

»Nun ja.«

»Unausstehlich, die Frau«, fuhr sie fort. »Gib mir die Nagelfeile, die aus Papier.«

Ich reichte sie ihr. Mit besorgt neugieriger Miene suchte sie eine bestimmte Stelle an einem ihrer Finger, entdeckte sie und begann zu feilen.

»Und diese Ritchies«, ging es weiter.

Ich verabscheute das schleifende Geräusch ihrer Nagelfeile. Ich zog meine Schuhe aus.

»Diese Ritchies«, sagte sie. »Der Mann ist ein Brechmittel und diese Frau mit ihrem ewigen Ekzem!«

»Sie sind unsere Mieter und nicht die schlechtesten.«

»Mir ist schwindlig«, sagte sie, legte die Feile weg, schloß die Augen. Sie pustete Luft aus. »Na ja, was soll's!«

Sie öffnete die Augen und inspizierte ihre Nägel.

»Wir sollten in die Schweiz fahren«, sagte sie. »In den Schnee.«

Ich puderte meine Zehen. »Du hättest einen Millionär heiraten sollen«, sagte ich friedfertig.

»Ja, Schnee«, sinnierte sie. »In der Schweiz gibt es keine Fliegen, keine Araber, keine Ritchies. Die hohen Berge sind ewig weiß.«

Ich puderte meine Achselhöhlen.

»Die Menschen dort sind schlank«, redete sie weiter, »und freundlich und brüllen sich nicht an. Es gibt grüne Weiden mit Kühen und Ziegen. Und einen Berg namens ›Jungfrau‹.«

Ich drehte mich um.

»Was, um alles in der Welt, ist los mit dir?« fragte ich. »Wirst du jetzt schrullig?«

Sie kratzte sich mit der Nagelfeile hinter dem Ohr.

»Das verstehst du nicht.« Sie sah zur Decke.

»Und warum nicht? Ich kenne mich mit der Schweiz genauso gut aus wie du.«

»Nein, eben nicht«, sagte sie. »Ach, was soll's.«

Ich zog meine Unterhose aus und puderte mich weiter.

Sie seufzte. »Schnee.«

»Wir fahren in den Libanon«, sagte ich. »Irgendwann.«

Sie seufzte wieder.

»Sei nicht albern«, sagte sie. Sie drehte sich auf die Seite, zog die runzligen Knie an. »Was wollte Konstantinopoulos?«

Das hatte ich befürchtet.

»Oh.« Ich stellte die Puderdose weg. »Er hat sich beschwert.«

Ich legte mich aufs Bett.

»Über Zouba!«

Sie erstarrte und blickte auf. »Zouba?«

»Ja.«

Meine Kissen waren zu prall; ich drehte sie um und klopfte sie flach.

»Zouba hat ihm sein Eau de Cologne geklaut.« Ich wagte nicht, sie anzusehen.

»Er hat gesagt, wir sollten kein Aufhebens davon machen, er wollte mir nur Bescheid sagen und seine Flasche zurückhaben.«

Sie sagte nichts.

»Er hat gesagt, er mag Zouba, ich solle nicht die Polizei benachrichtigen oder etwas in der Art tun.«

Sie schwieg immer noch.

»Sprich du mit Zouba. Morgen. Kann ich das Licht ausmachen?«

»Ja«, sagte sie.

Ich griff nach oben und drückte den Schalter.

»Also dann«, sagte ich im Dunkeln, »du schläfst jetzt besser. Morgen ist der Sturm vielleicht vorbei.«

Ich sah sie in der Dunkelheit unseres Zimmers an, und meine Hand berührte ihren Kopf. Ich streichelte ihr Haar und ihre Wangen; sie rührte sich nicht.

»Gute Nacht, mein Engel«, sagte ich.

Das war alles: außer daß sie tief Luft holte und etwas sagen wollte, es aber nicht tat. In der Diele war die Standuhr zu hören und wie der Sand sich hereinstahl und sich langsam eine Tür unter ihrem eigenen Gewicht schloß. In der allmählich eintretenden Stille leerte sich das Hirn von Wörtern, und die Lider formten Muster für die Träume.

Zwei

MEA CULPA

Warum sollte es so unwahrscheinlich sein, daß eine alternde Frau in Kairo in der Zeit ihrer abflauenden Sexualität, geplagt von der Welt und den Menschen, Selbstmord begeht? Warum sollte sie den Ort der Qualen und des Sandes und des Ungeziefers nicht hinter sich lassen? Tagtäglich sterben Tausende von eigener Hand, durch Gift oder Messer, Gas oder Strick. Auch der geschwollene Fluß nimmt nachts seine Opfer auf. Es gibt Schlimmeres, als sich aufzugeben. Warum schwitzen und ächzen unter einem zermürbenden Leben? Adela war ganz Leiden. Es ist durchaus möglich, am fünften Tag eines Chamsins in einem kühlen Bad an Resignation zu sterben.

Man hielt es für einen Unfall. Man war freundlich zu mir. Vierzig Menschen kamen in Schwarz mit Blumen zur Bestattung. Viele andere schickten Beileidsschreiben. Niemand stellte Fragen oder zeigte sich mißtrauisch.

Vor ein paar Tagen habe ich mich vor den dreiteiligen Spiegel gesetzt, zwischen alten Krimskrams, um mir den Tod meiner geliebten Frau Adela zu erklären. Ich sagte: Adela hat sich umgebracht, das weiß ich genau; es ist ungeheuerlich, warum hat sie das getan? Indem ich in meinem schriftlichen Monolog die Fakten durchleuchtete, mich dabei auf ein nachlassendes Gedächtnis verließ, entdeckte ich ihre Mörder: den Sand und die Hitze, das Altern und ihre Schmerzen und anderes. Das hätte genügen sollen, um mir Ruhe zu geben, die Gedanken an sie zu beschwichtigen. Soll sie in ihrem weißen Linnen ruhen, fern von allem, und zufrieden sein, daß ich, ihr liebender Ehemann, die Fragen gestellt habe, die alle Opfer gern stellen würden, aber nie stellen können.

Warum dann weiterfragen? Warum finde ich keine Ruhe? Kein Mensch kann *alles* ergründen. Ein paar Szenen, Gestalten, Wortfetzen – mehr hat man nicht zur Verfügung. Es wäre unerträglich, weiter in der Vergangenheit zu wühlen, unerträglich und ungehörig. Selbst die Polizei begnügt sich mit den nackten Tatsachen: Name, Ort, Alter, was ist geschehen und wie? In diesen letzten paar Tagen, als ich den Tod meiner geliebten Adela schriftlich zu erklären versuchte, habe ich mir oft gesagt: Du hast getan, was zu tun war. Ruhe dich jetzt aus.

Ich kann mich nicht ausruhen.

Niemand drängt mich, niemand zwingt mich; mir geht es gut, ich lache viel, ich plane einen Urlaub in Port Said, mein Appetit ist ausgezeichnet. Selbstverständlich trauere ich tief um Adela. Ich bin einsam ohne sie. Tag und Nacht fehlt sie mir in unserem Zimmer. Aber Trauer tröstet auch. Niemand hat zu mir gesagt: Setz dich hin und schreibe; niemand wartet auf diese Seiten; mein Vater, den das vielleicht interessiert hätte, ist vor vielen Jahren gestorben. Trotzdem beschäftigen mich diese Dinge. Sie treiben den Monolog hervor.

Trotzdem werde ich weiterfragen. Jedoch nicht ohne Beklommenheit, denn ich weiß nicht, was das Ende der Seite noch bringen wird. Man schreibt, um zu beichten, hat Konstantinopoulos neulich gemurmelt. Aber wie kann man etwas beichten, was man nicht weiß? Opfer sterben unwissend, besiegt von einem unsichtbaren Geschick. Aber was ist mit den Tätern? Wissen sie, welche Macht sie dazu treibt, blind die Kluft zwischen Angst und Tat zu überspringen? Sie sollten es wissen, denn Wissen bringt Absolution; die schlimmste Lüge ist die Unterlassung.

Es gibt viele Wahrheiten: eine Wahrheit des Richters, eine des Angeklagten; und das lüsterne Publikum will die belanglose Sensation. Wenn ich nur wüßte, welcher Platz mir zusteht? Das Podium des Richters, die Bank des Angeklagten oder die Reihen der Zuschauer? Wenn ich mich nur erinnern könnte. Die Vergangenheit ist wie der angeschwollene Fluß. Was man sagt, ist nicht das, was man weiß, und Wissen ist nicht Fühlen, und hinter mir stehen Tausende von Tristans, die Tristans meiner Jugend zum Beispiel, viele stumme und scheue Tristans. Manche stupsen mich an der Schulter, führen mir die schreibende Hand; manchen wiederzubegegnen weigere ich mich strikt.

Dennoch, es schadet nichts und ist in gewisser Weise auch sinnvoll, mich zu fragen, warum ich Adela getötet habe?

Meine Sünde war das Erbarmen. Und welch nette Entschuldigungen ich gefunden habe, um mich reinzuwaschen. Welch schlaue Motive! Wie geschickt ich die Fakten frisiert, wie überzeugend den Sand und die Hitze und das Altern angeführt habe! Die simpelsten Gründe flossen mir aus der Feder. Aber der Richter wandert immer mit durchs Leben: ein stummer Partner, der einem zusieht und versteht; seine Augen sind groß, seine Arme lang. Er, nicht Adela, muß mir verzeihen.

Aber bitte, wessen Herz ist frei von Mord? Wer sticht nicht zu, schießt nicht, drückt nicht zu, wenn die Kehle bloßliegt?

So habe ich sie getötet:

Natürlich war es an dem Freitagmorgen, dem fünften Tag des Sandsturms. (Nach der bisher schlimmsten Nacht; die Luft stand um uns herum wie Säulen, der Sand zischte unaufhörlich herein; ich wachte gegen vier Uhr auf, sah zu Adela hinüber, stand auf und ging hinaus, um ein paar Schlucke Mineralwasser zu trinken, kam zurück, schlief wieder ein, wachte auf und sah Adela herumgehen; und sie sah mich an und sagte: »Ich nehme jetzt ein Bad.«) All dies ist die Wahrheit, der Rest ist auch wahr, nur ist das nicht alles.

Ich wußte, wohin sie ging und warum. Arme Adela! Auf der Schwelle blieb sie stehen: ich tat, als sei ich schläfrig, und murmelte, die Augen schließend, vor mich hin. Sie ging hinaus, ließ die Tür angelehnt. Ich zählte ihre Schritte. Ich wußte, daß sie an der Badezimmertür vorbeigegangen war. Dann konnte ich hören, wie sie stehenblieb. Arme Adela! Lassen wir den Sand, die Hitze, die Welt! In mir war Mitleid, tiefes, tiefes Mitleid, permanentes Mitleid, kein flüchtiger tränenreicher Gefühlsausbruch, sondern trockenes Mitleid, wie man es namenlosen Alten und Krüppeln gegenüber empfinden mag, dem Waisenkind, dessen Augäpfel von Fliegen und Trachom zerfressen sind, den schwachen Bettlern, die blind in die Sonne starren, die Hand nach einem Piaster ausgestreckt. Ich lauschte. Mitleid ist etwas Großartiges! Ich stand auf, ging auf Zehenspitzen zur Tür und sah hinaus. Ich konnte sie gut erkennen: durch das Fenster im Gang fiel graurotes Licht. Sie stand über Zouba gebeugt, und Zouba, der schlafende Prinz, der schöne Jüngling, hatte sich aufgesetzt. Wie stark seine Brust, wie glatt seine Schokoladenhaut, glänzend vor männlichem Schweiß! Ich sah, wie sie die Hand ausstreckte, um ihn zu streicheln. Er zuckte zurück, das Gesicht ängstlich und abwehrend. Sie flüsterte etwas, er wich zurück und schüttelte den Kopf. Sie kniete neben ihm, etwas taumlig, mit wackligen Knien, und beugte sich über sein Gesicht, und ihre Hände, faltig und gierig, als könnte sie es kaum erwarten, sich der Seligkeit der Hingabe, die sie seit geraumer Zeit nicht mehr verspürte, zu nähern, ihre Hände, halb segnend, halb zupackend, berührten dabei seine Brust. Er rückte weg von ihr, sie rutschte ihm auf den Knien nach, verlor das Gleichgewicht, taumelte gegen die Wand, fiel mit gespreizten Beinen, das Haar wirr im Gesicht, der Mund runzelig und eingefallen, unbeholfen auf ihr Hinterteil. Sie kroch näher zu ihm; ihr Morgenrock klaffte auf, ihre Hände griffen wieder nach ihm. In seinem Gesicht stand Ekel; er hob abwehrend die Hand, sie packte sie, er riß sich los, sie klammerte sich an seinen Arm, seine freie Hand stieß ihre Schulter weg, sie wollte ihn nicht loslassen, er verlor die Beherrschung und schlug, lahm, nicht heftig, nicht bösartig, auf sie ein: er wollte sich nur von ihr befreien. Sie fiel keuchend nach hinten. Er beobachtete sie, bis sie auf allen vieren davonkroch, nach Halt suchend die Wand fand und sich aufrichtete. Seine großen schwarzen Augen folgten ihr. Sie sagte etwas, das ich nicht verstehen konnte, und kam zurück. Schnell schloß ich die Tür und lief zum Bett. Wieder zählte ich ihre Schritte und wünschte, sie möge zum Badezimmer gehen. Dort blieb sie stehen; ich hörte das Knarren des Türknaufs.

Etwa eine halbe Stunde lag ich im Bett, Mitleid im Herzen, in Augen und Händen! Arme Adela! Arme geliebte Frau, Gefährtin etlicher Jahre! Sie war nie schön, klug oder besonders großherzig gewesen. Schon früh in unseren gemeinsamen Jahren wurde mir klar, daß ich immer von einer Süßeren, Lieblicheren träumen würde, daß in der Dunkelheit unserer Liebe die Vision irgendeiner Namenlosen mich anstacheln würde, und ich wußte auch, daß ich durch das stärkste Band, das es gibt, durch Mitleid, an Adela gebunden war und ihr auf keinen Fall wehtun wollte, trotz allem. »Arme Adela« war das ewige Lied unserer Ehe; mit einem leichten Kopfschütteln, einer kleinen Neigung des Kopfes, leicht umwölktem Blick sah ich ihr zu und versuchte, sie vor den Stürmen und Schocks des Lebens zu bewahren. Wer hätte sich träumen lassen, daß Adela mit ihrem Horror vor derben Witzen und offenherzigen Umarmungen, die errötende Adela, sich je in einen schönen Diener, einen sudanesischen Jüngling, verlieben würde? Mitleidig sah ich ihr zu und gab mein Bestes, Gott ist mein Zeuge, das tat ich. Ich habe sie nicht merken lassen, daß ich es wußte. Ich war taktvoll und schwieg. Oft sagte ich mir: »Mein armer Engel. Sie macht eine schwierige Zeit durch! Die Tragik unverkennbaren Alterns, die grausamen physischen Symptome, das Herzjagen, die Schweißausbrüche, die plötzlichen Wechsel in Stimmung und Färbung! Wer bin ich, ihr Vorhaltungen zu machen?« Ja, so sprach ich zu mir selbst. »Vielleicht geht es vorüber! Soll sie im schwindenden Licht ihrer Weiblichkeit tun, was ihr gefällt! Ich werde über sie wachen und einschreiten, wenn man sie kränkt.«

Nach einer halben Stunde stand ich auf, aus keinem anderen Grund, als um nachzusehen, ob alles in Ordnung mit ihr war. Ich zog Unterhose und Latschen an und ging hinaus in den Gang. Zouba schlief. Ich ging auf Zehenspitzen zur Badezimmertür. Der Morgen war über uns gekommen, grau und drückend; ich wußte, daß der Sturm heute noch nicht vorüber sein würde. Aber was kümmerte einen der Sturm, der kam und wieder ging, der ein paar neue Silberfäden im Haar, ein paar Falten, etwas weniger Leben zurückließ? Die Tür war offen. Ich sah hinein. Da lag sie, mein Engel, eine Hand hing vom Wannenrand, dieselbe Hand, die vergeblich versucht hatte, den Jungen zu liebkosen. Ein runzliges Knie ragte heraus. Und sie lächelte! Oh, wie glücklich sie lächelte, offenbar träumte sie, vielleicht im Halbschlaf. Ein Gesicht und ein Lächeln können so viel ausdrücken! Wovon träumte sie? Da war ihr alter Körper, der seine Liebesfähigkeit einbüßte. Da waren das faltige Gesicht, die kaffeefarbenen Lider, geschlossen über wässrigen Augen, der glänzende Nasenbuckel, die tiefen Furchen der Lebenssorgen, die sich neben ihrer Nase bis hinunter zum Kinn eingegraben hatten. Da waren die farblosen Lippen, dünn in baldiger Erwartung des Todes, jetzt lächelnd verzogen und knochenfarbiges Zahnfleisch entblößend. Da waren die schlaffen Brüste mit ihren runzligen Knöpfen, der ungesunde Höcker ihres Bauches. Da war all das und ihr Traum. Traum wovon? Vom starken Fluß des Blutes, von saftiger Haut und rosigen Lippen und blitzenden Augen und dem weichsten aller Körperfelle, vom zitternden Liebesvorspiel, vom schönen schwarzen Jungen, die Zähne reines Elfenbein, die Augen zwei indische Juwelen, dessen Körper sich von der Süße der Jugend zu selbstsicherer Männlichkeit verwandelte. Das war der Traum, der Traum der armen Adela, ich schwöre es. Ihr Lächeln war deutlich. Sie hatte den Kopf zur Seite geneigt. Offenbar wollte sie weiterträumen, vor- und zurückspringend in der Zeit. Wie tat mein armer Engel mir leid, was hätte ich weinen können, wäre da nicht mein permanentes trockenes Mitleid gewesen. Leise trat ich ein und beugte mich über sie. Sie war glücklich. Das Wasser war kühl, ihr Traum zeitlos. Jeder Muskel schien entspannt. Sie war alt und häßlich, niemand würde sie mehr zurückweisen können, nie wieder. Sanft, mit dem Takt und der Behutsamkeit einer Hebamme, die ein Kind zur Welt bringt, legte ich die Hände auf ihre Schultern und drückte sie unter Wasser und hielt sie so, bis sie in ihr Nirwana sank und mein Erbarmen gestillt war.

Zouba trat im vorigen September in unsere Dienste.

Wir brauchten zur Entlastung des Oberkellners Ali einen zweiten Diener. Die Pension war durch die Ankunft der Familie Ritchie und eines Kaufmanns aus Teheran bis oben hin voll. Wir fragten Ahmed, ob er einen zuverlässigen jungen Mann kenne. Ahmed hatte eine Schwester, eine Näherin, eine »Dame«, wie er sagte; diese Näherin hatte eine Tante, die Frau eines Kesselflickers; des Kesselflickers Frau hatte einen Cousin, der in einem großen Basar bei einem Silberschmied arbeitete, und dieser Cousin hatte einen Sohn, Zouba.

Er war sechzehn Jahre alt.

Ich erinnere mich noch an den Morgen, als Ahmed ihn mitbrachte. Es war zur Frühstückszeit. Adela und ich saßen an unserem Tisch, lächelten unseren Mietern zu, erkundigten uns nach ihrem Befinden, fragten, ob wir etwas für sie tun könnten. Es war, durch das einzige Fenster nur spärlich beleuchtet, eine düstere Versammlung. Da war Lady Malville mit ihrem kurzen, grauen, wirren Haar, dem Pergamentgesicht, dem trockenen Hals, der aus dem weiten Burnus ragte, einem verwundeten Bussard ähnlich. Sie saß allein in der Ecke, löffelte in rasender Geschwindigkeit Cornflakes, jedem Gespräch abgeneigt. Da war der Schweizer Doktor, wie immer in Eile; seine Finger, die graziös eine Gabel, eine Tasse, eine Serviette berührten, führten ein Eigenleben. Da war der persische Kaufmann mit seinen dicken Brillengläsern, seinem kahlen, wie gelackten Schädel; aus seiner Brusttasche hing wie eine Zunge ein seidenes Taschentuch. Da waren die Ritchies, frisch eingetroffen, staunend und leicht zerknittert; er mit winziger Nase und winzigen Augen, seinem höflichen Geflüster, seinem Getue; sie, die Polin, mit ihren vortretenden Augen; das schüchterne Kind, das hinter seiner Tasse Kakao vorgaffte und staunte. Da war Konstantinopoulos, unglücklich in sein Manuskript vertieft; er stieß fast sein Heißwasserkännchen um, errötete, ließ ein Messer fallen. Es war ein trübsinniges Häufchen; niemand sprach außer dem flüsternden Ritchie und dem Kind, das gelegentlich eine Frage herausquakte. Bei unseren guten Wünschen und Anfragen murmelten sie:

»Vielen Dank.«

»Danke.«

»Aham.«

»Ganz gut.«

»Merci.«

»Nun ja.«

Adela und ich wechselten Blicke. (Neben anderen Dingen, die uns verbanden, waren es diese Blicke.) Wir setzten unser Essen fort, als Ali hereinkam und flüsterte:

»Ahmed sagt, der neue Boy ist da.«

»Bring ihn herein.«

Wir warteten, aber eine ganze Weile geschah nichts. Die Küchentür war direkt hinter mir, und ich konnte Flüstern hören und Ahmeds ungeduldige Stimme. Offenbar war der neue Boy schüchtern. Ich drückte die Schwingtür auf und sah eine ganze Versammlung vor mir: Ahmed, Ali, einen alten Mann (der sich als der Cousin der Frau des Kesselflickers herausstellte), Mahmout, der Kammerdiener, Tewfik, der Gehilfe des Gemüsehändlers, und der neue Boy, den Rücken mir zugewandt. Sie diskutierten heftig, alle redeten durcheinander; Ahmed, als Wortführer des Streits, versetzte dem neuen Boy kleine Stöße. Schließlich bemerkte mich einer von ihnen, stieß die anderen an; alle, außer Ahmed, der mich nicht bemerkte und weiter zankte und knuffte, verstummten.

»He, Ahmed!« rief ich. »Was geht hier vor?«

Seine Hand erstarrte mitten in der Luft, seine Lippen inmitten eines Satzes; er drehte sich um und sagte:

»Dieser Hundesohn weigert sich, zu Ihnen zu gehen. Er sagt, er habe Angst.«

Allgemeines Gemurmel.

»Aber, aber, mein Sohn«, sagte ich. »Du hast nichts zu befürchten.«

Fluchend packte Ahmed den Jungen und zerrte und knuffte ihn. Der drehte sich endlich um. Er war sehr hübsch: groß und schlank, breite Schultern, schmale Hüften, lange Beine. Sein Gesicht war weich und freundlich, mit einer geraden Nase, klaren, treuen Augen; und als er scheu lächelte, erstrahlte sein ganzes Gesicht aufs lieblichste. Selten habe ich ein solches Lächeln gesehen; er hatte vollkommene Zähne, und die ganze Küche wurde ein wenig heller. Dieses Lächeln bat um Vergebung und Hilfe und war daher ein Hundelächeln, aber es war auch frisch und fröhlich, ein Lächeln, dem man mit einem Lächeln begegnen mußte; es wärmte.

»Geh schon, Zouba!« spornte ihn die Frau des Kesselflickers an.

Das liebliche Lächeln erlosch, ein Schmollen blieb zurück. Der Junge senkte den Blick, sah auf, lächelte wieder; Ahmed stieß ihn näher zu mir heran.

»Komm, Zouba«, sagte ich wieder.

Langsam kam er herein, und als er die Versammlung sah, erstarrte er. Plötzlich packte ihn der Stolz; er straffte sich und verbeugte sich gewandt.

»Laß dich ansehen«, sagte Adela ungeduldig. »Was war das für ein Aufstand?«

Der Junge drehte sich zu ihr um, verbeugte sich wieder und lächelte. Die anderen im Zimmer blickten auf und sahen den hübschen Jungen in seiner sauberen weißen Galabiya mit roter Schärpe und rotem Fes. Alle sahen auf sein Lächeln.

»Du bist ein hübscher Junge«, sagte Adela trokken und musterte ihn. »Wie heißt du?«

»Zouba.« Er hatte eine helle Stimme.

»Wie alt?«

Er wurde rot. »Sechzehn.«

Hinter der halboffenen Tür lauschte die Küchenschar.

»Hast du schon mal gedient?«

Der Junge zögerte.

»Nein.«

»Hm.« Adela betrachtete ihn von oben bis unten. »Wir versuchen es mit dir. Ali wird dich einweisen.

»Danke.«

Er sah sich wieder um und bemerkte die interessierten Gesichter und lächelte sie an. Einige, wie die Polin, lächelten zurück; Konstantinopoulos blähte bitter einen Nasenflügel. Der Junge lächelte in die Runde und ließ dann den Blick auf Adela ruhen; sie starrte kühl zurück; aber wer hätte ihm widerstehen können?

»Ein hübscher Junge«, sagte sie eine Spur zu laut und wurde rot.

Er hörte auf zu lächeln, verbeugte sich, entfernte sich rückwärts und stieß mit dem neugierigen Ahmed zusammen.

In den klaren Wintermonaten lebte und arbeitete Zouba bei uns.

Im Winter stinken die kleinen Öfen nach Öl, und die Abende sind blau. Wir ruhen uns aus, wie alte Männer, die ihre Schuhe ausziehen. Die eingemotteten Winterkleider sind herausgeholt worden, und die Sonne scheint nicht oft; ein starker Wind rüttelt an den Bäumen, und der Regen kommt wie ein Fremdling und wäscht die Straßen. Früh zünden wir die Lampen an, Freunde kommen auf einen Schwatz, spielen Karten und trinken Kaffee, und nichts ist trauriger als die einsamen Sommerstühle der Freilichtkinos, die, übereinandergestapelt, von den bleiernen Regentropfen gewaschen werden.

Zoubas Lächeln heiterte uns alle auf.

Er lernte leicht, schnell, etwas zu schnell, und er lächelte zu oft.

Mit der Zeit hatten wir ihn alle gern.

Er schlief im Gang auf einer Matratze (sonst war nirgends Platz für ihn). Er stand früh auf, um Staub zu wischen und die Diele, den Speiseraum und den Gang zu fegen. Dann machte er, noch ein bißchen verschlafen, aber nach rechts und links lächelnd, das Frühstück. Ali versuchte anfangs, ihm seine eigene Arbeit aufzuhalsen, beschimpfte und trieb ihn an, wie ältere Dienstboten es tun, aber Adela schritt ein.

»Der Junge tut schon genug«, sagte sie zu Ali. »Wehe, du schikanierst ihn.«

Man stelle sich die Frühstücksszene vor:

Das bleierne Licht, die Morgenkühle, die Hoffnungslosigkeit eines sich dehnenden Tages. Ein Gast nach dem anderen kam in den Speiseraum marschiert, vorneweg Lady Malville, die ihren ersten Tee schon hinter sich hatte; rasch ließ sie ihre kurzsichtigen Augen durchs Zimmer schweifen, ob auch niemand mit einem größeren Klecks Marmelade oder Butter bedacht worden war. Sie setzte sich, als hätte sie es eilig, seitlich an den Tisch. Sie warf ungeduldige Blicke zur Küchentür. Manchmal flötete sie:

»Zouba! Zouba, wo bleibst du?«

Er antwortete:

»Ich komme, Lady Malville!«

Und er eilte mit ihrem speziellen Tablett herbei, verströmte Wohlwollen und sagte vertraulich:

»Heute *ham and eggs,* Lady Malville.«

Und beugte sich dicht über sie und lächelte. Sie konnte nicht mehr richtig lächeln. Man sah, wie sich die Runzeln um ihren Mund in alle Richtungen verteilten, die Augen sich schlossen, das Zahnfleisch erschien, der Hals sich zusammenzog wie eine Ziehharmonika; aber es war kein richtiges Lächeln, nur ein Gesicht aus Pergament, das von unsichtbaren Fingern auseinandergezogen wurde.

»Danke, Zouba.« Und sie wühlte geheimnistuerisch in ihrem weiten Burnus, wobei sie sich von ihm wegdrehte und einen schmutzigen Lederbeutel hervorzog; ihre alten Finger fummelten nach einem Piaster, den sie ihm gab. »Danke, Lady Malville.« Er verbeugte sich und sah mit weisem, vergebendem Lächeln zu, wie sie anfing zu essen.

»Schmeckt es Ihnen?« fragte er dann.

Da sie den Mund voll hatte, nickte sie nur, die Augen etwas lebhafter als gewöhnlich.

Adela mochte es nicht, wenn er nett zu ihr war.

»Verwöhne mir die alte Schlampe nicht«, sagte sie eines Morgens zu ihm. »Sie ißt zu viel.«

»Ja, Ma'am«, antwortete er und lächelte wissend.

»Ich meine ja nur«, nörgelte Adela weiter. »Was hat sie heute morgen gegessen?«

Zoubas Finger bewegten sich automatisch, als er die Speisenfolge aufzählte.

»Vielfraß!« sagte Adela wieder. »Habe ich nicht recht?« Sie zwang ihn, zu lachen. Wie er lachen konnte, so fröhlich und ohne jede Schuldgefühle, und Adela lachte auch, weil sie ihn dazu gebracht hatte, zu lachen und ihr beizupflichten.

»Sei bloß nicht zu nett zu ihr! Nur höflich! Nur höflich!« sagte sie.

Die Ritchies mochten Zouba von Anfang an, weil er nett zu ihrem Kind war. Sie kamen hintereinander, die Frau, mit aufgesetzter Verzweiflung im Gesicht, das Kind ihr nachgewackelt, einen Finger im Mund, das Haar noch feucht vom eiligen Bürsten, der Mann ihnen nachgeschlichen, wobei seine Oberschenkel hörbar aneinanderrieben. Zouba sprang herbei, um ihr einen Stuhl heranzuziehen; sie setzte sich, er schob den Stuhl ein wenig vor. »Danke«, sagte sie anerkennend, ließ aber doch sich selbst, ihren Mann, Zouba, die ganze Welt nicht im Unklaren darüber, daß sie viele Gründe zum Traurigsein hatte: ihr Ekzem, ihren untüchtigen Ehemann, »das Leben«. Aber sie war gewillt, sich von seinem Lächeln aufheitern zu lassen, und er wußte das und lächelte und wartete auf sein Bakschisch. Das Kind gaffte ihn an. Als Zouba versuchte, es zu streicheln, drehte es den Kopf weg. Zouba versuchte es noch einmal; das Kind ließ es mürrisch zu.

»Kleiner Junge«, nannte Zouba ihn. »Hübscher Junge. Trink deinen Kakao.«

Die Frau laut:

»Du hast gehört, was Zouba gesagt hat, Stanislaus! Trink deinen Kakao!«

Aber sie wußte, daß das Kind wieder Theater machen würde, und deshalb hatte sie allen Grund zu Mißtrauen und Verdrießlichkeit. In ihrer Welt ging alles schief: sie hatte uns oft erzählt, wie abergläubisch sie in den kleinen Dingen des Lebens war. Ihre Welt war eine verquere Welt mit einem bettnässenden Kind, mit Ekzemen, Möbeln, an denen man sich die Ellenbogen stieß, Handtüchern, die man vor lauter Seife in den Augen nicht finden konnte, Waschwasser, das – wie vorsichtig man auch war – einem kalt den Arm hinunterlief, neuen Schuhen, die drückten, Kleidern, die nicht paßten, Sprungfedern, die spitz herausstanden, einem Mann, dessen Liebe baumelnde Routine war. Aber zu Zouba hatte sie Vertrauen gefaßt. Jeden Tag freute sie sich darauf, ihn zu sehen, und erwiderte sogar sein Lächeln.

Adela hatte die Polin nie gemocht. Wenn Zouba sie bediente, fand Adela immer etwas, ihn daran zu hindern. Manchmal rief sie ihn weg:

»Zouba! Komm mal kurz!«

Er wußte, warum sie ihn rief, und stellte den Teller oder das Tablett ab und eilte an unseren Tisch.

»Entschuldigen Sie, Mrs. Ritchie«, sagte Adela zuckersüß über den Tisch hinweg, »aber etwas Wichtiges ...«

Dann begann sie mit Zouba zu flüstern: irgend etwas Unwichtiges war zu besorgen. Er verstand, ging los, kam zurück, bediente die Ritchies rasch weiter, lächelte Adela durch das Zimmer hinweg zu. Er lächelte, wie ich bemerkte, auch der Polin zu, mit einem kleinen Achselzucken, als wollte er sagen:

»Tut mir leid, Mrs. Ritchie, man hat mich gerufen, ich konnte nichts dafür, bitte vergeben Sie mir, Sie wissen ja, wie es ist ...« Ja, all das lag in seinem Lächeln. Oft starrten sich die beiden Frauen haßerfüllt in der Leere an, die Zouba zurückgelassen hatte, wenn er in die Küche oder zu einem dritten Tisch gegangen war.

Einmal war die Polin an Grippe erkrankt, und Adela erwischte Zouba, als er mit einem Tablett zu ihrem Zimmer ging.

»Was machst du da?« fragte sie scharf. »Gefrühstückt wird im Speiseraum.«

Zouba blieb mit ernster Miene stehen.

»Mrs. Ritchie ist krank.«

»Ahh!« Damit wollte Adela ausdrücken: diese Nervensäge mit ihren Wehwehchen! »Kümmere dich nicht darum. Ich gehe selbst.«

Er reichte ihr das Tablett und öffnete ihr die Tür.

Am nächsten Tag nahm Adela Zouba ins Kreuzverhör.

»Ist Mrs. Ritchie noch immer im Bett?«

»Ja.«

Sie schnaubte entrüstet. »Hat sie im Bett gefrühstückt?«

»Ja.«

Adela verzog das Gesicht, als röche sie etwas Verfaultes.

»Armer Zouba!«

Er lächelte verständnisvoll.

»Ali soll ihr Zimmer machen«, setzte sie hinzu.

Und auch die Abende waren voller Eifersucht. Zur Essenszeit, wenn Adela ihre vielen Alltagspflichten hinter sich hatte und das elektrische Licht dunkle Ecken und mögliche Umarmungen verhieß, beobachtete sie voller Ingrimm die Polin, die zwischen ihrem Mann und dem Kind saß. Arme Adela, dachte ich, sie ist jetzt in dem Alter, wo schon Kleinigkeiten Bedeutung gewinnen, wo aufgrund des abflauenden Zyklus alle Dinge einen neuen, traurigen Sinn annehmen. Töricht, wie ich war, beachtete ich es nicht. Ich beobachtete, wie sie die Polin ansah, wann immer Zouba an ihrem Tisch bediente, sie ansah, die fünfzehn Jahre jüngere. Mrs. Ritchie war eine wie aus Holz gehauene Frau, in die sich die Tragödien der Kleinstadt tief eingeschnitzt hatten, Tragödien, die sie halb vergessen hatte und an die sie sich in ihrer Verzweiflung, zwischen dem schlaffen Ehemann und dem quengelnden Kind, zu erinnern versuchte. Man konnte so viel erraten! Wie sie dasaß in ihrer etwas gewollten Traurigkeit, die Augen leere Spiegel, die nichts wiedergaben als uneingelöste Versprechungen. Sie erinnerte sich an einen Walzer und ihr Warten auf einen dunklen Fremden. Arme Mrs. Ritchie! Auch sie mochte Zouba, seine prinzliche Brust, sein strahlendes Lächeln, seinen so stolzen, so jugendlichen Gang! Wie das aufgerichtete Glied eines schwarzen Gottes.

Seit er bei uns war, veränderte sich Mrs. Ritchie, wir alle veränderten uns. Sie erschien adretter, das Haar in einer Bernsteinwoge aus dem Gesicht gekämmt, das Kleid ordentlich gebügelt; ein tiefes Dekolleté gab, wenn sie sich vorbeugte, ihre jungen Brüste frei, ihr Gesicht ohne die ewige Salbe, die sie daraufschmierte in der Hoffnung, daß ihre wundersamen Heilkräfte eines schönen Tages ihren Teint klären würden. All das für Zouba! Sie steckte ihm ein paar Süßigkeiten, ein paar Piaster zu. Durch Zoubas Anwesenheit änderten wir uns alle.

Zouba schlief im Gang, in einer kleinen Wandnische.

Dort verbrachte er die Nacht auf einer Matratze, nicht weit von unserem und dem Zimmer der Ritchies entfernt. Lady Malville war auch nicht fern, und auf ihrem mitternächtlichen Versorgungsgang zur Küche mußte sie an ihm vorbei.

Er ging früh schlafen, so gegen elf, nach der Arbeit, nach einem kleinen Spaziergang, einem Liedchen oder irgendeiner anderen Abwechslung. Er glitt in den Gang, legte sich nieder, eine Hand über die Augen, die Knie angezogen. Oft fand ich ihn kurz vorm Einschlafen. Im Dunkeln blinkten seine Zähne, und für ein, zwei Augenblicke blitzte das Weiß seiner Augen auf. Oft, wenn ich nach Hause kam, schlief er schon, auf dem Rücken, die Kiefer entspannt, die Glieder schlaff, oder auch mit dem Gesicht zur Wand, den muskulösen Rücken der Welt zugewandt.

Man stelle sich die ältlichen Träume vor! Der starke braune Rücken im dunklen Gang! Welche Hoffnungen und Phantasien er heraufbeschwor! Die junge starke Brust, die schwellenden Muskeln, die glatte Haut! All das zu berühren, zu streicheln, immer näher an diese Brust gezogen zu werden! In der Tat – was für Träume! Von einem Sohn-Liebhaber vielleicht oder der Gewalt schwarzer Eingeborenenlust! Wie konnte man es diesen Frauen verdenken? Der Ehestand brachte nur noch gewissenhafte Kopulationen mit sich. Die Jahre verstrichen wie das Ticken einer ablaufenden Uhr; langsamer und immer schwächer werdend, verwandelte sich die Liebe in eine Zwangszeremonie; die alte Leidenschaft verebbte zur Monotonie einer Wippe, trocken und ernst, ohne Keucher, ohne Lust, wie altersschwache Köpfe, die vor sich hin wackeln. Das Fleisch wurde schwammig, die Muskeln erschlafften; am Ende vielleicht ein schwacher Abklatsch ehemals sprühender Lust, verdrehter Augäpfel, gekrümmter Finger.

Die Frauen dachten an den schlafenden Zouba.

Die Nacht kam zur Ruhe.

Aber die Möbel (auch die Matratzen) knarrten. Die Frauen flohen ans Fenster, sahen hinunter auf die Straße oder in ihr eigenes Spiegelbild in der Scheibe.

Manchmal erschien die Polin, ging auf Zehenspitzen zum Badezimmer: wie sie die Nasenflügel geweitet, die Lippen zusammengepreßt hatte! In ihren Händen ein Schwamm, ein Kamm, Salbe oder Talkumpuder. Ihre Fingergelenke alterten zuerst. Sie sah Zouba nicht direkt an. Leicht errötet ging sie an ihm vorüber. Aber ich weiß (denn ich habe sie zweimal ertappt), daß die kleinen Adern an ihrem Hals pochten; sie war sich der baumwollenen Hülle an ihrem Körper bewußt. Es würde süß sein, den Schwamm an ihre Brust zu pressen, und sie würde träumen und leiden in ihrem Bad. Das Wasser würde warm und weich sein und sie schamlos überall berühren. Sie würde daliegen, mit geschlossenen Augen, nicht bereit, ihre Träume zu artikulieren: eine Berührung, die starke Hand, die jugendlichen Schenkel.

Und eine halbe Stunde später würde sie zurückgehen in ihr Zimmer, den Morgenrock vorn ein wenig gelockert, am ganzen Körper die Erinnerung an das warme Wasser. Wieder würde sie den schlafenden Jüngling nicht ansehen, aber sie wußte, daß er dort im dunklen Gang lag, vier Meter von ihrer Tür entfernt, zehn Meter von ihrem Bett.

Ihr Mann lag im gestreiften Pyjama im Bett, las durch eine Brille die Zeitung, rieb sich die eingesunkene Brust, roch nach Tabak und Wäschestärke.

Und was war mit Adela?

Man teilt nicht ungestraft zwei Jahrzehnte das Leben miteinander. Das Ehebett ist ein Beichtstuhl: die Worte, die Seufzer, die Stille, die Gesten sind Eingeständnisse von Sünden. Man versteht, ohne etwas erklären zu müssen, und doch wird man nie verstanden. Zuerst wird man sich zu erklären bemühen, aber anfangs Scham und später Takt halten einen zurück. Die Sätze werden nie ganz zu Ende gesprochen. Die Pausen sind inhaltsschwer. In den Nächten, Jahr für Jahr, gehen die Monologe weiter. Die Gewohnheit zeitigt Wirkung: im Kopf entstehen Türen und Geheimräume, die nicht erzählten Geschichten wuchern.

»An jenem Abend nach dem Kino, da habe ich mir gewünscht, ich weiß nicht warum, dir sanft übers Haar zu streichen.«

»An jenem Abend, als wir im Wind nach Hause gingen: was habe ich da getan, daß du so gereizt warst?«

»An jenem Abend, als wir S. zur Straßenbahnhaltestelle brachten, wie habe ich mir da gewünscht, umzukehren und nie mehr zurück zu müssen!«

»Nein, das habe ich nicht gemeint.«

»Ach, warum hast du an jenem Sonntag plötzlich aufgehört?«

»Könntest du vielleicht dieses Gesumme lassen?«

»Wenn du an jenem Sommernachmittag noch eine halbe Minute weitergemacht hättest, hätte ich sicher geweint.«

»Wenn du an jenem Winternachmittag nicht so unnachgiebig gewesen wärst, wäre ich selig gewesen. Ich hatte von einer Fahrt am Meer geträumt.«

»Wenn du doch im letzten Winter den Kellner nicht angebrüllt hättest!«

»Was war das für ein Lachen im November?«

»Und diese Stille im September, was war das?«

»Mußt du dir unbedingt die Zähne putzen, während ich den Zeitungsartikel über Blumen lese?

»Was war das eben für ein schmatzendes Geräusch?«

»Ach, wenn ich dir nur klarmachen könnte, was ich meine.«

»Wie du schnüffelst mit deiner verstopften Nase.«

»Wie schwer du heute atmest.«

»Wie feucht du die P's aussprichst.«

»Diese Runzel.«

»Dieses kleine Haarbüschel auf deinem Daumen.«

»Wie dein Adamsapfel hüpft.«

»Ich könnte dich, wenn du X tust.«

»Ich wünschte, du wärest tot.«

Solche Dinge sagt man nicht laut. Was geschieht mit ihnen? Sie sickern ein und verankern sich im Hirn. Aber auch, wenn man sie nicht sagt, verrät man sie. Irgendwie werden sie verstanden. Eines Tages bemerkt man Anzeichen: eine gehobene Augenbraue, ein Zittern der Lippen, ein verschwimmender Blick. Arme Adela! Sie war dabei, sich in Zouba zu verlieben.

Wenn junge Mädchen sich verlieben, dann ist in ihren Körpern reines Verlangen. Ihre fröhlichen kleinen Herzen pumpen Blut in ihre Wangen, sie eilen hin und her und erröten und recken und strekken sich. Ihre Obsession ist wie die eines Waldbächleins, das keine Trockenheit kennt. Ihre Körper sind nie unsauber; kein düsteres *Hotel garni,* keine schäbige Parkbank, kein holperndes Taxi vermag sie zu verunreinigen. Wie zart ihre Gelüste sind! Wie schicklich ihre Sehnsüchte! Und wenn sie die Vorhänge zuziehen oder die Tür versperren, um sich auszuziehen, so tun sie es im Angesicht Gottes. Aber was ist mit den Frauen, wie Adela eine war?

Eines Tages hörte ich sie im Gang summen; sie kam gerade aus dem Bad und rieb sich den Nacken mit einem Handtuch trocken. Hurtig ging sie zu ihrem Toilettentisch, hörte auf zu summen und begann zu pfeifen: ihre spröden Lippen spitzten sich, trockene Luft zischte hindurch, sie betrachtete sich im Spiegel. Als sie sah, daß ich sie beobachtete, hörte sie auf zu pfeifen, lächelte und sagte:

»Beeil dich, es ist schon spät!«

An einem anderen Tag ertappte ich sie, wie sie ihre Strümpfe anzog, die Finger anfeuchtete, um sie glattzustreichen, ihr Schlüpfer ein rosa Streifen über den Knien. Sie summte wieder, etwas gedankenverloren. Sie versuchte, meine Aufmerksamkeit auf sich zu ziehen, indem sie an einem Flakon herumspielte.

»Tristan«, sagte sie, ihre gute Stimmung etwas beeinträchtigt, weil ich nicht aufsah. »Riech mal, mein Parfüm.«

»Was für ein Parfüm?«

»Ein französisches«, sagte sie. »Tra-la, aus Paris.« Sie kicherte. *»Une nuit de Nice.«*

»Fein«, sagte ich und suchte nach Streichhölzern.

»Riechst du es?« fragte sie.

»Ja, natürlich.« Ich schnüffelte zweimal, um einer weiteren Frage zuvorzukommen.

»Tra-la«, sang sie und führte den Glasstöpsel hinter die Ohren.

Ein andermal kam sie zu spät zum Lunch, erhitzt, etwas sonderbar. Ich las gerade Zeitung. Ich begrüßte sie; sie plapperte ohne Unterlaß, und ich hatte das undeutliche Gefühl, daß sie Beachtung wollte. Sie klapperte mit ein paar Tiegeln auf dem

Toilettentisch, öffnete geräuschvoll einen Schrank; selbst ihre Schuhe waren laut. Ich sah sie an; sie trug eine neue Frisur: über ihrem Schädel rollten sich, perückenartig arrangiert, runde Haarwürstchen. Sie ging zum Spiegel, betrachtete sich, berührte mit den Handflächen hie und da behutsam ihr Haar.

»Du warst beim Frisör, was?« Ich war in guter Stimmung.

Sie war hocherfreut.

»Ja«, sagte sie errötend. »Gefällt es dir?« Sie wiegte und drehte sich mehrere Male im Kreis.

»Nun …«, sagte ich. »Das ist wohl der letzte Schrei?«

Sie summte wieder durch die Nase, betrachtete sich im Spiegel, die Hand am Haar.

»Warte, wenn ich es erst ausgekämmt habe«, sagte sie.

Ein andermal kam sie, schelmisch lächelnd, mit einem neuen Hut. Er thronte auf ihrem armen Kopf (ein umgestülpter Kochtopf aus Stroh mit Kirschen), fremdartig, als sei er dort zufällig niedergefallen. Ich betrachtete ihn, und sie kicherte und betastete ihn und zupfte an ihm herum und zog aufgeregt die Lippen ein.

»Bei Cicurel ist Ausverkauf«, sagte sie entschuldigend und trat vor den Spiegel. »Ein Pariser Modell.« Sie konnte mein Schweigen nicht ertragen. »Ich habe mir seit Ewigkeiten keinen neuen Hut gegönnt.« Ich stand auf. »Er war sehr günstig.«

»Laß sehen«, sagte ich, denn ich wußte, sie war verzweifelt auf Bestätigung aus. »Dreh dich um.«

Das tat sie, mit geschlossenen Augen, die Stirn verlegen gerunzelt. »Er ist…«, begann sie.

»Still!« sagte ich. »Ich will ihn mir zuerst angucken.«

Sie sah aus wie ihre eigene Karikatur vor fünfzehn Jahren. »Nicht schlecht«, sagte ich. »Du solltest ihn ein wenig höher setzen.«

»Meinst du?« Sie war glücklich, eifrig; sie drehte sich zum Spiegel um und fummelte am Hutrand. »Wirklich? Du meinst, man sollte das Haar mehr sehen?« Ihre Zungenspitze erschien.

»Er sieht doch nicht lächerlich aus?« fragte sie. »Schließlich bin ich nicht mehr…«

Ich zog sie an mich, die Hände auf ihren Schultern. Wir sahen uns im Spiegel an.

»Nein«, sagte ich. »Du bist sehr hübsch.«

Ein neues Kleid aus grüner Seide, am Hals ziemlich weit ausgeschnitten, krauste sich um ihre Taille; aufgeregt, wie sie war, hatte sie es durchgeschwitzt. Neue Handschuhe. Ein neuer Kamm, ein neues Haarnetz. Eine zusätzliche halbe Stunde zum Anziehen, die ausgiebige Überprüfung im Spiegel. Das lange Schminken der Lippen, das sie voller und glänzender erscheinen lassen sollte, die beiden großen Rougeflecken auf ihren Wangen, tiefrosa gegen ihre fahle Haut, ein wenig Henna, das ihre Wimpern schwarz und krümelig machte, die hübsche Parfümflasche, deren Inhalt sie mit geschlossenen Augen und krauser Nase über Hals und Gesicht sprühte, die scharfen Tröpfchen auf ihrer trockenen Haut brennend. Eine Zigarettenspitze, ein Augenbrauenstift, der widerliche Geruch des Nagellacks, ihr Summen und Pfeifen und die plötzlichen Pausen in der Bewegung oder beim Reden, wenn sie Löcher in die Luft starrte.

Derart war Adelas Liebe für Zouba in den ersten ein, zwei Monaten:

Anzeichen der Verlegenheit, ein Kleid, ein Kichern, ein Erröten. Aber in jenen Pausen – welche Phantasien und Hoffnungen; ich konnte sie nur erraten, aber ich kannte Adela.

Arme Adela!

Was sonst hielt das Leben für uns bereit? Die Tage schleppten sich durch den Winter, krochen sengend durch den Sommer. Da waren die Pension, ein paar Freunde, das Kino, das Café, lange Pausen und wenige Worte, denn jedes Wort zog viele weitere nach sich. Jemand, den wir kannten, starb; ein anderer heiratete; Babys begannen zu laufen, zu sprechen, zur Schule zu gehen, zu wachsen, wuchsen und wuchsen, und wir wiegten die Köpfe und lächelten dümmlich, um unsere Ängste zu verbergen. Es gab nur diese Stadt, ihr abgetretenes Pflaster, ihre bekannten Passanten; in der ausländischen Presse waren Fotos aus fernen Ländern: Wolkenkratzer, das Meer, schneebedeckte Berge. Wir saßen im Café, blätterten die Illustrierten durch und nickten. Außer der langsamen Veränderung an unseren Körpern tat sich nichts. Am Scheitel wurden die Haare dünner, die Schläfen wurden grauer, die Zähne morscher, die Treppen steiler, der Pulsschlag wurde müder, Venen schwollen, Augen trübten sich: keine Veränderung außer an uns selbst. Die Zeit bewegte sich im Schneckentempo, nur nicht die, die vergangen war.

Wir liebten uns, o ja, das taten wir, mit der Gewohnheitsliebe unsichtbar aneinandergeketteter Paare, die nie aufbegehren. In der Abenddämmerung gingen wir Arm in Arm spazieren, schwiegen, oder Adela tratschte. Wir saßen in Cafés, tranken Kaffee, beobachteten die Leute, unfähig, irgend etwas Neues zu sagen, denn alles war bereits gesagt. Jeder Tag war eine Wiederholung: morgens die Beine aus dem Bett, das Hangeln der Arme nach der Öffnung in Hemd oder Kleid, das Binden der Krawatte oder das Ausreißen eines Haares aus einem Muttermal. Jeder Tag ein Kreislauf, der mit einem ähnlichen Kreislauf verschmolz. Sie trank ihren Tee ohne Zucker, sie mochte Pfannkuchen und die Garbo; ich klopfte die Zigarette dreimal gegen die Tischplatte, bevor ich das Streichholz anzündete und mit dem kleinen Finger ausschnipste: und bis in alle Ewigkeit würde sie ihren Tee ohne Zucker, ihre Pfannkuchen und die Garbo mögen, und durch die kreisförmigen Tage konnte man, dreimal am Tag, das Klopfen meiner Zigarette hören.

Die Nächte waren belanglos, außer einem gelegentlichen Traum, den man bereits am Morgen vergessen hatte. »Ach, meine armen Füße«, seufzte sie im Sommer. »Ach, diese Zugluft«, sagte sie im Winter. Wir saßen, Rücken an Rücken, auf unserem Bett, zufrieden, zeitig zur Ruhe zu gehen. Die Schuhe knallten auf den Boden. Der Wasserhahn zischte. Die Zahnbürste knisterte. Es wurde gegurgelt und gespuckt, das Haar hochgesteckt, der Anzug aufgehängt, barfuß gelaufen, die Überdecke aufgeschlagen, hineingekrochen. Die Tagesration an Wörtern war versiegt. Sie machte es sich bequem, starrte vor sich hin, las einen Unterhaltungsroman, gähnte, streckte mir den Hals hin, und ich küßte ihre Wange. Ich las vielleicht die Zeitung, gähnte, machte das Licht aus. Manchmal reichte sie eine Weile ihre Hand herüber, manchmal sagte sie etwas, was ihr in den Sinn kam, aber es war ohne Bedeutung.

»Gute Nacht, mein Engel«, sagte ich dann und drehte mich zu ihr um, um sie zu küssen, mit einem leichten Schuldgefühl, da ich mich an die fernen Küsse erinnerte, die keiner von uns mehr wollte.

»Gute Nacht, Liebling.« Sie drehte sich auch um.

Das war unsere Liebe.

Adelas Liebe für Zouba war anders.

Als hätte plötzlich in ihrem trockenen Rumpf etwas zu gären begonnen: ein gewaltiges Wachsen, das ihr Inneres erschütterte. Eines Nachts träumte ich von ihr. Sie war ein alter Baum in einer leeren Straße mit einem einzigen Blatt, das der Wind bewegte, und plötzlich spaltete sich ihr Rumpf, wie vom Blitz getroffen.

Oh, diese Liebe war anders!

Diese errötenden Wangen! Dieser neckische Mund! Diese Ausrufe! Bei einem jungen Mädchen wären alle diese Anzeichen unaufdringlich gewesen – bei Adela waren sie scheußlich: sie wucherten wie die Stoppeln am Kinn eines Toten. Eines Abends gingen wir ins Kino. Sie trug ihr neues Kleid und ihren neuen Hut. Sie blieb an der Straßenecke stehen, kaufte ein Sträußchen, steckte es sich an den Busen. Gelegentlich summte sie. Es war ein ausländischer Film. Einer nach ihrem Geschmack: geschniegelte Männer in Palästen, große Feste, schummrige Terrassen, viel Geseufze und Gesinge. Im Dunkeln küßten sich der Held und die Heldin ausgiebig. Sie schmetterten Wörter heraus wie:

»Darling!«

»Oh!«

»Au!«

»Ich liebe dich!«

»Sweetheart!« und so weiter.

Nach dem Kino gingen wir zum Abendessen nach Hause. Der Speiseraum war halbleer. Konstantinopoulos saß da, bohrte in der Nase und las in seinem Manuskript. Die Ritchies beendeten gerade ihr Essen. Bevor wir eintraten, blieb Adela vor dem Spiegel in der Halle stehen, rückte Hut, Haar und Sträußchen zurecht. Als Zouba uns sah, sprang er an unseren Tisch, zog die Stühle vor und sagte mit einem Lächeln: »Guten Abend.«

Seine Galabiya war weit ausgeschnitten, seine Brust zu sehen.

Er hantierte mit den Tellern und stellte eine Vase vor Adela, wobei er sich weit über sie beugte. Ihr Gesicht war starr. Den Hut behielt sie auf; mehr denn je war er ein unbeteiligter Gegenstand, den irgend jemand auf ihr liegengelassen hatte. Wollte sie Zouba sehen, mußte sie den Kopf unter dem Rand hervorstrecken.

»Escalopes?« fragte er genüßlich. »Hammelrippchen, Kebab?«

Adela war feierlich. Schelmisch fragte sie:

»Was meinst du, Tristan?«

»Ich nehme Escalopes«, sagte ich. »Mager.«

»Möchtest du nicht erst wissen, was ich will?« fragte sie scharf.

Ich sah sie verdutzt an. »Also, ich … «

»Ach, schon gut.« Sie wandte sich an Zouba. »Sag Ahmed, ich will nur einen Salat.«

»Einen Salat?« Zouba machte ein besorgtes Gesicht. »Nur einen Salat?«

Sie seufzte anmutig.

»Nur einen Salat. Ich habe Kopfschmerzen.«

»Oh!« Das tat Zouba sehr leid. »Ein Aspirin?«

Sie wischte seine Frage beiseite.

»Schon gut. Nur einen Salat.«

Himmel Herrgott, wollte ich sie fragen, was ist bloß los mit dir? Aber ich wußte, das wäre taktlos gewesen.

»Wie wäre es mit etwas Wein, Liebes?« fragte ich, das Spiel mitmachend.

Sie drehte an einem ihrer Ringe. Ihr Hut rutschte ein Stück herunter, bis fast über ihre Augen. Schnell schob sie ihn wieder hoch.

»Wein?« Sie zögerte. »Nun ja, warum nicht.«

»Bring uns eine Karaffe zypriotischen Rotwein«, sagte ich zu Zouba.

Sie aß, die Ellenbogen unnatürlich an die Seiten gepreßt; mit verkrampften Fingern führte sie geziert Gabel und Messer, ihr Mund bei jedem Häppchen klein und anmutig. Von Zeit zu Zeit sah sie sich im leeren Raum um (die anderen waren seit einiger Zeit verschwunden), als wären wir in einem luxuriösen Restaurant voller Amerikaner. Zouba stand an der Tür, beobachtete uns, servierte Wein oder Brot. Niemand sprach. Von Zeit zu Zeit legte sie, die Ellenbogen aufgestützt, Gabel und Messer behutsam über Kreuz und kaute mit kleinen rhythmischen Bewegungen. Irgendwie war Lippenstift an ihr Kinn geraten. Manchmal hüstelte sie und holte ein Spitzentaschentuch hervor, das ich noch nie gesehen hatte, und hielt es sich vor Nase oder Mund. Als sie ihren Salat gegessen hatte, lächelte sie nur, winkte Zouba, der herbeisprang.

»Hat es geschmeckt?« fragte er breit lächelnd.

»Da-anke!« flötete sie. »Bestelle Ahmed, es war ausgezeichnet.«

Der Boy trottete zur Küche. Sie sah ihm nach, vergaß ihre Nummer; ihre Kinnlade sackte herunter, von der Nase bis zum Kinn erschien eine tiefe Furche. Die Schwingtür knarrte; wir hörten Zouba mit den Tellern klappern und Ahmed von dem vorzüglichen Salat berichten. Langsam drehte sie sich wieder um, und unsere Blicke trafen sich. Sie war den Tränen nahe.

In jener Nacht konnte sie nicht einschlafen. Noch lange nachdem ich das Licht ausgeknipst hatte, lag sie auf dem Rücken und schwieg laut vor sich hin. Eine Zeitlang hörte ich zu und wußte, daß ich, wenn ich mich anstrengen und die Zähne zusammenbeißen würde, das alte Verlangen, die alten Zärtlichkeiten wiederbeleben und ihr Erleichterung verschaffen könnte. Aber der Himmel möge mir verzeihen, ich konnte mich nicht überwinden. Unruhig warf und wälzte sie sich herum, ihre Fersen rieben am Laken, ihre fiebrigen Hände strichen über die Wand.

Im Dezember bekam sie Grippe, und Doktor Schnurli kam am Vormittag vorbei mit einem großen Paket unter dem Arm. Er war, wie immer, adrett gekleidet: in einen rehfarbenen Anzug mit altmodischem, zu hohem Kragen, der ihn älter machte. Sein ovales Vogelgesicht war ernst, er nahm den adretten Hut ab, der auf seiner Stirn thronte, und tänzelte zum Bett. Seine langen, spitzen Schuhe waren sehr elegant. In seinem Singsang sagte er:

»Guten Morgen, Mrs. Manasse. Worüber haben wir zu klagen?«

Sie lächelte verschlagen. Er wartete nicht auf eine Antwort; für ihn waren wir alle abstoßende Kreaturen, faulende Hüllen für Bakterien und Gase; für ihn war der Unterschied zwischen Leben und Tod nur ein gradueller. »Die Grippe wahrscheinlich«, redete er weiter. »Sie grassiert.«

Er setzte sich aufs Bett, zog seine scharfen Bügelfalten hoch. Er sah sie reserviert an.

»Es ist der Hals, Doktor«, sagte sie.

Er maß ihren Puls: ihre trockene Hand hing schlaff zwischen seinen angeekelten Fingern.

»Aha«, sagte er.

»Es ist der Hals, Doktor«, wiederholte sie, bereit, den Mund aufzusperren.

Er berührte ihre Wangen, beklopfte ihre Tränensäcke und bat um einen Eßlöffel. Sie setzte sich mit wirrem Haar auf und öffnete den Mund. Er ließ sie, mit aufgesperrtem Mund, sitzen und stand auf, um den Löffel abzuwaschen. Er kam zurück, drückte ihre gewölbte Zunge herunter und inspizierte argwöhnisch ihre Mandeln.

»Leicht entzündet«, verkündete er.

»Heute nacht sind sie angeschwollen«, sagte sie und sank mit weit aufgerissenen Augen zurück aufs Kissen.

Er hörte ihr nicht zu, schrieb ein Rezept aus, wobei er den Federhalter vorsichtig zwischen den Fingern hielt.

»Ich habe Ihnen ein Geschenk mitgebracht«, sagte er, als er mit dem Schreiben fertig war.

Es war ein Bild der Schweizer Alpen, in Öl. Hohe schneebedeckte Gipfel, ein klarer, blauer Himmel, ein kleines Haus mit rotem Dach, ein Skifahrer.

»Es ist sehr schön«, sagte ich. »Das war wirklich nicht...«

»Meine Heimat«, erklärte er und überging meinen Protest. »Die Berge dort kann man von meinem Dorf aus sehen.«

Er schwebte hinüber zum Waschtisch, ohne unsere Danksagungen zu beachten, inspizierte die Seife und wusch sich ausgiebig die Hände.

Was bedeuteten sie Adela, diese Alpen? Die fluoreszierenden Gipfel, der reine Schnee? Ich werde es nie erfahren. An diesem Tag (oder vielleicht etwas später) gab sie, als wäre ihr plötzlich klargeworden, was sie wollte, ihre Zurückhaltung auf, wie eine Schlafwandlerin, die unbeirrbar und willenlos vom Mond angezogen wird.

Das Bild hing über ihrem Bett.

Ärgerlich oder verwundert, nachdenklich oder begehrlich blickte sie hinauf zu den Alpen. Hier einige ihrer Bemerkungen:

»Was für ein seltsames Bild.«

»Man fragt sich.« (Man fragt sich was, mein Engel? Keine Antwort.)

»Wie weiß der Schnee ist.«

»Wie hoch die Gipfel sind.«

»Es irritiert mich.« (Soll ich es abhängen, mein Engel? Wieder keine Antwort. Das verwirrte Gesicht.)

»Ach, wäre es nicht wunderbar, dort zu sein?«

»Dieses Bild!«

»Ich hasse dieses Bild.«

»Warum der Doktor es uns wohl geschenkt hat?«

»Wie schön es ist.«

Das Bild hing über unserem Bett wie ein Fremdkörper. Es war nicht sehr kunstvoll: die Farben waren primitiv, das Motiv kitschig, eher wie die Vergrößerung einer billigen Ansichtskarte. Aber für sie war es wie ein Mensch, ein Elternteil, etwas zum Hassen und zum Lieben.

Einmal ertappte ich sie, wie sie davor stand und plötzlich still wurde, als wäre ich in eine Unterhaltung geplatzt.

Ein andermal, wie sie mit verschränkten Armen auf dem Bett kniete, weihevoll, als sei sie soeben aus einem Gottesdienst gekommen.

Einmal, als ich gerade ins Zimmer treten wollte, hörte ich sie sagen:

»O nein.«

Aber all das war nur eine kleine Schrulle, die jeden von uns heimsuchen kann: der Wahn von Kindern, die Selbstgespräche führen, Grimassen schneiden, glauben, daß die Puppe lebendig ist, der Ofen ein Großvater, im Kaufmannsladen gute Feen am Werk sind. Wer ist frei von solchen Phantasien? Wer schimpft nicht manchmal über die Tücke eines Stuhls, die Schlüpfrigkeit der Badeseife?

Eines Abends, bald nach ihrer Grippe, saßen wir allein im Speiseraum. Wir tranken Kaffee, als das Telefon klingelte und ich hinausging, um abzunehmen. Als ich zurückkam, sah ich folgendes:

Sie saß am Tisch, beugte sich mit rundem Rükken weit vor. Zouba stand mit gefrorenem Lächeln neben ihr. Sie hatte ihn am Arm gepackt und zog ihn zu sich herunter. Er kicherte tonlos und widerstrebte. Ihr Gesicht war so ernsthaft, so gleichgültig allem anderen gegenüber, ihre Nasenflügel waren so rund! »Komm her«, flüsterte sie. Er warf den Kopf zurück und lachte scheu.

Als sie mich sah, ließ sie ihn los. Ich tat, als hätte ich nichts bemerkt, und begann taktvoll-forsch drauflloszureden. Sie bemühte sich gar nicht, mir zuzuhören; sie tat nicht einmal so. Das war das Schlimmste: sie tat nicht einmal so.

Am nächsten Tag, oder am übernächsten, saßen wir beim Lunch. Der Speiseraum war voll, und Zouba bediente die Ritchies. Plötzlich rief Adela:

»Zouba!«

Ihre Stimme war unnötig scharf; alle sahen auf.

»Komm her!«

»Zouba setzte sogleich sein Lächeln auf und eilte an unseren Tisch.

»Gieß mir Wasser ein!« befahl Adela.

Ihre Finger trommelten ungeduldig. Er goß ihr Wasser ein. Alle gafften.

»Danke«, sagte sie sehr laut.

Und wann immer Zouba an uns vorbeikam – im Speiseraum oder im Gang oder in der Diele –, starrte sie ihm hemmungslos, mit starren Augen, nach. Es war eine merkwürdige Liebe, ihre Liebe, eine tote Liebe, ohne Jubel oder Glückseligkeit. Kein fröhliches Summen mehr am Morgen, keine albernen Hüte mehr oder ausgedehnte Sitzungen vor dem Spiegel. Ergrimmt polterte sie herum, immer den Tränen oder einem Zornausbruch nahe.

Wenn Zouba vorbeikam, lächelte sie nicht. Sie betrachtete ihn mit müden Augen, erfüllt von einer schrecklichen Stille; ihre Handflächen juckten, und ihre Hände zitterten, wenn sie ein Glas anhoben oder eine Zigarette anzündeten. Sie konnte nicht stillsitzen, rutschte auf ihrem Stuhl herum, machte den Rücken krumm, rieb die Knie aneinander, trommelte nervös mit den Fingern. Hin und wieder stellte sie ihr Glas so heftig auf den Tisch, als wollte sie die Aufmerksamkeit auf sich ziehen.

Die Abende waren unruhig. Sie kam ins Zimmer, zog sich umständlich aus, hantierte mit Kleidungsstücken, ließ, wie absichtlich, Dinge fallen und hob sie schimpfend auf. Ich versuchte, Konversation zu machen, vergebens. Sie wich meinen Blicken aus, schlich umher; ihre Hauslatschen machten ein lederartig schlappendes Geräusch. Endlich, wenn sie ihren Baumwollmorgenrock trug, das Haar wirr im Gesicht hängend, ging sie ins Badezimmer. Ein- oder zweimal schlich ich zur Tür, um zu sehen, was sie tat. Sie ging ins Badezimmer, knallte die Tür zu, aber bald darauf kam sie wieder heraus und sah den Gang hinauf, wo Zouba schlief. Sie versuchte nicht etwa, es zu verbergen; sie ging geräuschvoll, sie schlug die Tür hinter sich zu, als wollte sie unser aller Aufmerksamkeit auf sich lenken. Aber es blieb still im Gang. Sie ging zu Zouba, beugte sich über ihn, stützte sich mit den Händen auf die Knie und starrte ihn lange an. Bis auf seine Atemzüge war alles still. Sie strich ihr Haar zurück und ließ sich auf die Knie nieder, um ihn von nahem zu betrachten. Er murmelte etwas, wachte mit weiß blitzenden Augäpfeln auf und fuhr hoch. Sie sagte etwas, das ich nicht verstand, aber es war kein Liebeswort, es war ein erregtes Wort der Lust! Er versuchte zu lächeln; sie setzte sich neben ihn und griff nach seinen Händen. Ich war so peinlich berührt und traurig, daß ich am Türknauf rüttelte, um sie zu warnen, die Tür öffnete und, ohne hinauszutreten, rief: »Adela? Alles in Ordnung?«

Kurz darauf kam sie zurück. »Was wolltest du?« fragte sie.

Ich war schon wieder im Bett. »Ich dachte, du hättest gerufen«, log ich.

»Habe ich nicht«, sagte sie. »Mußt du das ganze Haus wecken?«

»Tut mir leid«, sagte ich. »Ich wollte nur…«

Sie knallte die Tür zu und war wieder verschwunden.

Ein paar Tage vor Ramadan, an einem melancholischen Regentag mit matschigen Straßen, geschah etwas, das mir jetzt wichtig erscheint. Damals natürlich kümmerte es mich nicht sehr; etwas Scham und Ärger, Mitleid für Adela: mehr empfand ich nicht. Aber so ist es. Die Tage schleichen dahin. Ein plötzlicher Regentag, ein Sonntagsspaziergang, ein Lachen, ein Todesfall lassen einen innehalten und Fragen stellen, aber nicht sehr lange. Die Tage gleiten dahin wie ein langsamer Treck in der Wüste.

Erst wenn man zurückblickt, wird deutlich, welche Gesten, welche Begebenheiten von Bedeutung waren. So wie an diesem Tag vor der Ramadan-Woche. Die Männer trugen Schlapphüte, Regenmäntel; die Araber sahen im Matsch mit ihren Schirmen und Galoschen wie triste Europäer aus. Die Pudel waren schmutziggrau, und im Kielwasser der Autos spritzten kleine Fontänen auf das matschige Pflaster; die jungen Frauen kreischten, hoben die Röcke, hüpften über die Pfützen, die unter den Regentropfen bebten.

Nach dem Mittagessen kam Fjodor Pawlowitsch zum Schachspielen. Wir setzten uns allein in den Speiseraum. Es war ein interessantes Spiel, und Fjodor Pawlowitsch erzählte zwischen den schwierigeren Zügen ein oder zwei schlüpfrige Geschichtchen. Hin und wieder war aus der Küche Gemurmel, Gelächter, das Hantieren der Diener zu hören. Dann, irgendwann, wurde der Lärm zu groß, und da ich einen Läufer eingebüßt hatte, beschloß ich, für Ruhe zu sorgen. Da Fjodor Pawlowitsch am Zug war, entschuldigte ich mich und ging zur Schwingtür.

Ali saß auf einem hohen Hocker, die Hände im Schoß, und schrie vor Lachen. Er hatte die Augen geschlossen und schwankte mit dem Hocker hin und her. Dann und wann schlug er sich auf die Schenkel oder hielt sich die Seite, schüttelte protestierend den Kopf, wenn er es nicht mehr aushielt vor Lachen; aus seinem Mund traten Speichelblasen, und zwischen den unkontrollierbaren Heiterkeitsausbrüchen rang er nach Luft. Ahmed, der Koch, stand in seiner lilafarbenen Wintergalabiya mitten im Raum, einen Kochtopf auf dem Kopf, an der Brust statt Blumen ein Bund Radieschen. Er hatte den Mund schmollend verzogen; eine Hand weibisch auf eine Hüfte gestützt, ging er geziert auf und ab und wackelte mit dem Hintern. »Zouba!« flötete er. »Zouba, ich liebe ich!«

Zouba stand am Herd, kaute Halwa und amüsierte sich königlich; vielleicht nicht auf so gewöhnliche Art wie Ali, aber auch er prustete, seine Schultern hoben und senkten sich. Hin und wieder hob er die Hand und zeigte auf Ahmed. »Ausgezeichnet, ausgezeichnet!« rief er und drehte sich, das Gesicht schadenfroh verzerrt, zur Wand und schlug die Hände vors Gesicht. Dann drehte er sich wieder um, kaute seine gelbe Süßigkeit weiter, lachte und rülpste.

»Zouba!« piepste Ahmed und balancierte vorsichtig den Kochtopf. »Ich liebe dich!« Er glitt um den Tisch. Ali gab ihm einen Schubs, bevor er in einen neuen Lachanfall ausbrach; Ahmed fuhr herum, der Kochtopf rutschte ihm über das eine Auge, er blieb vor Zouba stehen.

»Zouba!« Jetzt war seine Stimme tief und verführerisch. Er öffnete seine Galabiya und entblößte seine Brust. »Sieh mich an! Bin ich nicht schön wie die Wüstenpalme?« Er schob die Lippen vor und machte schmatzende Geräusche, als verspeise er eine saftige Frucht. »Zouba, komm zu mir, mein Geliebter, mein Herzblatt, mein Beduinenprinz.«

Zouba warf den Kopf zurück und schüttelte sich vor Lachen. »Ach, geh doch!« flötete er Ahmed zu. »Geh!«

Ahmed kniete vor dem Jungen, balancierte den Kochtopf mit der einen, hielt seine Galabiya mit der anderen Hand offen. »Komm zu deiner kleinen Adela!« stöhnte er. »Laß sie nicht zu lange warten, komm zu mir!«

Zouba gelang es, wieder ernst zu werden; seine Wangen blähten sich vor unterdrücktem Lachen und Halwa. Er verdrehte die Augen zum Himmel, zog neckisch eine Schulter hoch und streckte die Hand aus. »Oh! Oh! Oh!« rief er. »Was begehrt die Blume des Nils von mir?« Ahmed ergriff feierlich die Hand und preßte sie voller Leidenschaft an seine Wangen. »Oh, deine Haut ist so glatt wie der Bauch des Wals! Oh, dein Duft ist so süß wie die Hyazinthe der Nacht!«

»Tanzen! Tanzen!« kreischte Ali und trommelte wie wild auf seine Knie. »Tanzen! El ... khé ... er«, sang er. »Waï. a ... h!«

»Halt's Maul!« sagte Ahmed ärgerlich. »Störe unsere Liebesszene nicht, Sohn einer Eselin! Oh!« fuhr er fort, wobei er Zoubas Hand streichelte. »Oh, mächtiger Panther! Verschlinge mich mit deinen Küssen!«

Zouba zierte sich noch. »Adela, bitte! Bitte!«

»Tanzen! Tanzen!« brüllte Ali. »Waï. a ... h!«

Zouba zog Ahmed an den Händen hoch. »Oh!« schrie er verzückt. »Tango!« Mit abgewandtem Kopf und geschlossenen Augen umarmte er Ahmed. »Schmetterling der Oase!« hauchte er. »Der Mond ist voll!«

Ali begann den Rhythmus zu klopfen und zu singen:

»Rah el naha.. ar
Rah el nahar
Wel. li... l aho ga. a.
Wegab lé darna... a«

Die anderen fielen ein:

»El... khé... er
Waï. a... h!«

Zouba und Ahmed begannen mit entrückt liebestollen Gesichtern um den Küchentisch zu tanzen. Ich hätte dazwischengehen sollen, aber ich konnte es nicht. Ich zog mich von der Tür zurück.

»Oh! Mächtiger Panther, nimm mich an deinen Busen!« schrie Ahmed.

Was kann man anderes tun, als um Erbarmen zu flehen? Der Mensch stirbt so elend: unerwartet von einem Schlag gefällt oder vergehend in einem Nichts aus Krankheit und Vergreisung. Wer hat schon das Glück, daß sein Seufzer erhört wird? Der Seufzer: wenn ich doch jetzt sterben könnte! Der Tod kommt entweder zu früh oder zu spät. Man denke nur an die Jungen mit ihren unerfüllten Träumen und Hirngespinsten oder an die Alten, die über ihre heißen Laken streichen und nach

Luft schnappen wie Fische an fremder Küste. Nur die Jugend hat den Trost noch unerprobter Möglichkeiten, ungetrunkener Weine. Was bleibt den Alten außer den langen, öden Abenden, dem allmählich sich senkenden Vorhang, dem Sabbermund? Auch das Gedächtnis ist keine Hilfe: es versagt oder verzerrt. Außerdem: was für Erinnerungen wären das? Die Freunde sind weggestorben, oder ihr Zustand hat sich verschlechtert. Das wonnige Baby ist zu einem großspurigen Erwachsenen geworden, die Jungfrau ist vergewaltigt, der Dichter verkauft, der Soldat getötet worden. Die Gesichter im Album sind vergilbt, Gesichter von Menschen, die existiert haben und deshalb nicht mehr existieren können. Man ist alt geworden und kann nun, angesichts des Grabes, die Tollheiten vergangener Tage zugeben. Alles ist im Wandel außer dem Sand und dem Wind und den Käfern. Es war einmal ein Sommer am Meer; man war durstig, man glaubte, das Salzwasser auf der Haut, die Sonne, das kühle Schlafzimmer, der Wein seien alles; in Wirklichkeit waren es nur Sekundenbruchteile der Zufriedenheit. Wie viele werden zusammenkommen, wenn man sie addiert? Ein oder zwei Stunden in einem ganzen Leben, mehr nicht. Das weiß man erst, wenn man alt ist. Ein Haufen Müll aus Asche, Knochen und Lumpen steht neben der Tür, täglich kommt etwas dazu; er hätte schon längst abgeholt werden sollen, und wenn er abgeholt wird, fährt der Wind hinein, durchweicht ihn der Regen, bleicht ihn die Sonne.

In unserer Stadt altert man schnell. Birnen und Pfirsiche faulen an einem Tag. O ja, wir haben ein paar breite Straßen und große Villen mit Gärten und rosigen Engländern, die in der Mittagshitze Rasentennis spielen. Aber sieh dem Fellachen auf dem Feld (sofern er eins hat) in die Augen, betaste seine Muskeln, sieh zu, wie sein Blut vom schrecklichen Wurm gefressen wird, und geh in die Viertel der Diener, der Bettler und sieh, wie einige dem Traum vom Haschisch, der Verführung einer Münze und dem süßen Kaffee verfallen sind; einige liegen einfach herum, traum- und ziellos. Die Pascha-Denkmäler sind wie Väter: ihre ausgestreckte Hand straft mehr als sie segnet. Unsere Uhren sollten Jahre anzeigen, nicht Stunden.

Was bleibt einem also, als um Erbarmen zu flehen? Das Schicksal ist grausam. Eines Tages, vor Jahren, half Doktor Schnurli dem Kind eines Nachbarn auf die Welt, das vierte der Familie. Der Doktor kam und sagte, gequält wie immer: »Ein Junge.« Seine Augen fügten hinzu: Schon wieder ein zukünftiger Leichnam. Arme Adela! Welches Recht hatte ich, zuzusehen, wie sie litt und sich lächerlich machte und doch unterlag? Die Wochen gingen dahin: Zouba lächelte und lachte sie an; sie lief ihm nach wie ein Hündchen. Die Wochen verstrichen; nichts wurde besser, alles schlimmer. Ich hatte sie immer geliebt: voller Mitleid. Sie war so lieb, so süß, so zart gewesen! Sie hätte in der Frühlingsnacht unserer Hochzeit, vor zwanzig Jahren, sterben sollen; da ich das versäumt hatte, mußte ich sie jetzt töten. Wer behauptet, das Leben sei heilig? Es ist das Gekritzel an der Klowand. Wie glücklich sie in ihrer Badewanne lächelte, an diesem fünften Tag des Sandsturms! Wie glücklich ihren Träumen hingegeben! Wer könnte so anmaßend und töricht sein und zulassen, daß ihre Träume verdunsten wie Wassertropfen in der Hitze? Ich nicht. Denn ich liebte sie, mit so viel Erbarmen, wie nur der vorgebliche Gott es haben kann. Nun ruhe sie in Frieden, amen.

Drei

MEA MAXIMA CULPA

All das ist Lüge und schlimmer: die halbe Wahrheit, die fromme, die glaubhafte, die glatte Oberfläche der Wahrheit, erzählt im Namen des Anstands oder der Scham, mit einem Achselzucken und ausgebreiteten Händen: »Herr Richter, gestrenger Mitreisender, was sonst hätte ich tun sollen? Das sind Dinge, die kein respektabler Bürger gern erwähnt, kein liebender Ehemann zuzugeben wagt.«

Richtig, aber das Gewissen ist hartnäckig. Was für Lügen! Es ist keine Entschuldigung, daß die wahre Wahrheit immer eine Mördervergangenheit ist, geben wir uns deshalb mit den hübschen und glaubhaften Motiven, die man bei Lichte ausspricht, nicht zufrieden. Was für Lügen! Welch elende, dreiste Lügen habe ich in meinem Monolog niedergeschrieben, um den Tod meiner Adela zu erklären! Meine Seufzer: arme Adela, Armes und Teures und Geliebtes, was auch immer! Die scheinheilige Rechtfertigung, die verlogene Trauer: möge Adela in Frieden ruhen, amen! Was für Lügen! Wer war der Täter? habe ich gefragt. Der Sand, habe ich geantwortet, der Sand und die

Hitze und das Altern. Was sonst? (Als weitere Fragen gestellt wurden:) Ihre arme, törichte Liebe für den schönen Jungen, und um sie zu beschützen, mein Erbarmen und mein Mitleid. Was für Lügen!

Richter und Angeklagter sind Lügner; ahnungslos oder nicht bereit, den entscheidenden Hinweis zu deuten. Rechtfertigungen haben alle, alle Mörder. Der Esel in der Wüste, der gemächliche und wachsame Geier, der Hakenwurm, die Sandfliege, der Igel und der Tiger. Das Zimmermädchen hat dem Kaufmann eine Flasche Vitriol ins Gesicht geschüttet. Ihre Rechtfertigung: der Vollmond und der verlockende Duft der Fischkuchen. *Lügnerin.* Der Kapitän hat die Frau des Obersten mit dem Degen durchbohrt. Seine Rechtfertigung: die Wut und ihre Schokoladenbrüste. *Lügner.* Es stand alles in den Zeitungen: die Rechtfertigungen, die Motive; die Mondnächte und Düfte und Ausflüchte stehen alle in den Zeitungen, in den Akten, in den Büchern. Aber die Wahrheit wird nicht ausgesprochen, denn niemand wagt oder will es. Mit der Zunge in der Wange, mit zerbissener Lippe, geballten Fäusten schlucken die Lügner die Wahrheit und hoffen, sie ganz zu vergessen. Ihre Träume und Phantasien warnen sie vergebens. Das verlogene Nicken und Kopfwiegen geht weiter. »Die Stadt ist angenehm.« – »Haben wir nicht einen schönen Frühling?« – »Sind die Manasses nicht reizend?« – »Arme Frau!« – »Armer Mann!« – »Der Sommer wird eine Erlösung sein.« – »Wir sind unsterblich.« – »Er hat sie getötet, weil er ›eifersüchtig‹ oder ›wütend‹ war.« – »Er hat sie des ›Geldes wegen‹ umgebracht.« Arme Lügner! Der Soldat auf der Brücke schiebt Wache in drückender Hitze, wirbelt seine Flinte, salutiert zackig vor dem Offizier, aber er leidet, er träumt vom dunklen Hinterzimmer, davon, betäubt von der süßen Droge auf dem Holzboden zu liegen, sein Bajonett zwischen die Schulterblätter des Offiziers zu rammen, das ist sein Traum. Der Bettler? Mit schlaffen Gliedern, dahinfaulend wie das Fleisch der letzten Woche, hockt er auf dem Pflaster; die Hand zitternd ausgestreckt, sagt er: »Frieden sei mit dir. Allah schütze dich.« In Wirklichkeit möchte er sich auf seinen Wohltäter stürzen, ihn niederschlagen, ihm in den Arm beißen. Und das Liebespaar mit seinem Verlangen in der guten Stube? Und der Stadtrat in seinem Club? Und das brave Kind, das seine Mutter mit dem Tranchiermesser zerfleischen will? Was ist mit ihnen?

Von den fremden Städten, über die ich in den Zeitungen lese, weiß ich nichts. Aber diese, unsere Stadt ist eine Stadt des Hasses. Der Arme haßt den Reichen, das Kind die Eltern, der Mann die Frau; alle hassen die Sonne; Haß macht Angst, Angst mehr Haß. Ich weiß es. Das Herz ist erfüllt von dem Wunsch, zu sterben und zu töten, oder es ist ein gefühlloses, gleichgültiges Herz.

Ob ein Mord verübt oder phantasiert wird – für mich ist es das gleiche. Einige der Mörder kommen in die Zeitung. Und was entdeckt man als Motiv? Ein paar Rechtfertigungen, seichte Ausreden. Wegen des Geldes, Herr Richter: aus Eifersucht, Ehrgeiz, Hunger. Was für unverschämte, dumme Lügen! Kein Mörder kennt sein wahres Motiv, den Grund, warum er die Kluft zwischen Vorhaben und Tat überschritten hat. Aber ich will es wissen. Ich will in meiner neugewonnenen Freiheit tief in mein Herz schauen. Ich werde nicht zurückschrekken. Augenwischerei und Ängste sind jetzt vorbei. Ich weiß, daß Liebe und Haß Bezeichnungen für dieselbe Sache sind. Ich weiß, daß meine einzige Strafe das Nichtwissen wäre. Warum also habe ich Adela getötet? Das ist die falsche Frage. Warum haben wir, Adela und ich, sie getötet? Das Opfer ist immer Komplize. Zwanzig Jahre lang waren wir Verschworene.

Und wer stand hinter mir? Was ist mit diesem Papagos? Was ist mit dem Mann mit dem Spitzbart und dem einen Auge mit dem roten Lid und der langen silbernen Lupe? Was ist mit seiner erhobenen Hand, dem immerwährenden Ticken der Uhren? Was mit den Käfern, den Kiefern, dem Keifen, den Köpfen? Den obszönen Gebeten? Der nächtlichen Wache und dem maurischen Gitterfenster? Jedes Verbrechen ist eine Trinität.

Ich wußte, daß Papagos mich finden würde. Ich wußte es in dem Moment, als wir erfuhren, daß er in der Stadt war. Ich wußte, daß er anrufen oder seine Karte schicken oder einfach vorbeikommen würde, früh am Vormittag oder spät am Abend, wenn er sicher sein konnte, mich anzutreffen; schlimmer noch wäre es, ihn auf der Straße zu treffen. Einem Papagos kann man nicht entkommen. Er würde ins Zimmer treten, aus einem Café herausplatzen, sein Taxi halten lassen und grinsend winken: Hallo, wie geht's dir, alter Knabe?!

Zwanzig Jahre lang, und besonders die letzten zehn, habe ich gehofft, er käme nie zurück. Diese ganze Zeit war sein Schatten immer gleich nebenan: sein Kugelkopf, seine Hasenscharte, sein negroides Lächeln, sein Schniefen. Die Erinnerungen wurden undeutlich, die Gefühle stumpften ab, aber Papagos war immer da.

Elena überbrachte uns die Nachricht.

Die große Frau kam zum Tee, im pfirsichfarbenen Kleid, das Haar messingfarben, mit gewaltigem Busen, gab ihren Tratsch von sich, rauchte unzählige Zigaretten, und etwa gegen fünf am Nachmittag sagte sie:

»Stellt euch vor! Papagos ist wieder da!«

»Papagos.« Adela runzelte die Stirn, versuchte sich zu erinnern. »Ach ja, der. Konnte ich noch nie leiden, diesen Papagos.«

»Er ist zu Besuch hier. Er ist jetzt reich, er besitzt Plantagen auf Zypern und im Libanon. War er nicht ein guter Freund von dir, Tristan?«

»Wer?« Ich verstellte mich, starrte in meine Tasse.

»Papagos. Hast du nicht gehört, was ich gesagt habe?«

»Ach der. So, so. Ach, wirklich?!«

Elena begann, vor einem Taschenspiegel ihre Augenbrauen zu zupfen. »Na, hör mal – ach, wirklich? Hört ihr Männer denn nie zu? Jedenfalls ist er auf Besuch hier. Kahl geworden ist er. Ich habe ihn bei Groppi getroffen. Er hat nach dir gefragt.«

Sofort bekam ich Angst. Folgendes schoß mir durch den Kopf: »Papagos. Also *ist* er zurückgekommen. Letztendlich.«

Eine unbestimmte Furcht, ein Achselzucken im Geiste: Mach dir nichts draus, schließlich ist er harmlos, er *muß* harmlos sein, jetzt, nach all den Jahren.

»Das ist nur eine deiner schlimmen Phantasien.«

»Papagos.«

»Seine Hasenscharte.«

»Sein Schniefen.«

»Lauf weg.«

»Er ist nur auf Besuch hier. Geh ihm aus dem Weg.«

»Verschwinde! Wohin? *Verschwinde.* Egal, wohin.«

»Adela?«

»Erzähle ihr, du besuchst deine Cousine Rachel in Port Said.«

»Taxi, Eisenbahn, Port Said, komme erst in vierzehn Tagen wieder.«

»Blödsinn. Wozu die Angst?«

»Er ist harmlos.«

»Es ist zwanzig Jahre her.«

»Das ›Übel‹.«

Er wird anrufen. *»Hallo, hallo, hallo.«* Ein schweinischer Witz. *»Na, laß dich ansehen. Weißt du noch, altes Haus?«*

»Ich muß weg.«

Aber ich wußte, ich konnte nicht weg; es wäre zwecklos. Einem Papagos kann man nicht entrinnen. Er würde kommen und Nachforschungen anstellen. Ich könnte es Adela nicht sagen. Das mit Port Said würde er sowieso herausfinden. Wenn nur...

Und doch mußte ich Vorkehrungen treffen.

»Sag mal, Elena« – bedachte Nonchalance –, »wie geht es ihm denn?«

»Wie geht es wem?« Ihre Augenbraue zuckte unter der Pinzette.

»Papagos.«

»Ach, dem. Er ist kahl geworden. Sehr elegant.« Sie ließ den Spiegel sinken. »Er trug einen taubengrauen Anzug mit einer weißen Nelke.«

»Wo wohnt er?«

»Ich habe nicht gefragt. Im ›Metropol‹, nehme ich an.«

»Hat er es nicht gesagt?«

»Ich sage dir doch, ich weiß es nicht. Aber er wird anrufen.«

»Hat er das gesagt?«

»Nein.« Sie zupfte weiter. »Nein, hat er nicht. Aber das ist doch klar. Mach dir keine Sorgen.«

»Hat er gesagt, wie lange er bleibt?«

»Vierzehn Tage.«

»Bist du sicher?«

»Das hat er gesagt. Kommst du heute abend mit ins Kino?«

Ich unterbrach sie: »Hat er nach mir gefragt?«

»Ach, das Übliche.« Ungeduldig fügte sie hinzu: »Er wird anrufen. Dann weißt du's. Ich …«

»Was meinst du damit, das ›Übliche‹?«

»Also wirklich, Tristan. Erst hörst du gar nicht zu, dann löcherst du einen. Männer …«

»Schon gut. Was wollte er wissen?«

»Mein Gott! Er wollte wissen, wie es dir geht. Ich habe gesagt, es gehe dir gut. Dann hat er gefragt, wo du wohnst und was du tust.«

»Was hast du gesagt?«

»Was hätte ich sagen sollen? Du wohnst nicht auf dem Mond, und du bist nicht der König von England, oder?«

»Du meinst, du hast ihm unsere Adresse gegeben?«

»Natürlich.«

»Hat er nach Adela gefragt?«

»Ich weiß nicht mehr. Also wirklich … Dein Kreuzverhör geht mir auf die Nerven. Was ist los mit dir?«

Gereizt sprach Adela es ihr nach. »Was ist los mit dir, Tristan?«

»Er wird anrufen oder vorbeikommen«, sagte Elena. »Mach dir keine Sorgen.«

»Was ist nun mit dem Kino?« fügte sie hinzu.

Die beiden Frauen schnatterten im höchsten Ton der Weiblichkeit, die noch den größten Stumpfsinn zur Sensation erhebt, weiter. Ich hörte nicht zu. Ich musterte das Zimmer, die Fenster, die enge Straße. Wo sollte ich hin? In der Not ist die Welt ein Gefängnis. Vor Papagos gab es kein Entrinnen, denn Papagos war in Wirklichkeit ein Nichts: ein Name, ein Kugelkopf, eine Hasenscharte, eine Erinnerung an das »Übel«. Wohin sollte ich mich wenden? An die Polizei, die Armee, an Freunde? Niemand würde es verstehen, alle würden mich auslachen. Vor einem Papagos schützt keine Bewahranstalt. Ich wußte immer, daß er zurückkommen und anrufen und einen schweinischen Witz erzählen, mich an die »guten alten Zeiten« erinnern würde; er würde nichts *Übles* sagen, denn er selbst wußte ja gar nicht, was *es* war. Ich konnte nicht einfach still dasitzen und warten, bis die Türklingel schrillte. Vielleicht, wenn ich ständig unterwegs wäre, wenn es mir gelänge, ihm aus dem Weg zu gehen, wenn ich vorsichtig wäre: dann würde er es vielleicht aufgeben und abreisen. Vielleicht war er nur auf eine Woche, ein paar Tage gekommen; ein Telegramm könnte ihn zurückrufen. Solange ich handelte, konnte ich ihm vielleicht entkommen.

»Entschuldigt«, sagte ich zu den Frauen und ging hinaus.

Als ich die Treppe hinunterging, ein wenig kurzatmig, den Schirm gegen die Treppenkanten schlagend, sagte ich mir:

»Die Straße wird leer sein. Kein Papagos wird auf der Straße sein.«

Im selben Moment, als mir diese Worte durch den Kopf gingen, sah ich mit sinkendem Mut ein, daß ich Papagos nie würde entrinnen können. Vielleicht würde er nicht auf der Straße, in einem Taxi, einem Café sein, vielleicht würde er nicht anrufen oder schreiben oder vorbeikommen: und doch war er jetzt wieder bei mir, er, oder besser das, wofür er stand: das »Übel«. Ein Teil des »Übels« war die schreckliche Allmacht der Gedanken; sie hatten viele Jahre geschlummert, aber Papagos war zurück, und innerhalb einer halben Stunde nach Eintreffen der Nachricht hatte ich die schrecklichen Formeln wieder im Kopf. *»Die Straße wird leer sein.«* Bekümmert trat ich aus dem Haus. Die Straße war, bis auf ein Kind an der Ecke, leer. Keine Spur von Papagos.

Schnell ging ich auf den Fluß zu, wobei ich mich in den Seitenstraßen hielt. Es fing an zu regnen. Hin und wieder blieb ich stehen, trat schnell in einen Hauseingang, wartete, schaute heraus, ob mir jemand folgte. Es war die stille Stunde des Tages: früher Abend. Die Läden waren geschlossen, die Menschen nach Hause gegangen, um Essen zu kochen. In ein, zwei Stunden würde das Nachtleben beginnen: im gelben Laternenschein dunkelgesichtige Gestalten in Weiß vorüberhuschen, die kleinen Lebensmittelläden und Cafés würden wieder voller Menschen sein. Aber die Seitenstraßen waren leer, wie ich ihnen befohlen hatte. Wann immer ich mich umsah, war hinter mir der weite, graue, verlassene Asphalt; in der Ferne kreuzte ein schneller Wagen die Straße, gelegentlich huschte eine Gestalt davon. Es hätte Papagos sein können:

ich konnte nicht gut sehen, da ich meine Brille zu Hause vergessen hatte. Ich kam an den Fluß, irgendwo zwischen den beiden Hauptbrücken. Die Bänke waren leer, die Liebenden noch nicht da. Die großen Laternen der Brücke blinkten im Regen. Die eleganten Apartments auf der Insel gegenüber waren erleuchtet. Ich ging die Steinstufen hinunter ans Ufer des trägen Flusses. Eine Frau wusch ihr Weißzeug, ein Boot mit roten Segeln trieb vorüber. Der Fluß war still, gurgelte nur ein wenig gegen die Stufen. Von fern kam das Brummen des Verkehrs. Die Uferböschung war verlassen: als entleere sich die Stadt allmählich, um mich mit Papagos allein zu lassen. Vielleicht war die Waschfrau ein Lockvogel. Ich lauschte. Irgendwo an der Promenade näherte sich ein Gharry; die Pferdehufe machten *klipp-klapp:* ein sanfter, sich nähernder Doppellaut. Ich sah mich um. Die Frau wusch weiter wie immer, den breiten Rücken gebeugt. Dieser Ort war kaum geeignet für die Flucht oder ein Versteck: mit meinem Schirm, allein auf weiter Flur, würde mich jeder gegen den Horizont erkennen können. Ich stieg die Treppe wieder hinauf, an den leeren Hausbooten vorbei: Das Gharry machte *klopp-klopp.* Die Villen der Paschas waren in Stille gehüllt, die hübschen Gärten leblos, die Jalousien heruntergelassen, die Zimmer leer. Zu gehen bedeutete auch, auf die Schritte eines anderen zu lauschen. Das Gharry kam um die Ecke. Ich wagte nicht, mich umzusehen, und beeilte mich, in den Schatten eines Baumes zu kommen. Dort wartete ich. Das alte Pferd war ausgemergelt und der Fahrer vermummt; die Peitsche ragte aus seinen verschränkten Armen. *Klopp-klopp:* das Geräusch der Hufe hallte von den Villen wider. Schließlich erreichte der Wagen die Bäume. Saß Papagos darin, verborgen unter einer schwarzen Kapuze, mit einer Zote auf den Lippen? Ich strengte die Augen an. Ich wollte mich nicht überrumpeln lassen. Der Wagen fuhr vorbei. Nichts geschah.

Das Ufer dehnte sich vor mir: der Gedanke packte mich, daß die Stadt ausgestorben sei bis auf mich selbst und ein einziges Gharry, und wo immer ich vorbeikäme, würde es still sein. Solche Gedanken hatte ich zu Papagos' Zeiten häufig, und ihre Wiederkehr bestätigte wieder einmal seine Allmacht und Präsenz. Wie sollte ich mich dagegen aufs neue zur Wehr setzen? Die Nachricht von Papagos' Auftauchen ließ das alte Problem, daß »Wissen« und »Fühlen« zweierlei sind, wieder lebendig werden. Ich ging weiter, ich *wußte,* daß mir niemand folgte, aber ich *fühlte* seinen stillen Schatten unwiderstehlich hinter mir. Ich ging in der Mitte des Gehsteigs, abseits der Häuserwände, der Bäume, der Hinterhalte. Bald wurden meine Schritte mechanisch. Der Gehsteig bestand aus großen rechteckigen Steinplatten von der Größe eines Schritts. Wenn ich einen gleichmäßigen Rhythmus beibehielt, konnte ich genau in die Mitte jeder Platte treten, in sicherer Entfernung von den Fugen. Es wurde wichtig, den Rhythmus beizubehalten, um Himmels willen keine Linie zu berühren; das würde den sofortigen Befehl nach sich ziehen, einen Schritt zurückzugehen und von vorn anzufangen.

An der Brücke, am Ende der Uferböschung, blinkten die rot-gelb-grünen Verkehrsampeln, blieben stehen, wechselten die Farbe. Ich kam zum Platz und zum großen Boulevard. Sollte ich die Hauptstraßen der Stadt meiden und in den Seitenstraßen bleiben? Aber vielleicht war die Stadt ausgestorben. Es stimmte, in einiger Entfernung fuhren eine Straßenbahn, ein oder zwei Taxis, ein Lastwagen vorbei, aber waren Menschen darin? Ich konnte es nicht erkennen. An der Ecke zögerte ich; ich sehnte mich nach einer menschlichen Stimme. Glücklicherweise trat aus einem nahe gelegenen Haus ein Pärchen, und sie sagte *Ausgesprochen nett,* und ich war erleichtert. Ich überquerte den Platz. Die Hauptstraße war von Neonlampen gesäumt. An jeder Ecke blinkten Ampeln, wechselten die Farbe, starrten, blinkten, wechselten die Farbe. In einer Wäscherei standen die vorderen Fenster offen; vier Burschen waren über ihre Bügeltische gebeugt, schoben und zogen ihre Bügeleisen, befeuchteten ihre Finger, berührten das heiße Metall, bügelten im gelben Licht weiter. Ihre Hände waren dunkel; die wunderbar weiße Wäsche roch nach Stärke und Seife. Einer der Jungen sang. Ich freute mich über das Lied. Inzwischen war es Abend geworden. Die breite Straße war grau, gepunktet von den rot-gelb-grünen Ampeln; das flackernde Neonlicht summte. Über mir in einer Wohnung im ersten Stock klingelte ein Telefon. Papagos? Zur verkehrsreichen Straße zu gehen war riskant, zu viele Menschen: ich würde nicht sehen können, ob mir jemand folgte. Sechs große englische Soldaten in Khakiuniformen, die Hände in den Taschen, lungerten an der Ecke. Auf der anderen Straßenseite waren einige der hohen Fenster erleuchtet; Gestalten gingen umher, standen an den Fenstern, beobachteten die Straße. Die Menschen schienen nichts weiter zu tun zu haben, als dazustehen, zu warten, zu beobachten. Die Schmuckimitationen in den Schaufenstern waren angestrahlt, ein Fleischer wickelte Fleisch ein, zwischen den Füßen der Erwachsenen liefen wie die Kaninchen flinke, dunkle Straßenjungs herum; alle paar Meter standen alte, blinde Bettler, Mütter ließen gemietete Kinder an ihren tätowierten Brüsten saugen, Krüppel ohne Beine bewegten sich auf Holzrädern vorwärts und schrien *Vorsicht! Vorsicht!* Da waren die Prostituierten mit kajalumränderten Augen, die schlenkerten Hüften und taten so, als hätten sie ein Ziel. Wie ich sie haßte! Hin und wieder blieb ich an einem Schaufenster stehen, um zu sehen, ob mir jemand in der Menge bekannt vorkam. In der Nähe begann ein Telefon zu läuten: niemand nahm ab. Die Milchbars waren überfüllt, die Barhocker sahen wie Gliedmaßen aus. Der Gehsteig glänzte regennaß, spiegelte die umherlaufenden Füße wider. Ruß, Staub, Sand und Regen vermischten sich mit dem widerlichen Benzingestank. Ich ging in eine Telefonzelle und wählte meine Nummer.

Adela nahm ab.

»Guten Abend, Liebes«, sagte ich. »Was haben wir heute abend vor?«

»Kommst du nicht nach Hause zum Dinner?«

»Doch.«

»Nun, wir werden sehen«, sagte sie. »Elena möchte ins Kino.«

»Schön, Liebes. Ich komme gleich.«

Ich wartete.

»Neuigkeiten?« fragte ich.

»Neuigkeiten, was für Neuigkeiten?«

»War jemand da?« fragte ich. »Oder hat angerufen?«

»Niemand«, sagte sie. »Warum?«

»Ich bin gleich da«, sagte ich.

Am nächsten Morgen erwachte ich früh und stand auf, um nachzusehen, ob ein Brief oder eine Karte von Papagos gekommen war. Nichts. Vom Fenster im Gang sah ich hinunter auf die Straße: kein Verdächtiger zu sehen. Hafouli und sein Bruder trugen auf der anderen Straßenseite Milch aus, und der Armenier stand in seinem Zimmer und reckte gähnend die Arme. Auf dem Weg zurück in unser Zimmer sah ich eine Apfelsinenschale liegen. Ich ließ sie, wo sie war, denn ich wußte, daß Zouba sie aufheben würde, wenn er den Gang saubermachte. Ich ging zurück ins Bett und begann, Zeitung zu lesen, aber die Apfelsinenschale ließ mir keine Ruhe. Im Geiste sah ich ständig den kleinen gelben Halbmond. Angenommen, Adela ginge hinaus, rutschte darauf aus und bräche sich das Bein? *Wissen und Fühlen sind zweierlei.* Ich wußte, es würde nicht geschehen, denn sie würde sie liegen sehen. Trotzdem – es wäre möglich. Ich hatte schon den Sturz, den spitzen Schrei, das Gebrüll vor Augen. Vielleicht würde jemand sie anhalten und ansprechen, während sie den Gang entlangging, und sie würde die Apfelsinenschale nicht bemerken. Der Gang ist dunkel, sagte ich mir; wenn sie sich, um Himmels willen, nur nicht Arm oder Bein bricht! Lange Minuten ging ich mit mir zu Rate, während ich versuchte, die Zeitung zu lesen: die Druckbuchstaben sagten mir nichts, verschwommen nahm ich auf, daß es ein Erdbeben gegeben hatte, eine neue Steuer eingeführt worden, jemand durchgebrannt war. Resigniert seufzend stand ich wieder auf und ging hinaus. Die Apfelsinenschale lag noch da. Ich hob sie auf und legte sie auf den Fenstersims. Ich sah wieder hinaus. An der Ecke stand ein Mann mit dem Rücken zu mir! Er hatte eine gedrungene Gestalt und keinen Hals, aber für Papagos war er zu schäbig angezogen. Natürlich hätte er sich verkleiden können, nur so zum Spaß oder zu meinem *Entsetzen.* Ich wartete, daß er sich umdrehte, aber er tat es nicht, sondern schlenderte langsam davon und verschwand, ohne je sein Gesicht gezeigt zu haben.

Ich ging wieder ins Bett, legte die Zeitungen beiseite und beschloß, meine Gedanken zu sammeln. Ich heckte einen Plan voll guter Vorsätze aus: fröhlich und unbekümmert zu sein, alle Hotels anzurufen, Papagos ausfindig zu machen, ihm gegenüberzutreten: die ganze Zeit wußte ich, daß diese Vorsätze wert- und sinnlos waren. Ich würde weiter versuchen müssen, ihm aus dem Weg zu gehen. Die Apfelsinenschale fiel mir wieder ein. Natürlich war mir klar, was sie bedeutete: Versuchung und gleichzeitig Angst. Das verstörte mich etwas, aber nur vage, da ich zu feige und unfähig war, richtig aufzubegehren. Am schlimmsten an all dem war die Vertrautheit: die frommen Selbstermahnungen, Entschlüsse, Vorsätze, der Versuch, mich in Frohsinn und Vernunft zu flüchten. Während ich die hoffnungslose Schlacht schlug, sagte ich mir:

»Wie albern.«

»Jetzt fängst du schon wieder an.«

»Nur eine Apfelsinenschale.«

»Nichts wird geschehen, nichts.«

»Zeig, wie stark du bist.«

Zögernd stand ich wieder auf und ging in den Gang. Ich mußte dem Befehl trotzen, das Unbeweisbare beweisen: daß diese Dinge nicht zählten, daß nichts zählte. Ich legte die Apfelsinenschale dahin zurück, wo sie gelegen hatte, und rannte schnell, um es mir nicht anders zu überlegen, zurück in unser Zimmer. Ich war aufgeregt und ein wenig stolz.

Adela erwachte ein paar Minuten später, stand auf und zog ihren Morgenmantel an. »Was gibt's Neues in der Zeitung?« fragte sie.

»Nicht viel«, sagte ich.

Sie kämmte sich die Haare aus. Ich fürchtete den Moment, da sie zum Badezimmer gehen würde. Sie war fertig mit Kämmen, nahm Schwamm und Seife und Handtuch und war im Begriff zu gehen. Irgendwie mußte ich sie aufhalten.

»Bleibst du lange?« fragte ich laut.

»Nein«, sagte sie. »Warum?«

Ich mußte schnell denken. Ich hatte das Gefühl, daß ich sie nicht vor der Apfelsinenschale *warnen durfte.* Sie stand an der Tür.

»Was willst du zum Frühstück?« hielt ich sie auf.

Sie machte ein verdutztes Gesicht.

»Was ist los?« fragte sie. »Weißt du das denn nicht? Also ...«

»Na ja. Ich dachte, vielleicht ...«

Sie legte die Hand auf den Türknauf.

»Wieder deine Leber?« fragte sie gereizt. »Du warst komisch letzte Nacht.«

Auf diese Weise würde ich sie aufhalten können.

»Ja, meine Leber«, sagte ich. »Verzeih mir tausendmal. Ich wollte dich nicht ärgern.«

»Blödsinn«, sagte sie. »Einen Blödsinn redest du daher. Also dann, ich bin gleich wieder da.«

Sie öffnete die Tür. Ich konnte den Gang hinter ihr erkennen. Ich konnte nichts tun. Ich beobachtete sie wie betäubt. Sie schloß die Tür. Ich legte mich zurück und betete stumm. Ich wußte nicht, wofür. Natürlich geschah nichts. Ich konnte hören, wie sie die Badezimmertür öffnete und zuschlug. Ich seufzte erleichtert: das war ein kleiner Sieg über Papagos, das heißt, es hätte einer sein können. Aber eigentlich wollte ich ja, daß sie auf der Apfelsinenschale ausrutscht.

Am selben Vormittag ging ich in Vamos' Salon, um mich rasieren zu lassen. Auf dem Weg dorthin bewegte ich mich mit äußerster Vorsicht. Ich benutzte die Seitenstraßen, fern der großen Hotels.

Vamos selbst, mit weißem Bart, roter Nase, die Augen zwei winzige Kugeln hinter dicken Brillengläsern, bediente mich.

»Rasieren, sehr wohl, Sir, ja, Mr. Manasse. Zuerst ein heißes Handtuch?«

Ich stimmte zu.

Vamos faßte alles in Epigrammen zusammen; Vamos hielt sich für sehr weise.

»Nichts über ein heißes Handtuch für die Poren.« Ohne Übergang: »Und was sagen Sie zu den Neuigkeiten?« Er wrang das Handtuch aus. »Die Naturkräfte trotzen dem Menschen. Verzeihen Sie, ist es angenehm so?« Er warf das Handtuch auf und ab, um es zu lüften, und klatschte es auf mein Gesicht. »Zu heiß? Nein? Weicht die Poren und weicht die Stoppeln auf.« Seine Stimme klang durch das Handtuch gedämpft. Seine Hände ruhten wie ein Segen auf meinem Gesicht. »Die Naturkräfte sind unbezwingbar.« Er nahm das Handtuch ab. »Dieses Erdbeben.« Er hielt inne und starrte mich im Spiegel an, um meine Reaktion auf die Naturkräfte zu beobachten. »Arme Menschheit!« Er begann mich einzuseifen, zuerst mit einem Pinsel, der platschende Geräusche machte, als er damit meine Wangen auf und ab fuhr; dann massierte er mein Kinn. »Angenehm? Heute Frieden, morgen Vernichtung! Armes Anatolien! Arme Türken!« Er schloß die Augen, um sich auf seine Finger zu konzentrieren. »Trockene Stoppeln! Mannesbart! Wie geht es Mrs. Manasse?«

Ich grunzte.

»Hatte seit einiger Zeit nicht das Vergnügen ihres Besuchs. Leider!« Er begann, das Rasiermesser zu wetzen. »Was für Nachrichten! Diese Japaner, diese Mandschus! Welch schreckliche Details!« Er betastete die Klinge, setzte sie an meine Schläfe, wartete, schabte dann abwärts. Es war ein angenehmes Gefühl. An den Ohren spürte ich seinen Atem. »Angenehm? Original Sheffield-Klinge.« Er umrundete meine Kinnbacke, kniff ein wenig die Haut zusammen, um sie zu spannen. Dann tastete er mit den Fingerspitzen die Stelle, wurde nachdenklich, drückte meinen Kopf zurück, begann, um meinen Adamsapfel herumzuarbeiten. Ich schloß die Augen. Ich hörte seine Worte, aber meine Aufmerksamkeit war auf die angenehme Klinge gerichtet. Und dann, ganz plötzlich, dachte ich:

»Wenn ich nun plötzlich den Kopf herumreißen würde!«

Und fügte hinzu: »Und er mich schnitte.«

Vamos flötete: »Übel sind des Menschen Ziele und Zwecke.«

Aber ich überlegte:

»Angenommen, ich machte eine plötzliche Bewegung?«

Ich hatte den scharfen Schnitt, die klaffende Kehle, das spritzende Blut vor Augen.

»Nur ein kleiner Ruck mit dem Kopf.«

Mit zwei Fingern hob er die weiche Haut unter dem Kinn.

»Die scharfe Klinge würde einen langen, horizontalen Schnitt machen und die Luftröhre durchtrennen.«

Mein Herz machte einen Sprung.

»Es ließe sich machen.«

Und wieder:

»Vielleicht hilft es.«

Aber Vamos redete weiter: »Die neue Steuer, werter Herr, wird den kleinen Mann kaputtmachen. Vorsätzlich ... «

Jetzt war der Moment gekommen.

»Allein gegen die griechische Minderheit gerichtet.«

Ein kleiner beiläufiger Ruck: der Impuls, die Kehle klaffen zu sehen, der *alte* Impuls, halb oder ganz vergessen, jetzt wieder zurückgekehrt: der richtige Weg zur Selbstbestrafung.

Zu spät, er war schon an der anderen Wange.

»Das Los der Minderheiten ist ein bitteres Los«, fuhr Vamos fort. »Und das uns, die wir diesen

Barbaren die Zivilisation gebracht haben! Stil! Kultur!«

»Keine Dankbarkeit«, fügte er hinzu. »Neue Steuern.«

Natürlich waren da immer noch die Augen; eine schnelle Bewegung zur Seite; vielleicht würde das Rasiermesser in meine Sülzaugen fahren. Aber die Klinge war nicht spitz.

»Die Paschas plündern die Armen aus. Angenehm?« fragte Vamos. »Und wir werden die Sündenböcke sein!«

»Auch die Schläfen sind weich: dort pulst die Arterie. Das würde vielerlei lösen.«

»Übrigens«, redete er weiter, beklopfte meine Wangen und wischte sein Rasiermesser an einem Tuch ab, »wissen Sie, wer momentan in der Stadt zu Besuch weilt?«

»Nein.«

»Ich weiß nicht, ob Sie ihn kannten. Mr. Papagos, meine ich, den Plantagenbesitzer.«

»War er hier?«

»Aber ja. Er hat gesagt, seit fünfzehn Jahren oder länger hätte er sich nach meinem Haarschnitt gesehnt.«

»Wann war er hier?«

»Heute vormittag um zehn«, sagte Vamos. »Ein perfekter Patriot.«

»Hat er nach mir gefragt?«

Vamos dachte nach.

»Er hat nach vielen gefragt. Warten Sie …«

»Wo wohnt er?«

»Er wohnt … lassen Sie mich nachdenken. Das hat er, glaube ich, nicht gesagt. Er …«

»Wie lange will er bleiben?«

Er fuhr in einen Topf mit Creme. »Das hat er auch nicht gesagt. Ein wirklicher Gentleman«, fügte Vamos hinzu. »Ich habe ihm eine Einreibung gemacht.«

Als ich nach Hause kam, hatte ich wirklich Angst, denn der Befehl, dem ich nur schwer widerstanden hatte, meinen Kopf herumzureißen und mir von Vamos die Kehle aufschlitzen zu lassen, war stark und echt gewesen. Das Gefühl blieb, wenn auch schwächer, noch eine Weile in mir, während ich durch die nassen Straßen ging. Als ich die Straße überquerte, sah ich ein Auto herankommen und blieb stehen; gleich hinter dem nächsten unbekannten Gedanken lauerte, das wußte ich, ein weiterer Befehl: direkt vor die Räder zu laufen. Vielleicht würde ich ihm widerstehen können. Schlimm daran war seine Vertrautheit. Schon vor langer Zeit hatte es nüchterne Morgen gegeben, in denen ich vor dem Badezimmerspiegel stand, mit bleichem Gesicht und zittrigen Händen, und gegen den Wunsch ankämpfte, mir die Kehle durchzuschneiden. Die Stadt ging ihren Geschäften nach. Die Banken waren überfüllt, die Cafés belebt, die Massen hatten ein Ziel. Hemden wurden gewaschen, Koteletts eingekauft, Weine ausgeschenkt, und die Hafenanlagen waren vollgestopft mit Baumwollballen. Zu Hause erwarteten mich Lunch, Rechnungen und Briefe. Die Zeitungen waren frisch und feucht, die Straßenbahnen fuhren hin und wieder zurück; alles schien normal in der Stadt. Nur ich zögerte am Bordstein und verfluchte mich selbst. Jedesmal, wenn sich ein Auto, ein Lastwagen, ein Bus näherte, mußte ich die Anstrengung steigern, mich nicht davorzuwerfen. Es war zwecklos, an die Vernunft zu appellieren: das Ganze hatte mit Vernunft nichts zu tun; mir blieb nichts anderes, als Ausflüchte zu finden, die bis zum nächsten Befehl funktionierten. Als ich an einer Kirche vorbeikam, sah ich einen Mönch. Ein verächtlicher Gedanke schoß mir durch den Kopf, von Schuldangst gefolgt. Ich ging zur Kirche zurück, zog förmlich den Hut, um den gekränkten Gott zu besänftigen. Ich fächelte mir mit dem Hut Luft zu, damit andere Philister, denen ich bekannt sein könnte, nicht über mich lachten. (Stellt euch vor, Manasse hat vor der Kirche den Hut gezogen.) Dieser Trick verstärkte prompt das Schuldgefühl; noch einmal ging ich zurück und nahm, der Häme der eingebildeten Menge trotzend, demonstrativ den Hut ab. Es war beinahe ein Uhr. Ich würde zu spät zum Lunch kommen, aber mein Spaziergang war wichtiger. Außerdem würde bestimmt eine Nachricht von Papagos auf mich warten oder gar Papagos selbst, elegant, selbstsicher, fidel. Zwei andere Kirchen in der Nähe fielen mir ein: ich beschloß, an einer der beiden vorbeizugehen und die gekränkte Gottheit noch einmal zu besänftigen. Erst ging ich in Richtung der in einem ummauerten Hof versteckten Kapelle, aber dann wurde mir klar, wie feige es war, der Menge und einem etwaigen Erkanntwerden entgehen zu wollen. Also ging ich zum großen Franziskanertempel an der Hauptstraße beim großen Platz. Niemand sonst schien so dringenden Geschäften nachzugehen wie ich. Die anderen schlurften vor sich hin, stießen mit knarrenden Schuhen zusammen; von den Rändern ihrer europäischen Hüte troff der Regen. Der Platz war belebt. Ich sehnte mich danach, von einem Bekannten bemerkt zu werden, ich, Tristan Manasse, wie ich eine katholische Kirche betrat und den Hut zog. Es gab noch mehr gekränkte Götter. Vor meinem geistigen Auge tauchten andere Kirchen auf; bald würde ich, wenn der alte Wahn zurückkehrte, auch diese besuchen müssen. Als ich bei der Kirche angekommen war, blieb ich stehen, nahm den Hut ab und ließ, so deutlich und offen wie möglich, erkennen, daß es keine beiläufige Geste war, um den Kopf zu lüften oder einen Freund zu begrüßen, sondern allein gedacht war als Reverenz an die Gottheit. Ich trat ein. Die Kirche war leer, der Weihrauchgeruch streng. Jemand fegte die Altarstufen. Ich tauchte die Finger in das Marmorbecken, bekreuzigte mich, kniete einen Moment, ging dann das Hauptschiff entlang. Alle Bänke waren leer, keine Spur von Witwen, Krüppeln, Liebenden, denen ich einmal vor langer Zeit hier begegnet war. Plüschbezogene Fußbänke und schwarze Bücher standen in vielen Reihen. Ich setzte mich, kniete nieder, sagte ein »Vater unser« und ein »Ave Maria«, fragte mich, ob die Gebete bald, wie es meine Gewohnheit war, auf fünf, sechs, dann zehn, fünfzehn anwachsen und dann, wegen der bösen Stimme, der grinsenden geringschätzigen Stimme in mir in ein paar Schlüsselworte übergehen würden, die nur Gott und ich verstehen könnten, in eine Formel, um des Teufels Stimme zu besiegen.

Und so geschah es tatsächlich. Denn als ich mein persönliches Gebet hinzufügte (bitte beschütze mich vor meinem »Übel«, dem bösen Wunsch zu zerstören. Bitte ...), da versprach ich mich wie damals, und ich sagte: »Bitte beschütze Adela *nicht* vor mir.«

Aber weder Schreck noch Überraschung stellten sich ein. Mit der resignierten Routine eines Patienten, der mit chronischen Anfällen umzugehen gelernt hat, sagte ich die bewährte Formel:

»Amen – Omen – Samen.«

Das war unbedenklich, denn nur Gott und ich konnten sie verstehen.

Adela beendete gerade ihren Lunch. Ich entschuldigte mich, sie hörte kaum zu und begann zu schwatzen: vom Fleischer, von der Wäscherei, von Lady Malvilles Nachttopf, von Elena, die krank zu Bett lag. Ihre Stimme war schrill. Zouba brachte mir mit einem Routinelächeln die Suppe. Ich wartete eine Weile und dachte darüber nach, ob womöglich eine Nachricht für mich gekommen war. Als ich ins Haus getreten war, hatte ich sorgfältig vermieden, auf den kleinen Tisch mit dem Telefon und dem Notizblock zu schauen. Ich war auf Zehenspitzen zum Speiseraum geschlichen, um nachzusehen, ob Adela allein war. Aber kein Mensch sagte etwas von einer Nachricht. Ich kämpfte mit mir, ob ich Adela fragen oder die Angelegenheit in tröstlicher Ungewißheit belassen sollte.

Wie schrill ihre Stimme war! Wie eine fremde Sprache, ein gleichmäßiger Fluß feindseliger Wörter.

»Entschuldige, meine Liebe«, unterbrach ich sie.

Sie haßte Unterbrechungen; um sich zu behaupten, redete sie aggressiv weiter: »... Ich habe gesagt, es könnte gefährlich sein, könnte. Der - Doktor - hat - gesagt - Elena - ist - nicht - mehr - so - jung - ich - meine - ist - sie - ja - auch - nicht - oder? Wir - müssen - sie - besuchen - gehen - und - du - mußt - mitkommen - tut - mir- leid - dazu - bist - du - verpflichtet. Ja?« Sie blickte auf.

»Entschuldige, meine Liebe«, sagte ich. »Ist eine Nachricht für mich gekommen?«

»Natürlich nicht«, antwortete sie. »Das hätte ich dir doch sofort gesagt.«

»Bist du sicher, Liebes? Kein Anruf, kein Brief?«

»Ich sag dir doch, nein. Hör mal, ich - war - den - ganzen - Vormittag - unterwegs.« Schon ging es weiter. »Und - habe - mir - die - Füße - wundgelaufen - Angoulis - dieser - Halunke - hat - mich - wieder - übers - Ohr - gehauen.«

»Zouba«, rief ich, ohne sie zu beachten. »Zouba, hat heute vormittag jemand angerufen?«

»Nein, Sir.«

»Ist Post gekommen?«

»Nein, Sir.«

Was war mit Papagos? Seit drei oder vier Tagen war er in der Stadt und noch immer kein Lebenszeichen von ihm. Was hatte er vor? So beschäftigt konnte er nicht sein. Familie hatte er nicht mehr; seine alte Schwester mußte schon vor Jahren verstorben sein.

»Ich - verstehe - nicht - was - du - immer - mit - diesen - Nachrichten - hast - erwartest - du - jemanden? Erwartest - du - jemanden? Ich - habe - gefragt - ob - du - jemanden - erwartest? Tristan!«

»Ja, Liebes.«

»Ich habe dich was gefragt.«

»Nein, Liebes. Ich meine, laß mich darüber nachdenken.«

»Was redest du da zusammen? Was habe ich gefragt?«

»Jetzt hör mal ... «

»Du hast also nicht zugehört. Wenn du doch nicht so verletzend wärst.«

»Liebling, bitte! Ich war etwas geistesabwesend. Was wolltest du wissen?«

»Schon gut, schon - gut - ich - kann - mir - den - Mund - fusselig - reden - es - interessiert - dich - nicht.«

»Bitte, Adela. Es tut mir leid. Was wolltest du wissen?«

»Ich habe gefragt, ob du jemanden erwartest?«

»Nein, warum?«

»Weil du ständig nach Nachrichten fragst, als ob...«

»Ach, das. Hat nichts zu sagen. Ich dachte nur.«

»Tristan, du bist sonderbar. Bist du krank?«

»Nein, Liebes. Es geht mir ausgezeichnet.«

»Dann kommst du heute nachmittag mit zu Elena?«

»Gewiß doch, mein Engel.«

Den ganzen Tag über (und noch Tage danach) war ihre Stimme schrill, mechanisch wie das Piepen eines Morseapparats oder das Tropfen eines Wasserhahns in der Nacht. Es gab kein Entrinnen: jenseits der alltäglichen Geräusche redete die Stimme immer weiter. Manchmal war da nichts als ihre Stimme, die die Welt stumm oder doch wenigstens gedämpft erscheinen ließ. Nach der Siesta kleideten wir uns an, um Elena zu besuchen; ich lauschte auf die Tür- oder Telefonklingel: nichts. Adela redete noch immer, ihre Worte wie eine Schnur Blechperlen.

»Nehmen - wir - ihr - Blumen - mit - Blumen - oder - Süßigkeiten - was - meinst - du?«

»Sie - mag - Blumen - aber - sie - mag - auch - Süßigkeiten - wir - sollten - am - besten - beides - mitnehmen - was?«

Sie zog sich ein Kleid an.

»Sie - mag - Rosen - könnten - wir - bei - Fjodor - Pawlowitsch - vorbeigehen? Sie - mag - Rumkirschen - und - gemischte - Pralinen.«

Sie schminkte sich.

»Bist - du - soweit - beeil - dich - ich - will - nicht - zu - spät - zurück - sein. Dieser - Dreckskerl - von - Armenier - ist - wieder - am - Fenster.«

Und so weiter und so fort. Es war unmöglich, sie zu verstehen. Ich gab es auf. Gleichzeitig fühlte ich eine ungewohnte Zärtlichkeit für sie.

Wir verließen das Haus um fünf. Wir gingen den Gang entlang. (Die Apfelsinenschale.) Die Badezimmertür stand offen. (Der Wasserhahn tropfte blechern wie ihre Stimme.) Wir gingen die Treppe hinunter. (Es war schwierig, aber unumgänglich, in die Mitte jeder Stufe zu treten, wollte man nicht wieder hinaufgehen und von vorn anfangen.) Die Straße war ziemlich belebt. Ich hielt schützend ihren Arm. (Es passierten so viele Verkehrsunfälle.) Jenseits der Schornsteine war eine Kirchturmspitze zu sehen. Was sollte ich tun, wenn wir an einer Kirche vorbeikamen? Sollte ich demonstrativ den Hut ziehen und so eine spöttische Anfrage von ihr riskieren? Oder es heimlich tun und Gott kränken? Ich winkte ein Gharry herbei, nannte die Adresse; wir fuhren los.

Die bekannte Angst um ihr Leben kam auch zurück. (Eins nach dem anderen kehrten die »Übel« zurück: die Befehle, die ich vor zwanzig Jahren besiegt hatte. Das hatte ich zumindest angenommen, aber ich hatte mich geirrt.) Sie redete weiter. Ich spitzte die Ohren, um meinen Einsatz nicht zu verpassen, brummte Zustimmung und Ablehnung, damit sie weiterredete, ohne mir auf die Schliche zu kommen. Aber mein ganzer Körper war steif vor Angst: die Räder des Gharry kamen mir lose vor, das Pferd altersschwach, der Fahrer halbblind und unsicher. Große Lastwagen donnerten nur um Haaresbreite an uns vorbei. Fahrräder schnitten unseren Weg, Taxis überholten uns. Die Straße war so gefährlich! Ich nahm, um sie zu beschützen, ihre Hand, aber wie zufällig, um keine höhnische Bemerkung zu provozieren. Das alte Gharry holperte weiter. Straßenbahnen fuhren gefährlich nahe an uns vorbei. Arme Adela! Ich hätte zu gern den Arm um ihre Schultern gelegt und sie an mich gezogen. Mein Herz hämmerte, mein Magen sank. Ich sah unsere Fahrt: die Straße vor dem trabenden Pferd und den schlingernden Rükken des Kutschers. »Hü!« grunzte er, wobei er die Peitsche durch die Luft knallen ließ wie einen Schuß. Die Räder waren so wacklig! Die Straßen so uneben! Stündlich passierten Unfälle. Aus irgendwelchen Seitenstraßen konnte plötzlich ein rücksichtsloser Motorradfahrer herausrasen, mit uns kollidieren: das Gharry würde umkippen, das Pferd auf der Seite liegend strampeln, wiehern und ausschlagen, und unter den Rädern, auf dem harten Pflaster, läge zerschmettert der Schädel der armen Adela. Mich schauderte, und ich wünschte, bereits am Ziel zu sein. Ein Motorrad röhrte vorbei, das Pferd schnaubte, die Peitsche knallte.

»Was ist denn? Vorsicht, Kutscher!«

Er murmelte etwas.

»Laß doch, er weiß schon, was er tut«, Adelas Worte machten wieder Sinn.

»Wie rücksichtslos diese Kutscher sind!« sagte ich. »Könnten wir den Rest des Weges nicht zu Fuß gehen?«

»Bist du verrückt? Es ist noch endlos weit, und ich würde mir die Schuhe ruinieren.«

»Na schön.«

Beschütze sie, bitte, sagte ich sehr schnell, um zu vermeiden, daß sich mein Gebet in eine höhnische Verwünschung verwandelte. Ich nahm den Hut ab; es gab so viele Kirchen, jeder einzelnen konnte ich unmöglich meine Reverenz erweisen. Aber dieser Trick, diese Feigheit, diese Trägheit machten mich traurig. So setzte ich den Hut wieder auf und lupfte ihn jedesmal, wenn wir an einer Kirche, irgendeiner Kirche, vorbeikamen, lupfte ihn von ungefähr, als säße er zu eng.

An diesem Abend ging Adela früh zu Bett, um einen Liebesroman über eine Gräfin und einen Gärtner zu lesen. Ich beschloß, spazierenzugehen. Dazusitzen, auf einen Anruf oder Besuch zu warten, ihre scheppernde Stimme über mich ergehen zu lassen, wäre zuviel gewesen. Der Abend in seiner Dunkelheit war wie eine Hülle: man konnte gehen, wohin man wollte, konnte Papagos aus dem Weg gehen, konnte Kirchen grüßen. Ich zog einen

Regenmantel und Galoschen an, band einen dikken Schal um, nahm Zigaretten, Streichhölzer, Handschuhe, eine Brille, einen Schirm, einen Kompaß, einen Fahrplan, als wollte ich mich auf alle Eventualitäten einrichten. Ich hatte keinen Plan, keine Mission. Ich wollte nichts, dachte ich damals, als lange im Regen spazierengehen, um aus dem Haus zu kommen. Gewiß hatte ein Ehemann, ein älterer Ehemann, das Recht dazu. Als ich die Treppe hinunterging (meinen Schirm gegen die Treppenkanten schlagend), dachte ich unbestimmt daran, Fjodor Pawlowitsch aufzusuchen, aber die Vorstellung eines Schachspiels und schlüpfriger Geschichtchen reizte mich nicht. Ein Café? Die regennasse Menge kam mir feindselig vor. Halb schuldbewußt, halb amüsiert dachte ich kurz an einen Nachtclub, stellte mir die rauchgeschwängerte Atmosphäre, die mitteleuropäische Schmalzmusik, die gefährlichen Kellner und Tänzer vor. Nur ein Spaziergang, beschloß ich. (Heute weiß ich, daß einem sein Los lange im voraus bestimmt ist. In einem Menschenleben gibt es nicht mehr als ein oder zwei Situationen, die sich ständig wiederholen.) Ich ging auf die andere Straßenseite, knöpfte mir in der Manier eines älteren Bürgers, der sich zu einem Spaziergang aufmacht, gemächlich die Handschuhe zu. Ich drehte mich um und sah hinauf zu unserem Fenster. In Ritchies Zimmer brannte Licht, eine schlampige Gestalt ging umher. Aus unserem eigenen Schlafzimmer fiel gedämpftes Licht, das Licht der Nachttischlampe: Adela lag im Bett, vertieft in den Gärtner und die Gräfin, ihre Elfenbeinhaut und schwellenden Lippen, seine derben Hände und pechschwarzen Locken. Aber mein eigenes Fenster zu beobachten kam mir etwas ungehörig vor, als spionierte ich jemandem nach. Ich zündete mir eine Zigarette an und ging dann los – aber wohin? Weg vom Fluß, beschloß »ich« ... Die Galoschen machten ein schmatzendes Geräusch, und bald verfiel ich in einen gleichmäßigen Rhythmus. Das Spektakel der nächtlichen Stadt war dasselbe wie immer. Flaneure, Geschäftsleute, Bettler, Polizisten, Nutten, Ausländer, alle hatten ihre Ziele und Aufgaben. Die Lichter wurden vom feuchten Trottoir gebrochen, und die Hauseingänge waren schwarze, gähnende Löcher. Von Zeit zu Zeit stand in einer verlassenen Straße aneinandergelehnt ein Pärchen, das sich starr, wie im Koma, küßte. Ein *gule-gule*-Mann, ein Säufer, ein Blinder kamen vorbei. Die Häuser schienen beängstigend hoch und nah. Hinter den Fenstern ging irgendeine Art von Leben vor sich, mit Radios und Türklingeln, einem Klavier, einem wütenden Aufschrei, einem übenden Tenor. All dies schien mir ganz und gar fremd. Es hatte nichts mit mir zu tun. Ich war wie ein Fremder, der gerade in einer Stadt eingetroffen ist, die er nie verlassen hat. Ich erkundete die Straßen, machte mich mit Düften und Geräuschen und dem Schnitt der Männerkleidung vertraut. Wie wunderbar wäre es gewesen, wirklich ein Fremder ohne Fesseln und Wurzeln zu sein, die Boulevards entlangzubummeln und nichts von den Gassen und muffigen Hinterhöfen zu wissen, sich die Sehenswürdigkeiten zu betrachten, die Bekanntschaft eines Kellners, eines Gepäckträgers, einer Nutte zu machen und dann für immer zu verschwinden. Wer hat nicht solche Träume? Von Anonymität, von der Bindungslosigkeit des Touristen? Abzureisen und nichts zurückzulassen als Trinkgelder, einen Namen im Meldebuch, einen Abdruck auf dem Laken, das am nächsten Tag gewaschen werden würde? Aber unsere Stadt war ein Gefängnis, das Gefängnis des Ansässigen.

Erst an der Oper wurde mir plötzlich klar, wie nahe ich an die Straße gekommen war, wo ich vor langer Zeit gelebt hatte. Es war, wie immer, ein unangenehmes Gefühl. Jahrelang war ich nicht in der Straße gewesen. Wann immer ich an den belebten, breiten Straßen und dem Platz vor dem Häuserblock, hinter dem die Straße lag, vorbeikam, überkam mich ein leichtes Schuldgefühl. Dafür gab es keinen triftigen Grund, dachte ich, außer dem unspezifischen Gefühl, daß ich etwas falsch gemacht, daß ich gefehlt hatte und nie richtig bestraft worden war. Schließlich handelte es sich um meine Kindheit und Jugend vor Tausenden von Tagen, um die Straße eines ganz anderen Tristan, eines Tristan, an den ich mich nicht zu erinnern wagte. In der Vergangenheit hatte ich oft zu mir gesagt: Geh doch hin und sieh dir alles an: das Haus, den Laden, den Kaufmann, die Polizeiwache, den Fliegenfänger im Fenster des Cafés, die Würste auf dem Zeitungspapier, das schon seit einer Generation vergilbt war. Immer hatte ich dem Wunsch widerstanden. Aber in jener Nacht dachte ich beinahe erleichtert: Jetzt ist deine Chance gekommen. Den Schirm schwingend, ein Liedchen pfeifend, bog ich am Postamt ab. Die Straßen waren schlecht beleuchtet: das jedenfalls hatte sich nicht verändert. Der Gestank des nahen Marktes hing in den Türen, die Häuserwände rochen nach Essig und Müll und Katzen. Der süßsaure Geruch spülte Hoffnungen und Ängste hoch, die deutlicher waren als jeder Bericht. Ich hatte wieder den Kloß im Hals. In manchen Fenstern war abgerissene Pappe statt Glas. Den Lampen entwich Gas, die geriffelten Ladenjalousien waren rostig. Oben in den Zimmern wurden Strümpfe gestopft, die gestrigen Zeitungen gelesen; ein Kind übte Geige. Die schrillen Töne des Radios waren das einzige, was die Leute an eine andere Art Leben erinnerte: es stellte die Verbindung her zu den Apartments mit Marmorhallen, surrenden Fahrstühlen und weichen Teppichen. Nur die Behörden kümmerte es, wenn jemand starb; daß jemand lebte, kümmerte niemanden.

Ich nahm mir vor, die Straße entlangzuschlendern, kurz am Laden (bestimmt geschlossen) stehenzubleiben, zum Fenster im zweiten Stock hinaufzusehen, mich ein paar Erinnerungen hinzugeben und zufriedener zurückzukehren, wie ein Kind, das Besorgungen für seine Eltern gemacht hat. Im Wurstladen von damals war jetzt ein Schuhmacher; das Licht über der Polizeiwache strahlte bläulich, im alten Laden brannte Licht. Auf der anderen Straßenseite ging ich näher. Wie er sich verändert hatte! Oder sollte einen das Gedächtnis so narren? Aber nein! Neu waren auch die Baumwollvorhänge im oberen Stockwerk sowie die grüne Tünche um das Ladenfenster, und innen war es heller.

Lange stand ich da und beobachtete den erleuchteten Laden. Drinnen machte sich eine Frau zu schaffen, bückte sich hinter den Ladentisch. Wie sehr er sich verändert hatte! Schicker und heller war er jetzt: kein vollgestopftes Schaufenster mehr mit Dutzenden von wirr übereinandergehäuften Second-Hand-Uhren: Armbanduhren, Taschenuhren, in Samtetuis, in Baumwolle oder einfach in Lappen gewickelt. Und wo waren die größeren, die nützlichen, tüchtigen, so billigen und häßlichen Wecker? Und was vor allem war aus den verhaßten Standuhren geworden, die in dichten, hohen Reihen als Wächter, Zeugen, Richter, Staatsanwälte mit altmodischen, verzierten Gesichtern und tiefen Stimmen nebeneinander gestanden hatten? Ich überquerte die Straße, blieb vor dem Schaufenster stehen und sah hinein. Die Frau, klein und mausartig, mit unausgeschlafenen Augen, machte Ordnung. Wie anders! Wie ordentlich, wie »modern«, wie gesichtslos ohne die liebenswerte Unordnung, das Chaos des Fachmanns, die unheimlichen Standuhren, ohne den Mann mit dem Spitzbart, den Käferbrauen, dem Hinken, dem einen geröteten Auge, dem Vergrößerungsglas vor dem anderen!

Im Gegensatz zu anderen, amateurhaften Uhrmachern wußte er, was wahre Ordnung war: alle seine Uhren waren in Betrieb und zeigten bis in alle Ewigkeit die präzise Zeit an. Er zog sie auf, ließ ihnen, die seinen Laden und sein Leben mit dem steten, rhythmischen Geräusch von Zeitmessern, Zeittötern füllten, nie Ruhe: da war das abscheuliche leise Zirpen der Taschenuhren, das lautere Tikken der Wecker, das tiefe Dröhnen der Pendeluhren und die gelegentliche Stille, die dem Surren der Federn vorausging. Die großen Uhren klangen irgendwie langsamer, würdevoller; und er hatte ihnen Namen gegeben, romantische, ausgefallene Namen wie zum Beispiel Richard oder Iwan.

Jetzt war es still im Laden. Die Frau staubte die Glasvitrine auf dem Ladentisch ab.

Dort hatte er im Hinterzimmer an einem kleinen Arbeitstisch unter einer starken Lampe mit grünem Schirm gehockt, mit gekrümmtem Rükken, das Auge mit der langen Lupe monsterartig, das freie Auge starr und fremd, die feinen Künstlerhände mit blauen Adern durchzogen, mit zarten, feingliedrigen Fingern an einer Uhr bastelnd, sie vor die Lupe haltend, sie mit einem Messer aufknackend, aufs neue betrachtend, an ihr lauschend, und dann hatte er mit erschreckenden Instrumenten an ihnen zu arbeiten begonnen, kaum sichtbare Federn und Anker berührend, lauschend und wieder betrachtend, sich kaum rührend, absolut still; die großen Eichenuhren um ihn herum kündeten laut vom Triumph des Todes. Von dort konnte er, sollte jemand hereinkommen und die Tür ein kurzes mechanisches Bimmeln von sich geben, verärgert über die Störung aufblicken, sich schwerfällig erheben, zum Ladentisch humpeln und argwöhnisch fragen: »Ja?« oder »Was kann ich für Sie tun?« Dort hinter dem fleckigen, ausgefransten Vorhang aß er sein Mittagessen, das ihm in einer großen Tasche gebracht wurde: die Suppe in einem alten Blechnapf, ein Teller mit Fleisch und Kartoffeln, der, um ihn warmzuhalten, mit einem zweiten Teller zugedeckt war, ein Stück Brot, ein Becher Kaffee, manchmal etwas Süßes. Irritiert unterbrach er die Arbeit, öffnete den Bauch von ein oder zwei großen Uhren, sah den Perpendikeln beim Ausholen zu, aß dann sein Mittagessen hinter dem Vorhang, über einen zu niedrigen Tisch gebeugt, hastig löffelnd, und lauschte die ganze Zeit, genau wissend, was seine Sklaven taten, bedacht, schnell zu ihnen zurückzukehren. Und dort hatte man ihn an *jenem Morgen, nach jener schrecklichen Nacht* gefunden: ausgestreckt auf dem Boden zwischen dem Geschirr, der Gabel und dem Messer, einer Pfütze Suppe, einem oder zwei Fleischklößchen, einem angeknabberten Stück Brot. Er hatte, als er sterbend stürzte, den Tisch mit sich gerissen. Er hätte an *jenem Morgen nach der schrecklichen Nacht* nicht in den Laden gehen sollen, aber wer hätte ihn zurückhalten können? *Ich war nicht da, um ihn zurückzuhalten.* Er empfand seine Krankheit als großes Unglück. Sie bedeutete Bettlägerigkeit und Einsamkeit, während seine Uhren abliefen und stehenblieben. Also stand er auf und humpelte an diesem Morgen eilig, nicht nach links oder rechts blikkend, wie man mir erzählt hat, wieder zur Arbeit, um seine Welt aufzuziehen. Ein Nachbar fand ihn. Er lag, die Lupe noch vors linke Auge geklemmt, still auf dem Boden; die kleinen Uhren zirpten, die großen gongten kalt und feindselig, als wären sie froh, ihren Tyrannen los zu sein.

Ich öffnete die Tür; es bimmelte nicht, sondern summte sachlich. (Und es hatte Zeiten gegeben, als ich dachte, alle Türen bimmeln.) Die Frau blickte mißtrauisch auf.

»Es ist geschlossen«, sagte sie.

»Verstehe.«

(Kein Geruch mehr nach Bohnerwachs, Möbelpolitur und Tabak.)

»Geschlossen, habe ich gesagt.« Sie trat näher. »Es ist schon neun.«

Ein paar Uhren waren stumm, zeigten unterschiedliche Zeiten an. Früher wäre das nicht passiert.

»Entschuldigen Sie«, sagte ich. »Ich würde gern wissen ...«

»Geschlossen«, sie hob die Stimme. »Kommen Sie morgen vormittag wieder.«

Der Vorhang war verschwunden, der Ladentisch verbreitert; es gab zwei elegante Metallstühle und eine Glasvitrine mit Porzellansouvenirs, Perlenschnüre aus Bernstein, Schachfiguren aus Elfenbein, Ledergurte, Bilderrahmen ...

»Verzeihen Sie.« Ich sah sie an und lächelte: vielleicht konnte ich sie zum Sprechen bringen.

Sie sah mich feindselig an.

(Seine Stimme, in meiner Erinnerung so klar wie Wasser: »Tristan? Bist du es?«)

»Guten Abend«, sagte ich.

Tristan. Bist du es?

In der Stille begann eine unsichtbare Uhr zu surren.

Mit schnellen, gezielten Schritten ging ich zur Hauptstraße, um ein Gharry anzuhalten. Es war spät, aber ein Pilger kann nicht auf halbem Wege stehenbleiben. Da ich nun schon mal den Laden gesehen hatte, entsprach es nur der Logik der Nacht, ihn, der ein Jahr vor seinem Tod zum Islam übergetreten war, in der Stadt der Toten, wo er ruhte, zu besuchen. Wir trabten durch dunkle Viertel. Ich war in leichter Hochstimmung, als täte ich etwas, was ich schon vor langer Zeit hätte tun sollen. Die Häuser schrumpften, die Straßenlaternen wurden spärlicher. Die Nacht war fast wässrig. Weißgekleidete Gestalten schwammen herbei und wieder fort; gelegentlich wurde ein Auge sichtbar. Die Cafés mit ihren schmutzigen Baumwollmarkisen waren wie geschäftige Oasen: aus den Lautsprechern hallten mechanische Klagegesänge, Backgammon wurde gespielt, alte Männer saugten bedächtig an den Bernsteinmundstücken ihrer Nargilehs. Aber bald war das einzige Geräusch das Trappeln der

Hufe. Der Mond stand über der Zitadelle, deren Kuppeln nur den Himmel über sich hatten; ihre anmutigen Türme waren wie die Finger des Propheten. Der hohe Kamm der Müllhalde war schön wie die Silhouette einer Bergkette. Die Totenhäuschen sahen alle gleich aus im verschwommenen Licht: sandfarben mit Fensterschlitzen, still und gleichgültig der Zeit gegenüber. Die Wüste war nicht weit. Der wahre Alptraum waren die Busse und Lichter, die Lautsprecher und Kinos, die ich hinter mir gelassen hatte, und nicht diese schweigende Landschaft. Der Wind kam kühl aus dem unendlichen Sand und brachte den Geruch toter Zeit und endlosen Raums mit sich. Hier wenigstens war man allein, ohne einsam zu sein. Die Toten konnten einem nicht dreinreden, auch wenn sie voller Klagen und Forderungen waren. Die Toten konnten keine Befehle mehr geben. Sie ruhten verwest oder hinübergeschlafen, wie immer die Legende will, in ihren Häusern, die alle, mit einer Nummer versehen, Familienstätten mit Tür, Fenstern und Gästezimmern waren. Ich bat den Gharry-Kutscher zu warten, und schlenderte die Straße entlang zur Nummer 28. Andere Besucher waren nicht zu sehen. Meine Schritte hallten in der Stille. Der Weg war weich. Das verschwenderische Licht des Mondes verschönte die Totenhäuser. Manche sahen aus wie aus Carrara-Marmor gehauen. Nummer 28 lag mitten in der Reihe. Ich blieb stehen und sah mich um: vom Mond hinunter zu den Mauern der Zitadelle und noch weiter hinunter zu den Kuppeln und Häusern der Lebenden war nichts Störendes zu bemerken. Die Straße war ein langes Band aus Sand, vollkommen still. Nicht einmal ein Papierkügelchen wurde vom Wind gerollt; keine Katzen, keine Bettler, keine Polizisten. Die Toten liebten Ordnung und Stille; tagsüber kamen die Touristen und erschauderten wohlig. Ich öffnete die Tür: der Raum war behaglich möbliert, wie er es sich gewünscht hatte, mit geschmackvollen Bucharas, einem grauen Diwan, der sich an der ganzen Wand entlang erstreckte, maurischen Tischen, zwei Sesseln, einem Puff vor dem Kamin, der Gebetsnische im Halbdunkel, seiner Lieblingsstanduhr in der Ecke. Der Raum strömte den sauberen Geruch leerstehender Wohnungen aus. Ich zündete Feuer an, um Kaffee zu kochen. Die winzigen Tassen waren etwas sandig, der Messingkessel sorgsam poliert. Ich ließ die Tür offen, um zu hören, falls jemand kommen sollte. Über die Schwelle fiel ein heller Mondstrahl. Ich stellte meine Galoschen ordentlich in die Ecke, legte meinen Mantel über eine Stuhllehne, setzte mich im Dunkeln auf den Diwan, zündete mir eine Zigarette an und wärmte die Hände über der kleinen Flamme.

Unter meinen Füßen also lag er: der mächtige Tote. Es hätte nichts genutzt, mir seinen Kadaver vorzustellen. Ich versuchte es; Bilder von Mumien oder exhumierten Opfern kamen mir in den Sinn. Hohle Wangen, die die nackten Jochbeine freigaben, zwei dunkle Augenhöhlen: ein Nest für Würmer, das breite, lippenlose Grinsen der Zähne. Für die, die ihn nicht kannten, hat er nie existiert. Für sie hat es nie einen Mann mit Spitzbart in einem Uhrmacherladen in Kairo-Stadt auf dem Kontinent Afrika auf dem Globus des Universums gegeben, nie. Was ihn betraf, war er tot, aber nicht für mich. Das war nicht Ausdruck der üblichen Pietät, sondern seiner realen Präsenz, die es zu beschwichtigen galt. Was, wenn er sich seit zwanzig Jahren vergessen vorkam? Die Toten sind zeitlos, auch er, obwohl er unbedingt die Standuhr in diesem Haus haben wollte.

Ich lauschte: ein leises Geräusch.

Fühlte ich mich jetzt, da er tot war, sicher? Nein. Was ich sah und hörte und roch, war ohne Zweifel lebendig. Und wie ich ihn sehen konnte, noch immer: die entzündeten Augen, die blaugeäderte Hand, die Krümel in seinem Bart, wie ich ihn sagen hörte: »Tristan?« oder »Tristan!« Und da war, in klaren Momenten, sogar die Erinnerung an Bohnerwachs und guten Tabak, seinen klammen Mantel, das speckige Schweißband seines schwarzen Filzhuts.

Ich lauschte wieder. Schritte?

Der Kaffee kochte. Ich goß etwas in die Tasse. (Seine Lippen, die farblosen, fein geschwungenen Lippen seines graublauen Gesichts, hatten diesen Rand berührt.) Warum verband ich ihn auf immer mit dem Tod? Seit ich denken kann, hatte irgendeine Angst die beiden in Verbindung gebracht. Als er starb, war ich nicht überrascht. Zuerst versuchte ich, so zu tun, aber am dritten Morgen, in festlicher

Trauerkleidung, redete ich im Spiegel zur attraktiven Blässe meines Gesichts. »Er ist tot, er ist tot, er ist tot«, wiederholte ich immer wieder. Aber wo blieben die Trauer, die Tränen, die Abwehr gegen die lange und sonnige Begräbnisprozession? Zwanzig Leute waren gekommen: ein paar alte Tanten, Freunde aus seinem Stammcafé, ein oder zwei Nachbarn. Ich war mit ihnen gegangen, benommen und erhitzt, und das Ganze kam mir sinnlos vor. Ich wußte, daß er gestorben war. Die Sonne war gelb an jenem Tag, die Sargträger schwitzten.

Das Geräusch draußen muß vom Wind gekommen sein. Denn wer würde so spät hierherkommen? Ich strengte die Ohren an.

Wochenlang konnte ich nicht um ihn trauern. Ein paar Freunde (Papagos zum Beispiel) gaben, wenn auch nicht mit Worten, Kommentare ab, aber ihr Mangel an Takt und ihr geheuchelter Kummer verrieten sie. Sie luden mich zu Parties ein, wagten in meiner Gegenwart zu lachen, rissen rüde Witze. Sie dachten, ich trauere nicht. Wochenlang lebte ich ruhig und gewohnheitsmäßig vor mich hin. Wann änderte sich das? Mit den Gebeten. Jede Nacht kniete ich, ein ohnmächtiges, terrorisiertes Kind, neben meinem Bett und sagte Gebete auf. Zuerst ein oder zwei, später drei, vier, fünf, bis sich die nächtliche Wache unerträglich in die Länge zog. Ich hatte keine Ahnung, wovor ich Angst hatte oder was ich mir erhoffte. Mit vor Müdigkeit sinkendem Kopf, die nackten Knie auf dem kalten Boden, mit schmerzendem Rücken, fest verschränkten Fingern, sprudelten die heiligen Worte aus mir hervor, bis sie zu ketzerischer Routine wurden. Ein oder zwei Stunden verbrachte ich so neben dem Bett. Die Rituale wurden immer komplizierter: die Hausschuhe wurden abgelegt, eine Kerze angezündet, das Fenster weit geöffnet, die erschöpfende Haltung mit immer tauber werdenden Gliedern soldatisch durchgehalten. Der Wunsch, die Gebete zu beenden, die Sehnsucht nach Bett und Schlaf wurden schnell und gnadenlos mit einer zusätzlichen halben Stunde geahndet. Schon der kleinste Versprecher wurde bestraft, und die größte Tortur bestand darin, sich nackt auszuziehen und zu zittern und die Zähne zusammenzubeißen, damit sie nicht aufeinanderschlugen. Am Ende des zweiten Monats rebellierte der geschulte, fügsame Geist: die Routine wurde von einer blasphemischen, obszönen Lästerung durchbrochen. *Führe uns in Versuchung. Befreie uns nicht von dem Übel. Gib uns heute nicht unser…*

Ich goß mir noch etwas Kaffee ein, und dabei fiel mir plötzlich das tiefe Ticken der Standuhr auf. Sie mußte schon die ganze Zeit getickt haben, nur hatte ich es überhört. Es war eine leise Uhr mit tiefer Resonanz. Ich achtete auf andere Geräusche. Der Mondstrahl glitt weiter, der Schatten einer Wolke fiel über die Schwelle.

Monate später waren die Tränen gekommen: Schluchzer, die meinen hilflosen Körper erschütterten. So begannen die Nachtwachen; sie gaben sich erst mit der Ehe. Ich war Student damals. (Wie lächerlich und rührend das jetzt erscheint! Das verwuschelte Haar, die Bücher, die Examen, die ich nie ablegte. Wir Freunde, unter anderen Papagos, lasen zusammen die französischen Dichter; wir hatten den vagen Plan, zu studieren und den Fellachen zu helfen! Wie sonderbar und hoffnungslos groß dieser Abstand zur Jugendzeit!) Plötzlich war der Drang entstanden, zu lernen und sich zu beweisen. Jeden Abend blieb ich zu Hause. Die grüne Öllampe brannte bis tief in die Nacht. Ich trank Kaffee, rauchte Zigaretten, kratzte mir den Skalp, starrte auf die kleinen Druckbuchstaben. Und dann vor Mitternacht, vor jeder Mitternacht, begann die Wache. Ich machte Ordnung, sammelte meine Notizen zusammen und stapelte sie säuberlich. Ich spitzte die Bleistifte, leerte die Aschenbecher, wusch die Tassen ab, wischte den Staub vom Schreibtisch. Ich arrangierte die Bücher zu eindrucksvoller Ordnung, steckte Papierstreifen zwischen Seiten, die ich nicht einmal berührt hatte. Das Fenster wurde geöffnet, das ungemachte Bett glattgestrichen, Krawatten, Socken, zerknüllte Rechnungen und Zeitungen in einen Schrank geworfen. Wenn die Kirchenglocke zwölf schlug, war das Zimmer bereit, seinen Besucher zu empfangen. Ich kämmte mich, zog ein Jackett an, knöpfte den Hemdkragen zu, band eine Krawatte um, säuberte die Fingernägel. Auf Zehenspitzen ging ich zur Tür, öffnete sie einen Spalt, ging zurück und setzte mich neben den Schreibtisch, mit dem Gesicht zur Tür, ein offenes Lehrbuch vor mir, tat, als sei ich fleißig und wartete auf meinen toten Vater.

Diesmal war das Geräusch so deutlich, daß es keinen Zweifel gab. Jenseits des freundlichen Tikkens der Uhr kamen Schritte die Straße in der Stadt der Toten entlang. Ich lauschte, versuchte zu erraten, wer es war. Die Schritte waren fest und hatten nichts Verstohlenes. Eins-zwei. Eins-zwei. Eins-zwei. Von den stillen Häusern am Straßenrand kam ein schwaches Echo. Wer konnte das sein?

Der Fahrer?

Die Polizei?

Oder vielleicht Papagos?

Ein Schatten fiel über die Schwelle. Die Schritte machten Halt. Ein fetter Mann sah blinzelnd herein.

»Salam«, sagte ich.

Er trat zurück und lächelte.

»Frieden sei mit Euch, Herr«, sagte er. Seine Stimme war hoch und kindlich. »Alles in Ordnung?«

»Ja, danke.«

Er verbog den Hals nach der Nummer auf der Tür.

»Ah, achtundzwanzig«, sagte er. »Der ehrwürdige Mr. Moïse Manasse. Möge er zu Füßen der Dattelpalmen in Frieden ruhen! Ein Verwandter, Herr? Oder nur ein dankbarer Freund?«

»Ich bin sein Sohn.«

Der Mann hatte ein großes, bartloses Gesicht: im Mondlicht war er als Eunuch zu erkennen. Er verneigte sich tief. »Seid gegrüßt, Herr.« Er richtete sich auf. »Ich bin Mahmout, der Wächter.«

»Wollen Sie einen Kaffee, mein Freund?«

Er bedankte sich und kam schwerfällig hereingestapft.

»Setzen Sie sich. Sie müssen müde sein.«

»Ja, das stimmt, Euer Gnaden.« Seufzend ließ er sich auf dem Puff nieder; sein breiter Hintern hing an den Seiten über. »Endlos die Zahl der Bösewichter, die ganze Nacht schon bin ich auf den Beinen und halte Ausschau nach Herumtreibern.«

Ich schenkte ihm eine Tasse ein.

»Ich bin der Betreuer dieser bezaubernden Residenz«, schwatzte er weiter in Erwartung eines Bakschisch. »Ich wische Staub und mache Ordnung, ich ziehe die Uhr auf und klopfe den Teppich, gar nicht so selten. Für Mr. Manasse ist gesorgt.« Er schürzte die Lippen und nippte am Kaffee. »Haben Sie einen besonderen Wunsch?«

»Nein, Wächter, danke.«

»Ich werde natürlich diese Tassen abwaschen.« Er setzte ein zuckriges Lächeln auf. »Diese Tassen ... äh ..., und natürlich werde ich das Messing polieren. Die Tassen ... «, zählte er wieder auf, »den Messingtopf. Auch der Kamin hat eine gründliche Reinigung nötig. Der Kamin«, betonte er.

»Das freut mich, Wächter, Gott wird es Ihnen vergelten, da bin ich sicher.«

»Ja-a«, sagte er unsicher. Nach einer Pause: »Welch hochherzigen Charakter Ihr verehrter

Herr Vater hatte! Was für einen Charakter! Welche Würde! Welches Ansehen!«

»Ich danke Ihnen, Wächter.«

Ich gab ihm ein paar Piaster.

»Ich muß jetzt gehen«, sagte er. Er erhob sich ächzend. Er sah mich liebevoll besorgt an. »Welch frommes Wesen!«

Er stapfte zur Tür, und es wurde völlig dunkel im Raum; er trat von der Schwelle, und das silberne Licht fiel wieder herein.

»Morgen komme ich wieder«, versprach er, »mit Essenzen und Mottenkugeln und werde das Haus gründlich reinigen.«

Ich kam erst spät nach Hause, durchnäßt, aber etwas aufgeräumter. Adela las noch. Sie stellte keine Fragen, murmelte einen Gruß. Ich begann mich auszuziehen. Von der Zimmerecke aus, entfernt vom grellen Lichtschein, würde ich sie, ohne bemerkt zu werden, beobachten können, mit totaler und kalter Objektivität wie ein völlig Fremder. Meine Gedanken waren ohne feste Konturen, aber im Kern wie folgt:

»Ah. Da bist du ja. Soso. Hm. Na dann. Du bist also diejenige, die…«

Ihre Lippen bewegten sich leicht beim Lesen. Sie hypnotisierte die Seite. Hin und wieder lächelte sie (das muß am alten Herzog, dem Witzbold, gelegen haben!), oder Furcht überzog ihr Gesicht: (»Was? Wieder dieser italienische Tangotänzer? Dieser Schuft, dieser Schurke!«) Plötzlich gähnte sie, drehte sich um, blinzelte fröhlich ins Dunkel, wo ich saß.

»He«, rief sie. »Kommst du nicht ins Bett?« Und schalkhaft: »Wo bist du herumzigeunert?«

»Ich war spazieren.«

»Spazieren?« Sie war noch immer erfüllt von dem düsteren Schloß mit seinen klappernden Fenstern, jungfräulichen Schlafzimmern, Rosen und Troubadouren. »Gut«, sagte sie. »Papagos hat angerufen.«

Natürlich.

»Ach ja?«

Sie nahm die Brille ab, sah hindurch, hauchte auf die Gläser, rieb sie am Bettuch ab.

»Er klang sehr nett.«

»Ach ja?« Ich ging zum Bett.

»Er hat gesagt, er würde es morgen noch mal versuchen.«

Sie gähnte wieder. »Oder vorbeikommen«, setzte sie hinzu. »Komisch. Ich erinnere mich kaum an ihn.«

»Er war einmal zum Essen hier. Kurz bevor wir geheiratet haben.«

Ich setzte mich aufs Bett.

»Ein kleiner Mann mit Kugelkopf und Hasenscharte.«

»Sein Gesicht ist mir völlig entfallen«, sagte sie. »Kann ich das Licht ausmachen?«

»Bitte.«

Ich will ihn nicht sehen. Ich will nicht. Ich will nicht. Ich sank tief in die Kissen, deckte mich bis unters Kinn zu und starrte auf die Strahlen des Mondes, die durch die Jalousien hereinfielen.

»Gib mir deine Hand«, schnurrte sie im Dunkeln.

Ihre Hand war feucht; der Roman hatte ihr träges Blut in Wallung gebracht.

»Ach, Tristan!« seufzte sie. »Wir werden alt.«

Ich biß die Zähne zusammen. Wie genüßlich sie jede einzelne Silbe zelebrierte!

»Gib mir ein Küßchen«, sagte sie.

Unter großer Anstrengung tätschelte ich ihre Hand.

»Aber, aber, Engelchen!«

Und ich fügte hinzu:

»Du brauchst deinen Schlaf.«

Sie quengelte: »Küß mich, Tristan.«

Gott ist mein Zeuge, ich hätte sie umbringen können.

»Mein Engel«, sagte ich, drehte mich im Dunkeln um, streichelte ihr Kinn, küßte ihre Wangen. Sie schnappte mit nassen Lippen nach mir, streifte mein Gesicht.

»Gute Nacht, mein Engel«, sagte ich. Güte ist immer ein Ersatz für Liebe.

Schnell drehte ich mich von ihr weg auf die Seite, zitterte vor unterdrücktem Haß. Es war ein Teufelskreis. Im Kopf tat sie mir leid. Ich war immer freundlich zu ihr gewesen. Sie hatte, als wir uns kennenlernten, so milde, mütterliche Farben gehabt, eine runde, weiche Figur, die den Eindruck von Demut erweckte. Ich erinnere mich noch: ihr Gang, ihr Lächeln waren sanft, ihre Ellenbogen, ihr Hals, ihre schamhaften Brüste, das alles ließ auf leichte Dankbarkeit schließen. Sie würde mich stark und männlich finden, hoffte ich damals, und das war auch nicht ganz falsch. Sie war immer pünktlich an der Uhr. Sie hatte Veilchen an der Brust. Sie war ihrer kränkelnden Mutter, der ursprünglichen Besitzerin der Pension, treu ergeben. Sie errötete oft. Wenn sie lachte, bimmelte ihre Stimme wie unsere Ladenglocke. Sie lauschte meinen Geschichten und Anekdoten und Zukunftsplänen mit großen Augen und gutgläubigen Ausrufen. Einmal kaufte sie mir einen Schirm. Wir gingen oft zum Fluß. Wir setzten uns auf eine Bank; ich redete, sie hörte zu. Wenn wir uns allein glaubten, wandte ich mich ihr zu; folgsam schloß sie die Augen, lehnte sich zurück, öffnete den Mund, ihr gefügiger Körper war immer bereit für meine Finger. Aber ich mußte mich immer entscheiden. Jemanden lieben hieß jemand anderen hassen. Immer wieder die Stimme aus Kindheitstagen:

»Wen liebst du mehr?«

Das Kind, das ich einmal war, wurde groß und glaubte, seinen Haß überwunden zu haben. Sohnespflichten, Anstandsregeln, mütterliche Ermahnungen machten die Sohnesliebe zum Gebot, das eine Zeitlang leicht zu befolgen war. Bis eines

Tages eine Eskapade mit Papagos den kindlichen Haß wiederbelebte. Aufs neue spürte ich den zerstörerischen Wunsch in mir; und da ich mit den machtvollen Lügen und Konventionen unserer Stadt befrachtet war, bekam ich schreckliche Gewissensbisse. Und Adela zu lieben, ohne meinen Vater zu hassen, war unmöglich; mein Haß gegen ihn und meine Liebe für sie waren auf immer verknüpft. Indem ich wünschte, er wäre tot, kam es mir, dem Kind, so vor, als hätte ich ihn getötet. Später, als Jugendlicher, stellte ich ihn mir tot vor; und die Logik der Schuld ist so, daß ich in seinem Tod die Erfüllung des Knabenwunsches sah.

Das war ein furchtbares Eingeständnis, und mit aller Macht flüchtete ich davor: mit Gebeten, Keuschheit, mechanischen Exerzitien. Auf dem Ehelager fühlte ich das gräßliche Auge mit dem Vergrößerungsglas auf mir ruhen, den Vorwurf. Dieser verhängnisvolle Konflikt verblaßte mit der Zeit und schien vorbei und vergessen; die Gewohnheiten nahmen zu, die Lebenskräfte ab, die Leidenschaft schrumpfte. Bis Papagos, mein Schatten, zurückkehrte und das Dilemma aufs neue begann.

In dieser Nacht, als ich mich von Adela abwandte, erinnerte ich mich an die Qualen der Brautwerbung, die Küsse auf den Parkbänken, das Verlangen nach einem dunklen Bett, die reuevolle Rückkehr danach ins väterliche Haus. Ich mußte mich entscheiden. Der stille unausgesprochene Befehl lautete: »Wenn du sie küßt, ist es, als würdest du ihn schlagen.« Es war im Mai, als ich zum ersten Mal daran dachte, Adela zu heiraten. In der Abenddämmerung nach Hause zu gehen war ein Golgatha. »Ich kann sie nur heiraten, wenn Vater stirbt.« Entweder – oder, dies oder jenes, sie oder er: auf ewig die Not, sich zu entscheiden. Eines Abends besuchte ich sie in der alten Pension. Ihre Mutter war mittlerweile sehr krank, keuchte in einem Hinterzimmer oder schlief. Adela kredenzte mir Kaffee und einen Eierflip. Wir saßen steif da, zum ersten Mal allein zusammen in einem Zimmer. Ich hatte noch nie eine Frau besessen. In der Ecke stand ein Sofa. Ich dachte an Papagos und andere Freunde, ihre Bordellabenteuer, mit denen sie prahlten, ihre Jagd auf Ladenmädchen, ihre widerlichen Orgien am Nil. Adela lächelte nur und lutschte ein *marron glacé.* Später machte ich das Licht aus. Fummelnd wie gefallene Engel, sanken wir aufs Sofa. Es kam der Punkt, während der Nachwehen der Quälerei, als man wieder die Adern pochen hören und den Krampf in der Wade, die rauhe Oberfläche der Kissen fühlen konnte, als ich diesen Gedanken hatte: »Das war wunderbar. Dafür könnte man seinen Vater töten.« Was ich dann auch getan habe.

All dies ging mir durch den Kopf in jener Nacht, als ich mich von Adela wegdrehte. Später hatte ich folgenden Traum:

Am Rande des Kliffs schlürfe ich Kefir, trommle gegen den Käfig, es regnet Kaffee, das Klomeer klafft wie ein Walfischkiefer, und hinter mir hockt, wie ein Zulu, der Alte im Kaftan mit seinem Koffer, kaut an seinen Knöcheln, kläfft mich an, eine Kuckucksuhr tickt in seiner erhobenen Hand, er kneift mich und klopft mir auf den Kopf. Kläff nicht, singe ich, kneif nicht, schreie ich, er krallt sich in meinen Arm und köpft mich. Ich erwachte fröhlich, was anhielt, bis mir Papagos einfiel.

Ich ging den Gang entlang, schmiedete rastlos Pläne, als das Telefon klingelte.

Mein erster Impuls war, mich zu verstecken, die Treppe hinunterzulaufen, mich im Badezimmer einzuschließen oder im Bett zu verbergen und das Gesicht zuzudecken, wie es Kinder tun.

Aber Ritchie schlurfte gerade vorbei, und ich mußte mich melden. Vorsichtig nahm ich den Hörer ab. (Bestimmt ist er es. Gott steh mir bei.) Er war es.

Seine Stimme hatte sich nicht verändert.

»Hallo«, sagte er. »Achilles Papagos hier.«

Ritchie verschwand.

Ich preßte die Nase zusammen und erhob meine Stimme zu einem schrillen Eingeborenensingsang.

»Eh?«

Er wartete, womöglich mißtrauisch geworden.

»Pension ›Malika Farida‹?« fragte er.

Er hatte sich nicht verändert: dieselbe anmaßende Stimme, dieselbe Selbstsicherheit.

»Was?«

Er wartete wieder.

»Ist dort die Pension ›Malika Farida‹?« wiederholte er.

»Ja! Was wollen?«

»Mr. Manasse«, erklang es ungeduldig.

»Mr. Manasse nicht da«, sagte ich.

Er machte eine Pause.

»Mrs. Manasse?«

»Mrs. Manasse nicht da.«

Er wartete wieder.

»Wer spricht denn da?«

Das Herz klopfte mir bis zum Hals. Was, wenn er spöttisch sagen würde: »Laß doch die Faxen, Tristan.«

»Zouba«, sagte ich.

»Zouba!« Er hatte noch denselben Befehlston in der Stimme, die Gewißheit, daß alle nach seiner Pfeife tanzten. »Zouba, sag Mr. Manasse ... «

»Eh?«

»Sag Mr. Manasse«, artikulierte er genau, »daß Mr. Papa-gos, Pa-pa-gos, heute vorbeikommen wird.«

»Sehr wohl.«

»Hast du das verstanden?«

»Sehr wohl. Mr. Papagos wird heute vorbeikommen«, sagte ich. »Wann?«

Seine Pause war eindeutig argwöhnisch.

»Ach, ich weiß nicht. Am Nachmittag.«

»Sehr wohl, Nachmittag, ich sage.«

Eine weitere Pause.

»Oder am Abend.«

Am Ende der Leitung war ein kleines Geräusch. Schnell legte ich auf. War das ein Kichern gewesen? Das alte hasenschartige Pfeifen des Nachts an Straßenecken hinter den Ladenmädchen her, das Schnaufen und Schniefen?

Nach dem Lunch war der Befehl, vor Papagos zu flüchten, deutlich spürbar. Warum wollte ich ihn nicht sehen? Wissen und Fühlen sind zweierlei. Der Gedanke an seinen Kugelkopf, die Hasenscharte, seinen schwerfälligen, selbstsicheren Gang ließen mich schaudern. Ihm in einem Raum gegenüberzutreten, seine Fragen zu beantworten, zuzusehen, wie er seinen Kaffee trank, seinen Erinnerungen zu lauschen: all dies war wie ein Alptraum. Ich wußte, daß Papagos harmlos war, daß er nicht mehr tun konnte, als ein paar schlüpfrige Witzchen zu reißen, mir auf die Schulter zu klopfen, die feiste Zunge über die Lippen gleiten zu lassen. Aber dieses Wissen, diese Einsicht waren ohne Einfluß auf mein Entsetzen. An Papagos zu denken war wie eine Wendeltreppe von oben herunterzugucken, das kurvige Treppenhaus zog den Blick in die Tiefe und ließ die Glieder erstarren; ich wußte, daß ich Hände hatte, um das Geländer zu umklammern, Füße, um fest auf die Stufen zu treten, einen Kopf, der fürs Leben und nicht für den langen Sturz kopfüber plädieren würde: und doch konnte ich fallen!

Im Leben jedes Menschen gibt es einen Papagos, einen vierschrötigen, kleinen, fidelen Burschen ohne Tränen und Ängste, laut und selbstsicher. Der vor nichts, vor keiner Tür und keinem

Telefon, zurückschreckt, der nach durchzechten Nächten nie mit dem Gefühl einer kommenden Katastrophe aufwacht, der sich nicht an seine Träume erinnert. Pfeifend rasiert er sich an einem stillen Örtchen, duscht eiskalt im Winter, schlüpft in ein frisches Hemd. Nie verliert er seine Manschettenknöpfe und kriecht suchend zwischen Möbelstücken herum, den Spott plötzlicher Besucher fürchtend. Er kann singen und Gitarre spielen, und auf Parties wird er mit lautem Hallo begrüßt. Er kann auf den Händen laufen oder Gedichte rezitieren, und sein Lachen ist dröhnend, seine Witze werden belacht. Frauen sind ihm lediglich Beute; er befürchtet keine Abfuhr und fürchtet keine Eroberung. Das Bett ist sein Element; seine selbstbewußten Hände kennen alle Geheimnisse, die neuesten Obszönitäten, und seine Lust ist gleichmäßig und mußevoll wie die von Tieren. Aber vor allem ist er taktlos, inquisitorisch, fanatisch ehrlich. Er brüllt dir intime Fragen ins Ohr; er weiß, wie er dir wehtun kann, und sein schlimmstes Vergehen ist, deine geheimsten Sünden laut auszusprechen.

Mit Hut, Regenmantel und Sonnenbrille ausgerüstet, ging ich gegen drei Uhr aus dem Haus. Es war ein unbeständiger, aber sonniger Tag. Wenn man von der schattigen Straßenseite in die strahlende Sonne trat, spürte man die erste Wärme des Sommers auf Rücken und Ohren. Der Winter war endgültig vorbei; die kleinen Ölöfen waren verstaut. Die Bäume in den Alleen hatten ihre graue

Farbe verloren. Auf der Insel Gesira sahen die Palmen naß aus, und die Rasen der Engländer waren smaragdgrün, der Hibiskus hatte ein blutiges Gesicht. Ich schritt schnell aus, weg vom Haus, den großen Hotels, den belebten Cafés. Ich ging durch eine Gasse zur Hauptstraße, die auf den Platz und zur Brücke führt. In einem Hauseingang blieb ich stehen und wartete. Ich *wußte,* daß Papagos mir nicht gefolgt sein konnte, aber ich *fühlte* das genaue Gegenteil. Ich sah auf die Straße hinaus. Drei oder vier Geschäftsleute betraten ein großes Wohnhaus. Ein Taxi fuhr vorbei: ich verrenkte mir den Hals, um zu sehen, ob es leer war. Am Ende der Straße huschten ein paar Gestalten entlang. Hinter ihnen, am Zeitungskiosk, stand eine Menschenmenge; und in der Menge sah ich einen grauen Filzhut auf einem Kugelkopf. Ich rannte über die Straße und blieb in einem anderen Hauseingang stehen, wo ich die Ansammlung besser überblicken konnte. Der graue Filzhut war deutlich erkennbar. Sein Besitzer stand in der Schlange und wartete, bis er an der Reihe war. Ich sah sein Gesicht nicht. Die Schlange bewegte sich voran, aber neue Menschen kamen hinzu.

Es hätte Papagos sein können. Es gab keinen Grund, warum er es nicht hätte sein sollen. Er hätte von seinem Hotel herübergebummelt sein und Halt gemacht haben können, um Zigaretten oder eine Zeitung zu kaufen. Vielleicht hatte er mich gesehen und fragte sich, warum ich nicht zu Hause bin und auf ihn warte. Aha, könnte er denken,

Tristan ist also noch genauso merkwürdig wie früher. Mit seiner Neugier, angestachelt von seinem Hang zur Indiskretion, könnte er beschlossen haben, den Verfolger zu spielen.

Ich wartete einen Moment, irgendwie beruhigt. Jetzt wußte ich es wenigstens oder, besser gesagt, fühlte ich, daß ich es wußte. Papagos war mir womöglich direkt auf den Fersen. Er würde versuchen, mich einzuholen, mir auf die Schultern zu klopfen, grinsend Fragen zu stellen: unverblümte, taktlose Fragen. »Was soll das heißen, vor mir wegzulaufen, alter Knabe?« So war es besser: er würde mich nicht überrumpeln können; er war nicht mehr nur irgendwo in dieser Stadt, lauerte hinter Ecken, lümmelte sich unsichtbar in Cafés, wartete im Hinterhalt. Ich wußte, genauer, ich dachte, ich wüßte, daß er, Papagos, ein paar hundert Meter hinter mir war, mit einem grauen Filzhut, und vorgab, ein zufälliger Passant zu sein, der mir jedoch mit tödlicher Konsequenz folgte.

Mich an der Häuserwand haltend, eilte ich die Straße entlang zum Platz und zur Brücke. Die Brücke zur Insel zu überqueren war gefährlich, man könnte mich gut erkennen. Die eleganten Viertel bieten keine Verstecke: die Straßen sind breit, und es gibt keine Kneipen oder Cafés. Ich wandte mich nach links in eine weitere Seitenstraße; ich brachte es nicht fertig, stehenzubleiben und mich umzusehen. Es würde nichts bringen, sich umzusehen; wenn er verschwunden wäre, könnte er mir aus der anderen Richtung entgegenkommen; er könnte sich ein Taxi genommen haben und irgendwo umherkreuzen und mich immer im Auge behalten. Und, weiß der Himmel, er könnte Helfershelfer haben: den bärtigen Bettler, der auf dem Trottoir hockte, mit seinem einen guten Auge mißtrauisch dur die Linse starrend, die dahinschlendernde Frau mit Einkaufstasche, die unvermittelt vor dem Kurzwarenladen stehenblieb, den mongoloiden Weisen, der sich auf einen Ebenholzstock stützte. Und noch andere. Um diese Stunde war die Stadt sehr lebendig. Jeder ging seinen Verrichtungen nach; niemand kümmerte sich um mich. Auf Schutz oder Mitleid konnte ich nicht hoffen. Der Polizist, der große Bursche aus Oberägypten, den wir seit langem kannten, regelte den Verkehr. Hätte ich auf ihn zugehen und sagen sollen: »Gendarm, bitte beschützen Sie mich: Papagos verfolgt mich; wer weiß, was er vorhat!«? Er würde lachen, der gute Polizist.

Die Seitenstraßen stanken nach Essig und Arrak und offenen Kohlefeuern. Die Wäschereien waren voller Menschen: die Kinder scherten sich nicht um Sauberkeitsregeln; die vergitterten Abwassergullis stießen Schwaden aus. Wie mager die Hunde waren, wie gezielt die Katzen ihre Pfoten setzten! Der Frühling war die gnadenlose Jahreszeit. Die Sonne war trügerisch warm und lullte einen in falsche Hoffnungen. Der Winter klang noch nach; die Gesichter der Männer waren fahl und teigig und ihre schweren Anzüge voller Fusseln und Flecken, die die Sonne erbarmungslos zum Vorschein brachte. Die Frauen sahen müde aus. »Das ist der Wetterwechsel«, würden sie abends erklären. Die Sommerkleider mußten gewaschen und gebügelt werden, und die wasserstoffblonden Haare wuchsen an den Wurzeln schwarz nach. Für ein paar Augenblicke wünschte man sich, an einer wärmeren Stelle der Straße stehenzubleiben, wo die Gerüche des Winters rasch in den falschen Duft des Frühlings übergingen, zu seufzen und den Kindern beim Spielen zuzusehen, gedankenverloren einen Hund zu füttern, sich für einen neuen, farbenprächtigen Schlips zu entscheiden oder seine Frau in den Park zu führen, dort Arm in Arm mit ihr entlangzuschlendern und Urlaubspläne zu schmieden. Aber Papagos konnte nicht weit sein. Sich in einem Café zu verstecken war zu riskant. Dort hätte er mich stellen können: Papagos kommt herein, wirft einen Blick in die Runde, entdeckt mich, breitet die Arme aus, sein Gesicht wird zur spöttischen Maske, *Hallo, hallo, alte Nebelkrähe!* Zweimal änderte ich meine Pläne, zweimal war die Versuchung, in einem Haus oder einer Kneipe unterzutauchen, groß. Aber ich setzte meinen Weg fort. Auch die Kirchen waren die reinsten Papagos-Fallen. Dann kam ich an das Gäßchen, das zum Rangierbahnhof führt; das Keuchen und der bläuliche Rauch in der Ferne sagten mir, was zu tun war. Zu verschwinden, wegzufahren, gleichgültig, wie langsam oder wie weit! Ich blieb stehen und kaufte mir ein Stück gebackenen Kürbis. Während ich auf mein Wechselgeld wartete, drehte ich mich um:

die Gasse war leer. Dann rannten zwei Kinder einem Ball nach, über die Straße. Papagos könnte in irgendeinem dieser sandfarbenen Häuser sein, an einem Fenster stehen, mich amüsiert beobachten; oder er kannte meinen Zielort Maadi bereits und löste selbst eine Fahrkarte. Ich setzte meine Sonnenbrille auf und betrat den Bahnhof. Eine lange Schlange Menschen, die hauptsächlich aus den weißgekleideten Armen bestand, füllte die Halle; ihre roten Fese hüpften aufgeregt. In der Ferne stieg der Rauch einer Lokomotive auf, heftig schnaufend fuhr ein Zug ein. Nacheinander gingen die Türen der Waggons auf, Trauben weißgekleideter Gestalten drängten sich in den Durchgängen, winkten, stießen sich beiseite, sprangen ab, bevor der Zug zum Halten gekommen war. Mit aufgeregten Schritten, die Gesichter sorgenvoll vertieft in das Leben im allgemeinen und seine gegenwärtigen Pflichten im besonderen, brandeten sie in einem Gegenstrom auf mich zu, langgezogene Schreie ertönten, auf Köpfen balancierte Körbe waren bis zum Rand mit Obst, Kohl und Blumen gefüllt. Zwischen den Beinen der Erwachsenen wanden sich Kinder, entkamen ihnen auf wundersame Weise; wie immer schnüffelten ein paar magere Hunde in den Abfallhaufen und sahen mit schwärenden Augen auf.

Der Zug, in den ich einstieg, war ein Vorortzug, der die Bauern heim in ihre Dörfer brachte. Manche hatten ihr Obst und ihre Blumen verkauft, andere die Körbe noch halbvoll mit staubbedeckten

Blumen und wurmstichigem Gemüse. Sie drängten sich, laut streitend, ins Abteil. Ich stand eingezwängt zwischen ihnen, mit Hut, Regenmantel und Sonnenbrille, knabberte an meinem Kürbis, wurde von dem auf den unebenen Gleisen schlingernden Zug durchgeschüttelt. Auch die Bauern wurden durchgeschüttelt. Sie waren machtlos dagegen, und es war ihnen gleichgültig; aber mir, dem distanzierten Beobachter, der nach einem grauen Filzhut Ausschau hielt, kamen sie wie ein verhexter Stamm von Eingeborenen vor, der in einem geheimnisvollen Ritual zuckte, die Köpfe lose hin und her baumelnd. Die Menge stand so dicht gedrängt, daß zwei Leute, ein rundlicher Bauer und seine schweigsame Frau mit tätowierter Stirn und ummalten Augen, an mich gepreßt wurden. Sie stritten sich nicht, sie sprachen nicht und hofften nicht. Stumpf starrten beide auf die Brust des anderen, sorgfältig dessen Blick meidend. Gelegentlich, wenn der Zug kräftig ruckte, fuhren ihre Köpfe nach oben, ihre Blicke trafen sich, und sie sahen wieder aneinander vorbei. In diesem Moment kehrte der Wahnsinn der zwanzig Jahre alten Martern zu mir zurück. Ich mußte an Papagos, an Adela und die Stadt der Toten denken, irgend etwas wie:

»Ganz bestimmt ist Papagos in diesem Zug.«

»Papagos wird mich kriegen.«

»Der alte, schon vergessene Kampf wird wieder beginnen.«

»Aber er hat ja schon begonnen. Denk an die Befehle: den Wunsch zu beten, die Erinnerung an

Käferbrauen, Adelas insistierende Stimme, der Drang, sich bei Vamos die Kehle aufschlitzen zu lassen.«

Ich hatte diesen letzten Gedanken kaum zu Ende gedacht, als der Bauer, dessen Gesicht von einer langen violetten Narbe durchzogen war, mich zutiefst verblüfft ansah, sich dann abwandte, aber auf der Hut blieb.

Ich bekam Angst. Hatte ich womöglich laut gedacht?

Ich lauschte einem Echo meiner Worte nach. Es war genau wie vor zwanzig Jahren: ein peinlicher Gedanke und darauf folgend die Angst, daß ich ihn versehentlich laut ausgesprochen haben könnte. Ich sah den Bauern an; er starrte an mir vorbei, aber ich war ziemlich sicher, daß er die Ohren spitzte. Der Zug ruckte wieder; der Bauer prallte gegen mich und trat mir auf den Fuß. Da zuckte mir ein brutaler Gedanke, roter Zorn, den man folgendermaßen beschreiben könnte, durch den Kopf: O du Sohn einer Eselin, was trittst du mir auf den Fuß? Dafür könnte ich deinen Schädel an die Wand knallen! Ich sah den Bauern nicht an; meine Miene konnte mich nicht verraten haben, und doch drehte er sich plötzlich erschreckt und erbost um, als hätte er mich gehört.

Wieder lauschte ich: war da ein Echo? Hatte ich den Gedanken laut ausgesprochen?

Ich mußte es wissen.

»Verzeihen Sie, mein Freund«, sagte ich sicherheitshalber entschuldigend.

Er brummte etwas. Seine Frau sah verschämt, mit einem schwachen Lächeln, auf. Sie hatte große klare Augen, umrahmt von bläulichem Kajal.

Draußen hatte die Hand des Sommers das winterliche ledrige Grün der Vegetation bereits gedämpft. Die Felder waren wie Stilleben, die Bäume lehnten sich schräg über die matschigen Wiesen. Der Schwanz des Büffels in seiner trägen Krümmung erinnerte an die Hitze und die Fliegen des letzten Sommers. Die Schatten waren noch diffus, aber in einem Tag oder einer Woche würden sie scharf sein. In die schmalen Wassergräben ergoß sich gelbes Wasser und verschlang gierig den Schlamm. Meine Gedanken kehrten zu Papagos zurück:

»Die Vernunft sagt mir, daß Papagos nicht im Zug ist.«

Wieder drehte sich der Bauer mit gerunzelter Stirn abrupt um, als wollte er sagen: »Lassen Sie uns zufrieden, guter Mann, verschonen Sie uns mit Ihrem Geschwätz; ich bin müde und meine Frau auch, wir wollen nach Hause und uns erholen.«

Ich hielt seinem Blick stand.

»Ja?« fragte ich aggressiv. »Warum starren Sie mich so an?«

Er zuckte die Achseln, wechselte Blicke mit seiner Frau.

»Sagen Sie, gute Frau«, – sie zuckte zusammen, als ich sie ansprach – »sagen Sie, habe ich eben etwas gesagt?«

»Sprich nicht mit ihm«, sagte ihr Mann barsch.

»Hören Sie«, sagte ich und fummelte nach einer Münze. »Es war nicht so gemeint. Hier sind zwei Piaster.« Er starrte mißtrauisch auf das Geld. »Sagen Sie doch«, fuhr ich fort, »Sie haben mich eben so merkwürdig angesehen. Hat Sie verstimmt, was ich eben gesagt habe?«

»Nein«, entgegnete er.

»Aber ich habe etwas gesagt, ja?«

»Ja.«

»Ich danke Ihnen. Hier, nehmen Sie.« Ich drückte ihm das Geld in die dunkle Hand. »Was habe ich gesagt? Wissen Sie es noch?«

Er starrte Löcher in die Luft.

»Weiß nicht«, sagte er.

»So hören Sie doch«, flehte ich. »Was habe ich gesagt, daß Sie mich so angesehen haben?«

Ein paar andere Bauern gafften; schüttelnd, ruckelnd, sich näherbeugend, hofften sie auf einen handfesten Streit.

»Weiß nicht«, sagte der Bauer gereizt. »Weiß nicht.«

»Habe ich den Namen Papagos erwähnt?«

Er bekam es mit der Angst.

»Papagos?« Er tauschte Blicke mit seiner Frau und sah sich hilfesuchend um. »Papagos?« Die anderen, noch immer hoffnungsvoll, schüttelten die Köpfe.

»Nix Papagos«, sagte der Bauer.

Der Mann im grauen Filzhut (oder *ein* Mann im grauen Filzhut) stieg in Maadi aus dem Zug. Ich sah ihn am Ende der weißgekleideten Schlange. Er hatte es nicht eilig. Langsam folgte er der dahinwogenden Menge. Ich hätte warten sollen, bis er an mir vorbeikam, um zu sehen, ob es Papagos war. Aber ich stand zaudernd vor meinem Waggon. Die Menge trug mich fort, ich widersetzte mich schwach, sah in sorgenvolle dunkle Gesichter, die entschlossen waren, zur Landstraße zu kommen. Die Lokomotive pfiff schrill; ich kehrte um, machte ein paar Schritte auf die hastende Menge zu, wurde zurückgedrängt. Der Zug setzte sich in Bewegung; es war zu spät, um umzukehren. Der Bauer und seine Frau sahen aus dem Fenster, ihre Gesichter wie aus schwarzem Stein. Wieder blieb ich stehen und sah mich nach dem Mann im grauen Filzhut um, aber er blieb verschwunden. Die Menge wurde spärlicher, und jenseits der blumenbewachsenen Böschung eilten die weißgekleideten Gestalten in verschiedene Richtungen davon. Einen grauen Hut konnte ich nicht sehen; vielleicht hatte er es sich anders überlegt und wieder den Zug bestiegen. Ich stand da und sah zu, wie der Zug vorbeirumpelte und wieder Fahrt aufnahm: eins nach dem anderen zogen die umlagerten Fenster mit den wackelnden, ruckelnden, sorgenvollen Gesichtern, den leeren oder halbleeren Körben an mir vorbei. Auch im Zug sah ich ihn nicht. Natürlich mußte er nicht unbedingt am Fenster oder in einer der offenen Waggontüren stehen; vielleicht hatte er sich, hinter einer Schar von Bauern, im Hintergrund eines Abteils versteckt, nur um mich zu narren und im ungewissen zu lassen. Seufzend ging ich in Richtung Ausgang, zu den hübschen Parks, den Villen, den gepflegten Kieswegen. Die Menge hatte sich fast verlaufen; ein paar Müßiggänger standen am Tor, gerade war ein Taxi angekommen. Eine junge englische Krankenschwester schob steifbeinig einen Rollstuhl. Am Horizont konnte man, in Grüppchen von fünf oder sechs, die Bauern in der ewigen Unrast der Heimgesuchten ihrem Tagewerk nachgehen sehen; immer kamen sie zu spät, waren sie einen Schritt hinter der Natur. Gemächlich zündete ich mir eine Zigarette an und bummelte ziellos weiter. O ja, der Winter war endgültig vorbei. Dies war eine andere Welt: die Welt der Blumen und mütterlichen Bäume. Die Straßen waren leer, aber nie unheimlich. Ein Garten nach dem anderen erschien hinter hübschen Zäunen und Hecken; die Luft zwischen den Zweigen war wie flüssiges Grün. Die Vögel sangen, und am Himmel stand das Versprechen des Frühlings, das heißt des Lebens. Hin und wieder tauchte aus dem gesprenkelten Schatten eines Baumes eine Gestalt auf. Nicht sehr weit entfernt spielten unsichtbare Kinder, ihr Schwatzen wurde vom guten harten Plop eines Balles unterbrochen. Ich ging langsam den Kiesweg entlang, bis ich an eine Gabelung mit einem kleinen Rasenstück und einer Bank unter einem alten Baum kam. Von dort konnte ich die beiden

Straßen, die zum Bahnhof führten, beobachten. Ich setzte mich und wischte mir die müde Stirn und zündete mir eine zweite Zigarette an. Wie hübsch und märchenhaft! An solchen Orten war man immer nur Besucher. Mir gegenüber auf einem weichen Rasen saß ein riesiger Engländer in Hemdsärmeln, eine Leinenmütze über dem roten Gesicht; neben ihm hechelte ein Hund. Der Rasen war smaragdgrün, das Hemd des Engländers gelb, sein Haus weiß, sein Dach rot, sein Himmel blau. Bestimmt wartete er auf seinen Tee; aus dem Haus waren das fröhliche Klirren von Porzellan, die murmelnden Stimmen von Frauen und das muntere Gehopse eines Kindes zu hören. Der Engländer kratzte sich am Kopf, ließ die riesige Zeitung sinken und blies Luft aus: er und seine importierten Narzissen und Krokusse wirkten wie eine riesige Reklame, ausgeschnitten und an den Himmel geklebt. Stolz ließ er den Blick auf den Blumen ruhen: Erinnerung ohne Trauer. Eine Glastür ging auf, und eine blonde Frau im Leinenkleid und einem Pullover darüber erschien mit einem riesigen Tablett. Das Silber, eine neue Farbe, blinkte in der Sonne. Der Mann beugte sich vor, schluckte ein paarmal. Ein Kind rannte den Kiesweg entlang, ein kleines rosiges Mädchen mit Zöpfen und Sommersprossen. Das Tablett machte ein munteres Geräusch auf dem Gartentisch. Man konnte den knusprigen Toast sehen, die Marmelade im Glas, den dünnen Dampf aus der Teekanne. Bei jedem Geräusch lief einem das Wasser im Mund zusammen. Sorgsam arrangierte die Frau die Tassen; sanft glitt ein Messer durch die Butter, und bald, o bald, würden die Toastscheiben vor Silberfett glänzen. Der Löffel grub sich in die rote Marmelade und strich sie sorgfältig auf den Toast; der Tee machte ein kleines gluckerndes Geräusch, als er in die Tasse floß. Man konnte hören, wie der Toast zwischen den Zähnen krachte; ihre Körper entspannten sich, als sie sich der Lust des Teetrinkens hingaben. Der Hund stand auf und lief um den Tisch. Er war keiner unserer mageren Mischlinge, sondern ein munterer Spaniel mit großen Augen und der Traurigkeit getreuer Sklaven.

Später, nachdem sie Tee getrunken hatten und der Mann und seine Frau ins Haus gegangen waren, kam das Mädchen durch das Gartentor. Sie schob ein Fahrrad und blieb auf der Straße stehen; vielleicht wartete sie auf eine Freundin. Sie summte eine Melodie und spielte, wie es Kinder tun, mit ihren Fingern, beklopfte und streichelte ihren Fahrradsitz, hüpfte herum, zupfte an der Hecke. Plötzlich sah sie mich. Ich lächelte sie an. Sie war ein wenig erschrocken, dann neugierig.

»Guten Tag, Kleine«, begrüßte ich sie.

Sie wurde rot, murmelte etwas, drehte sich auf dem Absatz weg und wieder zu mir um.

»Wie heißt du?« fragte ich.

Sie sah durch ein Loch in der Hecke in den Garten, drehte sich etwas mutiger wieder zu mir um.

»Ich darf nicht mit Fremden reden«, sagte sie.

»Sehr gescheit«, sagte ich. »Man kann nie wissen. Ich darf auch nicht mit Fremden reden. Aber mit dir rede ich.«

Sie lächelte verlegen, schlug die Augen nieder. Sie mußte gerade gebadet haben: ihre Wimpern klebten noch zusammen.

»Kannst du Fahrrad fahren?« fragte ich.

»Ja.« Sofort wurde sie lebhafter.

»Das glaube ich nicht!«

Sie lachte, stieg auf und raste, während sie kundig und heftig in die Pedale trat, den Weg entlang, beschrieb eine plötzliche Kurve und kam triumphierend zurück.

»Sehr gut!« sagte ich. »Ausgezeichnet!«

Sie fuhr Kreise und hielt dann vor mir an. Sie hatte lange sonnengebräunte Beine und viele Sommersprossen im Gesicht. Eines Tages würde sie eine schöne Frau sein, dachte ich.

»Das hast du sehr schön gemacht. Das könnte ich nie!« sagte ich.

»Oh, das ist ganz leicht. Man muß nur ein bißchen üben.« Sie fuhr wieder los, flitzte über den Rasen, hielt wieder an. Sie trug ein hellblaues Kleid mit weißen Punkten.

»Ich wünschte, ich könnte so fahren wie du«, fuhr ich fort, ihr zu schmeicheln.

»Willst du's mal versuchen?« fragte sie ernsthaft. »Ich laß dich.«

Ich sah ihr in die Augen: sie waren groß und blau, umrahmt von dunklen Wimpern.

»Im Ernst?«

Schon bereute sie ihr Angebot. »Na ja«, sagte sie, wobei sie vom Pedal sprang und wieder hinauf. »Wahrscheinlich ist es zu klein für dich.«

»Viel zu klein«, stimmte ich zu. »Außerdem bin ich zu alt für diese Art von Sport.«

Sie zog die Schultern hoch, die Nase kraus, lachte. Zwischen ihren Schneidezähnen war eine niedliche kleine Lücke. »Das finde ich auch«, sagte sie. »Obwohl mein Daddy auch Fahrrad fahren kann.«

Plötzlich strauchelte sie, schwankte, verlor das Gleichgewicht und fiel mir direkt in die Arme. Die momentane Angst verschwand sofort aus ihren Augen, und um den Rest zu vertreiben, begann sie zu lachen. Da war sie in meinen Armen, ein sich windendes, warmes, weiches, kleines Wesen, das nach Sonne und klarem Wasser und Jugend roch. Sie kicherte übermütig und reckte ihren flaumigen, goldenen Hals, und für einen kurzen Moment waren wir die besten Freunde. Sie liebte mich, weil ich sie aufgefangen hatte; statt sich wehzutun, war sie in schützende Arme gefallen; ich liebte sie wegen ihres fremden Geruchs nach Jugend und Sonne, aber vor allem, weil sie mich auch liebte. Dann rief die Frau aus dem weißen Haus:

»Elisabeth! Elisabeth!«

Das Mädchen sprang auf und, immer noch vergnügt lachend, begann sie, ihr Fahrrad vor sich herzuschieben und mit sich selbst die wunderbaren Abenteuer des Lebens zu erörtern. Im Tor blieb sie stehen und winkte.

»Auf Wiedersehen!« rief ich.

»Auf Wiedersehen!« rief sie und verschwand.

Die Dämmerung war blaßblau, der Horizont blutunterlaufen; und mich überfiel ein Gefühl der Niederlage. Der Mann im grauen Filzhut war verschwunden. Ich nahm den Sieben-Uhr-Zug zurück in die Stadt, durch diese unsinnige Flucht gedemütigt. Aber was konnte ich tun? Ich saß am Fenster und sah die Blumen, Gärten, Villen vorbeiziehen und zurückbleiben. Die Sonne ging hinter einem zinnoberroten Vorhang unter, aber die Stadt war schon voller trüber Lampen, weißer Schatten, blinder Bettler. Was war mit Papagos? Wahrscheinlich hatte er angerufen und meine List entdeckt; vielleicht war er noch immer in der Pension, saß in der Halle, elegant im taubengrauen Anzug mit weißer Nelke, und wartete verärgert. Ich war todmüde; die unnatürliche Kleidung, das Schuhwerk ließen mich die kommende Hitze spüren: der Kragen, die Schuhe, der Hosenboden scheuerten. Ich sehnte mich nach einem Bad, einem ruhigen, kalten Abendimbiß, einem Glas Bier und Schlaf. Die Luft war etwas drückend und schwer – ich bekam Kopfschmerzen. Unentschlossen stand ich vor dem Bahnhof, überlegte, was ich tun sollte. Allmählich schwand das Licht. Ich trat in ein kleines Café mit gelben Gaslaternen, einem marmornen Tresen, drei oder vier Tischen, einem schielenden Araber. Zwei magere Katzen strichen herum und miauten vor sich hin; überall lagen Fliegenleichen. Ich trank einen Kaffee und versuchte, mit leerem Kopf einen klaren Plan zu fassen. Der Araber saß mit verschränkten Armen hinter seinem Tresen und starrte unbeteiligt in die Dämmerung. Schließlich ging ich zum Telefon und rief zu Hause an. Adela nahm ab.

»Guten Abend, mein Engel«, sagte ich. »Wie geht es dir?«

»Was ist los?« fragte sie scharf.

»Wieso, mein Engel?«

»Wo warst du den ganzen Tag?«

»Oh, ich war auf dieser Auktion«, log ich müde. »Du weißt doch, diese Auktion. Die reinste Zeitverschwendung.«

»Papagos war hier«, redete sie weiter. »Hast du das vergessen?«

»Ist er noch da?«

»Nein, natürlich nicht. Es war sehr ungehörig von dir, wegzugehen.«

»Ich hatte keine Ahnung, daß er kommen wollte, keine Ahnung.«

»Ach was, schon gut. Beeil dich, das Abendessen ist fertig.«

Papagos sei mit Blumen und Pralinen gekommen, erzählte Adela beim Abendessen. Er sei ganz reizend gewesen, hätte sich nach ihrem Befinden erkundigt, unbedingt die Pension besichtigen wollen und ihr Komplimente gemacht. »Ja, er war verärgert, dich nicht anzutreffen. Nein, nicht böse, nur enttäuscht. Netter Mann. Er hat gesagt: ›Tristan hat sich keinen Deut verändert, der alte Haudegen.‹ Er hat dir eine Nachricht hinterlassen.«

In hastigen, aber festen Buchstaben geschrieben, las sich die Nachricht so:

> *Ich sollte dir den Hals umdrehen, du Hund!*
> *Da mache ich den weiten Weg von Zypern, um dich zu sehen, und du gehst mir aus dem Weg. Was ist los mit dir, Sohnemann? Hast du Angst, deinen alten Freund wiederzusehen? Ich bleibe noch ein paar Tage. Ich habe viel zu erledigen, aber ich komme wieder! Und dann drückst du dich nicht!*
> *Dein alter A. P.*

Und ein Postskriptum:

> *Da ist so viel, das ich mit dir besprechen muß!*
> *Die guten alten Zeiten, Sohn eines Esels!*
> *Schon vergessen?*

Er hatte sich nicht verändert, hatte nichts vergessen. Das tut ein Papagos nie. Er erinnert sich an alles, was weh tut, an alles, was wichtig ist. Er ist der erste, der das erste graue Haar an deiner Schläfe, deinen morschen Zahn, deinen nikotingelben Finger, deine schäbige Krawatte bemerkt. Höflich ist er nie; er haßt Heuchelei. Er schert sich weder um »die Leute« noch um die lästigen Verwandten; er spricht seine (und deine) Gedanken laut aus. Na, Alterchen, versuchst wohl, ein Bäuerchen zu unterdrücken? Was, alter Freund und Kupferstecher, das Stück Kuchen hat zum Kotzen geschmeckt? Soso, mein Bester, du hast gerade auf den Allerwertesten von Wie-heißt-sie-noch-mal-gleich gestarrt! Na, Freundchen, warst du nicht mal Bettnässer? Aber klar warst du das! Ein Papagos ist rücksichts- und gnadenlos; seine Heiterkeit hat das Grinsen des Henkers.

Adela ging in die Küche, um dort Überwürfe für die Ledersessel zu besprechen. (Man wußte, der Winter war endgültig vorbei.) Ich ging in unser Schlafzimmer und hinüber zum Balkon. Überall standen die Fenster selbstsicher offen, denn der Frühling war gekommen. Der Armenier gegenüber machte Gymnastik, beugte etwas unsicher die Knie, die Hände in die Hüfte gestemmt, das Kinn hochgereckt. Ich sah die Straße hoch und runter und konnte nichts Verdächtiges bemerken. Also würde er wiederkommen.

An diesem Abend, als ich auf dem Balkon stand und ungewollt dem Quengeln des Ritchie-Kindes nebenan lauschte, versuchte ich, meine Angst vor Papagos zu ergründen. Jetzt, wo ich mit der Nüchternheit des freien Mannes zurückblicke, war das ein mutiges, aber hoffnungsloses Unterfangen. Eines Nachts war das Kind, das ich mal war, in seinem dunklen Zimmer erwacht, hörte das Quietschen der Matratze, ein rhythmisches, unterdrücktes Schnaufen, und es fragte sich, was das sei. Es stieg aus dem Bett und schlich zum Schlüsselloch. Schrecklich ist die Welt der Kinder: die Eltern sind wie riesige Monster. In dieser Nacht, bevor ich ins Bett zurückkriechen konnte, erwischte mich mein Vater. Diese fünf Schritte vom Schlüsselloch zum

Bett sind die lange Hals-über-Kopf-Flucht, die ich nie ganz beendet habe. Er schlug mich zweimal, nicht sehr stark, auf den Kopf, auf die Schädeldecke, wo es am meisten kränkt. In besinnungsloser Wut hatte er seine dicken schwarzen Käferbrauen hochgezogen und brüllte: »Raus! Raus mit dir!« (Jetzt weiß ich es wieder.) Neulich, als ich auf dem Balkon stand und sah, wie der Armenier schwankte und ausglitt und hörte, wie das Ritchie-Kind auf seinem Nachttopf stöhnte, wußte ich es noch nicht. Ich versuchte, Papagos zu entkommen, indem ich mich zwang, mich zu erinnern. Mit zusammengebissenen Zähnen zwang ich mich, das Wort auszusprechen.

Die Junggesellenparty.

Selbst jetzt, als freier Mann, läuft mir ein Schauer den Rücken hinunter. Dieses Wort war mein persönliches Tabuwort, eines der vielen, das entscheidende. Wir haben alle unsere persönlichen und geheimen Wörterbücher.

Die Junggesellenparty fand an einem heißen Juniabend im Jahre 192... statt. Ich war den ganzen Tag zu Hause geblieben und hatte mich um meinen Vater gekümmert, der seit einiger Zeit krank war. Er war ein nörgeliger Patient, unduldsam gegen Bett und Einsamkeit; er wollte schnell wieder gesund werden und in seinen Laden mit den Uhren zurückkehren, die, wie er fürchtete, möglicherweise ablaufen und für immer stehenbleiben könnten. Er lag im Bett, den Spitzbart zerzaust und ungetrimmt, das eine Auge, das normalerweise die

Lupe trug, blickte müde ins Leere. Ich holte ihm seinen Lunch, eine Zeitung und am Nachmittag Kaffee und süße Brötchen. Er war mürrisch und stumm. Um sechs oder kurz danach verlangte er nach seiner Taschenuhr, einer alten »Omega« aus Stahl, nach Taschenmesser und Lupe. Er setzte sich schwerfällig auf, knipste die Nachttischlampe an und begann liebevoll an der Uhr zu arbeiten. So erinnere ich mich am ehesten an ihn: halb im Bett sitzend, die Lupe vors Auge geklemmt, die blauadrigen Künstlerhände an der Uhr tüftelnd, mit der feinen Spitze des Messers eine Feder, einen Hebel berührend, Staub wegblasend, die Uhr näher und näher inspizierend. Er trank den Kaffee nicht. Etwa eine Stunde später rief er mich wieder. Er lag jetzt erschöpft auf dem Kissen, sein Gesicht war grau. In den Händen hielt er das Messer und die Uhr; die Lupe saß noch immer vor seinem Auge, aber nach Arbeit war ihm nicht. Wahrscheinlich wußte er, daß er bald sterben würde. Ich fragte ihn, was er wolle.

»Nichts«, antwortete er.

»Aber du hast mich gerufen.«

»Ja, ja«, seufzte er. »Mach das Licht aus.«

Das tat ich und setzte mich auf sein Bett. »Geht es dir schlecht? Soll ich den Arzt rufen?«

»Nein«, sagte er. »Wozu?«

»Möchtest du irgend etwas?«

Er sah mich lange an, und ich schämte mich. Durch die Lupe konnte ich sein Auge sehen, fern und sehr klar und sehr klein.

»Ich will in den Laden«, sagte er nach einer Pause.

Ich tätschelte seine Hand. »Bald.«

»Bald«, wiederholte er resigniert. »Bald?« Er überlegte. »Heute? Morgen?« Er schüttelte den Kopf.

»Bald bist du wieder auf dem Posten«, tröstete ich ihn. »Hast du Schmerzen?«

Da war wieder dieser lange, vorwurfsvolle Blick, der ausdrücken sollte: aber das weißt du doch alles!

»Ich will schlafen«, sagte er. »Was ist mit der Schweizer Uhr los?« fügte er plötzlich beunruhigt hinzu.

Die Schweizer Uhr stand in der Ecke, seit ich denken konnte.

»Nichts, warum?«

Er verzog besorgt das Gesicht.

»Nichts? Dummkopf! Hörst du es nicht?«

Ich lauschte: die Uhr tickte gleichmäßig.

»Ich höre nichts.«

Er preßte die Lippen zusammen, neben seiner Nase erschien eine verächtliche Falte. »Natürlich nicht«, sagte er. »Hör doch mal!« Er hob einen Finger.

Ich hörte nichts. Eins-zwei, eins-zwei, eins-zwei.

»Sie geht schneller, als sie sollte«, sagte er. Er lauschte wieder, schloß die Augen. »Etwas stimmt nicht.«

»Etwas stimmt nicht«, wiederholte er nach einer langen Pause. »Bring sie sofort her.«

»Jetzt hör mal, Vater«, sagte ich. »Du mußt dich ausruhen. Und außerdem ist es zu dunkel. Ich ...«

»Bring sie her«, brüllte er. »Sofort!«

»Na schön«, sagte ich. Er murmelte wütend vor sich hin. Es war eine schwere Uhr, fast zwei Meter hoch, mit einem Mahagonigehäuse. Es war gar nicht so leicht, sie aus der Ecke zum Bett zu bugsieren. Er gab Anweisungen. »Vorsicht! Jetzt! Umdrehen! Aufpassen! Nicht anstoßen!«

Ich schob und zog und stieß die riesige Standuhr, bis sie neben seinem Bett stand. Er inspizierte sie sorgfältig von allen Seiten und glitt mit dem Finger über das staubbedeckte Mahagoni. »Aha!« sagte er einmal, öffnete die Glastür und sah zu, wie das Pendel hin- und herschwang. Er lauschte argwöhnisch, nickte dann, schloß die Tür, legte sich wieder zurück.

»Du kannst sie wieder wegnehmen«, sagte er.

»Zu schnell«, fügte er hinzu und sank zurück auf sein Kissen.

»Ist das alles, lieber Vater?« fragte ich etwas später.

Er schloß die Augen.

»Ist das alles?« wiederholte ich.

Er antwortete nicht.

»Ist das alles?« Ich hob die Stimme.

Aber er schlief schon.

Ich ging in unser Wohnzimmer, wo meine Bücher auf dem Tisch lagen. Der Raum war in graublaues Licht getaucht, der Abend warm, und aufregende Gerüche strömten herein; der Horizont stand in Flammen. Nach Lernen oder Lesen war mir nicht. Ich wollte raus, so sehr ich auch fürchtete, ihn allein zu lassen und ihn später wach und böse vorzufinden oder tot.

Plötzlich erklang ein langer scharfer Pfiff und Papagos' dröhnende Stimme: »Tristan! Tristan!« Ich trat ans Fenster. Er stand in einem eleganten weißen Leinenanzug mit Panamahut, rotem Schlips, einem Stock, einer Nelke unten auf der Straße.

»Hallo, altes Haus!« brüllte er. »Komm, wir machen 'ne Sause!«

»Pssst!« warnte ich ihn. »Sei still. Ich kann nicht mitkommen.«

»Quatsch!« brüllte er weiter. »Die Nacht ist herrlich.«

In verschiedenen Fenstern hingen Nachbarn und lauschten.

»Komm rauf«, bat ich. »Und mach nicht so einen Höllenlärm!«

Er war angetrunken, stürmte schwerfällig ins Zimmer und stellte sich dicht vor mich.

»Tristan, du Dummkopf!« brüllte er, fing dann aber, als ich ihn warnte, zu flüstern an. »Dummkopf, die Nacht ist fantastisch, die Frauen sind köstlich, in den Straßen fließt der Wein!«

»Du bist betrunken, Papagos!«

»Natürlich bin ich betrunken!« Er zog die Hasenscharte hoch und entblößte die Zahnreihe. *»Et alors?* Das Leben ist ein Wunder an Sommer und Unzucht. Heil, Dionysos! Du hast doch keine Angst, dich zu amüsieren, oder? O doch, hast du!

Oder ist es das Geld, das dir Sorgen macht? Sieh her!« Er holte ein dickes Bündel Banknoten vor. »Ich bin reich, reich, reich! Ich habe Papas Silberbesteck versetzt! Na los, komm schon!« fügte er quengelnd hinzu und suchte meinen Kragen, meine Krawatte und mein Jackett zusammen.

»Ich kann nicht. Mein Vater ist sehr krank, ich …«

»Ach, zum Teufel!« brüllte er wieder. »Den kannst du doch sowieso nicht ausstehen. Komm schon, sei kein Idiot!« Er versuchte mit seinen kräftigen Fingern, mir den Kragen um den Hals zu legen. »Laß den alten Knaben doch mal für ein paar Stunden allein!«

»Das geht nicht, wirklich nicht, ich kann nicht.«

»Ich rede mit ihm, wollen doch mal sehen, ob er …«

»Nein, bitte nicht!«

Gegen Papagos kam man nicht an; er zwang mich in mein Jackett, sprühte mir Parfüm ins Gesicht: er war schrecklich und unwiderstehlich. »Hast du auch ein sauberes Hemd an? Gut! Komm! Die Zeit rast! Die Frauen warten!«

»Was für Frauen?« Ich blieb stehen.

Er zerrte mich zur Tür.

»Du wirst doch wohl keine Angst vor Frauen haben, was? Komm! Was ist?«

»Nichts, nur …«

»O beim Barte des Propheten! Du hast doch schon Frauen gehabt!«

»Laß mich zufrieden! Geh ohne mich!«

»Willst du damit sagen, daß du mich angelogen hast?« fragte er.

»Ja, ich habe dich angelogen; na und, laß mich zufrieden!«

Er bedachte das für einen Moment, aber dann trat das trunken Glasige und Nachdrückliche wieder in seine Augen. »Komm, die beißen dich nicht, eines Tages wirst du deine Adela heiraten; du brauchst Erfahrung, Himmeldonnerwetter...« Er zerrte und stieß mich zur Tür.

Schließlich ging ich mit ihm. Alle meine Proteste, das weiß ich jetzt, waren fadenscheinige Ausflüchte, leicht zu entkräftende Argumente. Ich wollte die ganze Zeit weg, weg aus dem grauen Zimmer, von den staubigen Büchern, dem geschwätzigen Kranken im Schlafzimmer.

Die Nacht war wirklich herrlich, wie dafür gemacht, sich zu betrinken. Alle Fenster standen offen; die Menschen saßen in Hemdsärmeln und sogen die süße Luft ein. Die Laternen waren freundlich und gelb. Nachdem wir unsere Straße hinter uns gelassen hatten, fühlte ich mich augenblicklich leichter; die großen Boulevards waren voller Menschen, und aus jeder Ecke erscholl Musik. Der Jasmin duftete süß.

»Ich gehe nicht zu solchen Frauen«, sagte ich zu Papagos.

Er legte mir den Arm um die Schultern. »Schon gut, mein Lämmchen, schon gut, ich will nicht schuld sein, daß du deine Unschuld verlierst. Aber sieh mal!« Er blieb stehen und zeigte mit dem

Stock auf eine Gruppe kichernder Verkäuferinnen. »Sieh mal! Der Rausch des Blutes! Hast du schon mal aus dem Nabel einer Frau Champagner getrunken?«

»Laß mich!«

Er zerrte mich in die erste Kneipe, klopfte mit dem Stock auf den Tresen, verlangte zwei doppelte Arraks, goß etwas Wasser in die Gläser und sah zu, wie der klare Drink milchig wurde.

»Kipp das runter!«

Es guckten so viele Leute herüber, daß ich ihn runterkippte. Er schob mir ein hartgekochtes Ei in den Mund, bestellte eine zweite Lage, beugte sich über den Tresen, nahm etwas Eis, zerdrückte es mit einer Flasche zu Kristallen, schüttete es in unsere Gläser.

»Wohin gehen wir?« fragte er, das Kinn vom Drink tropfend. »Ins Casino? Oder in aller Ruhe dinieren?«

Als ließe er mich das entscheiden! Wir stürzten los, mein Hirn umnebelt vom aromatischen, süßen, warmen Drink. Er winkte ein Gharry, nannte großspurig die Adresse eines griechischen Restaurants, schwatzte und rülpste. Der Mond war aufgegangen, fremd über den massiven Häusern. Als wir an einem Grüppchen Frauen vorbeifuhren, brüllte er ihnen Schmähungen und Aufforderungen zu; sie antworteten mit Schimpfen und Gelächter; er drehte sich um, beugte sich aus dem Wagen und rief, solange es ging, zu ihnen zurück. Er war herzlich zu mir, tätschelte mir das Knie, rückte meine

Krawatte zurecht, umfaßte meine Schultern; er lachte und jodelte, fummelte an den Knöpfen seines Hosenschlitzes, fächelte sich mit seinem Strohhut Luft zu. »Holla-hi-oo!« Er ließ den Fahrer anhalten, sprang vom Wagen, half mir mit komisch-gespielter Höflichkeit hinunter; Arm in Arm marschierte er mit mir ins Restaurant. Er kniff einer Kellnerin ins Kinn, küßte den Besitzer, raste wie ein wilder Stier in die Küche, kam mit einem Metalltablett voll rosa Kebab zurück, ließ mich ein paar auswählen, setzte sich dann an einen Tisch am offenen Fenster, starrte fremde Paare an und frotzelte mit ihnen. Als die Salate kamen, wurde er stiller, bestellte noch mehr Arrak und Wein und begann schnell und fröhlich zu schlingen, als müßte er noch einen Zug erreichen, als wollte er die Zeit totschlagen. Seine Finger waren feucht vom Essig; er steckte sich eine große Gurke in den Mund und zog daran wie an einer Zigarre. Dann kam der Braten, und bald glänzten seine Lippen von der Soße, er schwitzte stark, wischte sich mit großer Geste die Stirn, bohrte in der Nase, kippte ein Glas Rotwein um und riß mit einem Ruck die befleckte Tischdecke vom Tisch, ohne das Geschirr umzuschmeißen. Plötzlich wurde er ernst.

»Und wie geht es Adela?«

»Nicht allzugut«, antwortete ich und fürchtete die nächste Frage.

»Kein Wunder. Hast wohl immer noch nicht mit ihr geschlafen?«

»Papagos! Bitte!«

»Ah!« Er wedelte verächtlich mit der Hand. »Und warum nicht? Du bist ein Kindskopf. Sie will es, glaube mir.« Er beugte sich vertraulich näher. »Hast du an ihr rumgespielt? Du weißt, was ich meine! Nein? Ach, Tristan, was denkst du dir nur? So einen Hinterwäldler wie dich wird sie nie heiraten!«

»Laß doch. Sprechen wir von was anderem.«

»Du mußt spazierengehen mit ihr, in einer lauen Nacht.« Er senkte die Stimme. »Bei den Pyramiden, wo der Sand weich ist. Flüstere ihr von Liebe und dem Silbermond. Mach sie betrunken.« Er flüsterte: »Lege sie in den Sand. Rezitiere Gedichte. Öffne ihr die Bluse …«

»Halt den Mund!«

»Schon gut, schon gut. Dann rezitiere eben Gedichte.« Er schloß die Augen. *»J'implorai d'elle un rendez-vous… Le soir, sur une route obscure… Elle y vint! Folle créature!… Nous sommes tous plus ou moins fous!«* Er öffnete die Augen. »Schließlich bist du über zwanzig, oder?« Er rülpste, bestellte mehr Wein, schlürfte laut und stürzte dann den Wein mit einem langen, glücklichen Schluck hinunter. »Die Rechnung, die Rechnung, ihr Halsabschneider!« dröhnte er. »Wir müssen gehen, mein Freund und ich!« Zum Oberkellner gewandt, fügte er vertraulich hinzu: »Zur Prinzessin Fatimah, dem Wunder der Epoche mit vier Brüsten und zwei Mündern!« Er wieherte.

»Ich glaube, ich muß jetzt nach Hause«, versuchte ich es.

»Quatsch. Du willst nicht nach Hause, ich kenne dich.« Er verteilte Trinkgelder, biß in eine Zigarre, spuckte das Ende aus, zündete sie an, saugte gierig am feuchten Ende, wedelte mit dem Streichholz. »Wo wir gerade von deinem Vater sprechen ...«

»Er ist sehr krank.«

»Schon gut, schon gut; wir müssen alle mal sterben, das ist nur natürlich. Von deinem Vater zu sprechen erinnert mich an eine famose Geschichte, die ich gerade gehört habe.« Er blies mir Rauch ins Gesicht und wedelte ihn mit der Hand weg. »Sehr interessante Geschichte. Was man mit einem gewissen Asam Bey in Hadramaut angestellt hat, einem alten Mann mit Spitzbart wie dein alter Herr. Ein paar Banditen griffen ihn sich am Meer, plünderten ihn aus, zogen ihn aus, fesselten ihn ...« Er begann, schallend zu lachen, und verschluckte die Worte. »Schmierten ... ha-ha-ha ... schmierten Honig auf sein ... ha-ha-ha« – seine Worte gingen im Gelächter unter – »und ließen ihn stundenlang auf einem eigens ausgesuchten Stamm mit ... ha-ha-hi« – mit geschlossenen Augen hämmerte er auf den Tisch – »mit ... Käfern sitzen. *Käfern! Käfern!*« Er brüllte vor Lachen, kriegte Rauch in die Luftröhre und fing so laut zu husten an, daß sein Gesicht krebsrot wurde und sich das ganze Restaurant zu uns umdrehte, gaffte und grinste. Der Oberkellner sprang ihm zu Hilfe und klopfte ihm auf den Rücken; er protestierte, noch immer voller Fröhlichkeit, seine Augen schwammen in Tränen.

»Gehen wir! Gehen wir!« rief er, sobald er aufgehört hatte zu husten. »Die Nacht ist die Mutter aller Lüste, die Spenderin von weiblichem Sex! Komm!«

»Ich muß nach Hause«, sagte ich, noch immer zitternd, noch immer ganz elend von seiner Geschichte.

»Blödsinn!« Inzwischen war er sehr betrunken. Er packte meine Hand und wollte sie nicht loslassen, brüllte ein Gharry herbei, stieß mich hinein, flüsterte dem Fahrer eine Adresse zu. Er ließ sich auf den Sitz fallen und band seine Krawatte ab.

»Tristan, mein Busenfreund, ich liebe dich!« Er rülpste, rückte näher an mich heran und begann mir feucht zuzuflüstern: »Stell dich nicht so an. Du brauchst keine Angst zu haben. Deinem alten Herrn ist das schnurzegal. Wirklich. Hör zu.« Er sprach mit mir wie mit einer Frau, die man beschwatzen will. »Sei doch vernünftig. Es ist himmlisch. Wirklich. Du wirst dich verfluchen, daß du es nicht schon eher probiert hast. Ich kenne da einen kleinen Ort, psst!« unterbrach er mich, »pssst, *hör zu,* hör *mir* zu, dann kannst du selbst entscheiden. Ich bin doch dein bester Freund, oder? Ich will dir doch nichts Böses! Ich will dir helfen, nur helfen...«, – er sah zum Mond hinauf, seine Nasenflügel bebten, die Augäpfel schienen weiß im negroiden Gesicht – »... die Freuden des Paradieses zu erleben, den Gipfel der Mannesfreuden zu erklimmen! Psst, sag nichts. Ich kenne da einen kleinen Ort, einen wunderschönen Ort, abgelegen in einem

Park, mit Palmen und Zypressen, einem Brunnen und Marmorhallen und himmlisch ausgestatteten Zimmern. Still, laß mich ausreden! Zwölf- bis vierzehnjährige Mädchen gibt es da, Allah segne ihre knospenden Körper!« Er preßte sich, überall glühend, an mich; seine Stimme war heiser. »Also ...«

»Ich will da nicht hin, laß mich aussteigen.«

Sein Griff war stärker.

»Sei kein Dummkopf.« Seine Stimme war leise und rauh wie ein Ochsenfrosch. »Wenn ich es dir doch sage, du wirst deinen Spaß haben. Wovor hast du Angst?«

»Ich habe keine Angst, ich ...«

»Wovor hast du Angst?«

»Es ist schmutzig.«

Er kicherte.

»Du bist ein Esel. Es ist das herrlichste Plätzchen, das du dir denken kannst, Paschas und Diplomaten verkehren dort, es gibt fließend warmes Wasser, ein türkisches Bad, Duschen, ein Schwimmbassin, man kann sich sogar die Haare schneiden und sich pediküren lassen, man kann ...«

»Ich will nicht!«

»Du hast ja bloß Angst vor deinem alten Herrn!«

»Sei nicht blöd. Er ist krank. Außerdem ...«

»Nun hab doch keine Angst«, redete er ungeduldig weiter. »Komm mit und sieh selbst. Wenn es dir nicht gefällt, kannst du wieder gehen. Komm, und sieh dich um. Du brauchst ja nur zuzusehen, du brauchst nicht zu ...«

Er schüttelte mich an den Jackettaufschlägen.

»Es würde dir gefallen, ich weiß es«, flüsterte er. Jenseits des maurischen Gitterfensters mit seinen Blumen- und Schlangenornamenten und der heiligen Schrift war der Raum spiegelgetäfelt; die Kermanschah-Teppiche waren knöcheltief, ihr blauweißes Muster wie ein Berg aus puritanischem Schnee und Wind; über dem langen Diwan, auf dem Papagos sich mit einem nubischen Mädchen wälzte und sein Gesicht und seine Seufzer um Erlösung bettelten, hingen zwei Lampen aus rotem Glas.

An jenem Tag des Sandsturms, einen Tag nach seinem Besuch in der Pension, wartete ich auf Papagos. Jedesmal, wenn das Telefon oder die Türklingel schrillte, zog sich mein Magen zusammen. Ich wußte, der verfluchte Sandsturm würde vorübergehen, Adelas Schmerzenstage enden und Papagos verschwinden, aber der Gedanke daran tröstete mich nicht, denn in mir spürte ich den Drang nach Erleichterung, eine Spannung, die, wie ich fühlte, sich nur durch Vernichtung lösen würde. Das Fenster war mein getreuer Beobachtungsposten: da stand ich jeden freien Moment ohne Adela und hielt Ausschau nach Papagos. Es ist merkwürdig, wie viele Menschen, zufällige Passanten, fremde Fußgänger die Identität des Gefürchteten annehmen können. Die Stadt schien voller vierschrötiger, kugelköpfiger Männer mit selbstbewußtem, schwerfälligem Gang, elegantem Anzug und negroidem Gesicht. Dann sah ich ihn tatsächlich.

Es war der Tag, als Elena zu uns kam, der erste Tag des Chamsin. Wir gingen zum Eisessen ins Café, wanderten durch den trüben Sandvorhang. Während Elena schwatzte und Adela angewidert in die schmelzende Eismasse starrte, sah ich plötzlich den schrecklichen Gang, den Kugelkopf. Er ging am Café vorbei. Ich konnte ihn durch die großen Fensterscheiben sehen. Er ist älter geworden, dachte ich, ein neutraler Gedanke, der meine Angst beschwichtigen sollte. Er war vollständig kahl, sein krauses, sprödes Haar verschwunden; die Tränensäcke unter seinen Augen waren wie kleine Fettsäckchen, und er ging behäbig, als sei ihm sein Bauch zu schwer. Er fächelte sich mit einem Panamahut Luft zu, verlangsamte den Schritt und starrte ins Café. Er zögerte, stellte sich auf die Zehenspitzen, um besser sehen zu können. Ich beschattete mein Gesicht mit der Hand.

»Sag schon, Tristan, wie spät ist es?« fragte Elena ungeduldig.

»Wie bitte?«

»Um Himmels willen, Mann, muß man alles dreimal fragen? Was ist los mit dir?«

»Ja, was ist los mit dir?« echote Adela aggressiv.

»Nichts.«

»Warum hörst du nicht zu?«

»Tut mir leid. Es ist so laut hier drin.«

Ich wagte nicht, zum Eingang zu sehen. Ich wußte, daß wir in ein, zwei Augenblicken das vertraute Höhnen vernehmen würden: »Hallo, hallo, altes So-und-so, mach nicht so ein ängstliches Gesicht, ich beiße dich nicht...«

»Na gut«, redete Elena weiter. »Wann fängt es an?«

»Was, meine Liebe?«

Dreißig Schritte, nicht mehr, vom Fenster bis zur Tür; dreißig Schritte gleich sechzig Sekunden; dreißig oder auch mehr mußten schon verstrichen sein. In ein oder zwei Augenblicken: eine Hand auf meiner Schulter, die Hand des Gesetzes.

»Verdammt«, dröhnte Elena. »Das Kino!«

Vielleicht war er stehengeblieben und konnte sich nicht entscheiden. Vielleicht wartete er auch draußen und würde sich genau in dem Moment umdrehen, wenn wir aufbrachen, und mir Auge in Auge gegenüberstehen.

»Was für ein Kino?«

Adela sagte: »Das muß Gehirnerweichung sein, bestimmt, er ist...«

»Das *Paradiso*«, fuhr Elena dazwischen.

Vielleicht war er hereingekommen und, ohne uns zu bemerken, an uns vorbeigegangen. Aber nein: Elena hätte ihn gesehen, da kannte sie nichts. Vielleicht stand oder saß er in der Nähe und weidete sich an meiner Verlegenheit und wußte die ganze Zeit den Grund und lachte still in sich hinein.

»Ich weiß nicht.«

Stark schwitzend hielt ich es nicht länger aus; ich blickte auf und sah um mich, aber er war nirgends zu sehen.

Am zweiten Tag, als Adela beim Zahnarzt war, ging ich spazieren, denn in der dumpfen Hitze zu warten, bei jedem Türklingeln oder Telefonschrillen zusammenzuzucken, war schlimmer als meine lange Pilgerfahrt. Die Straßen waren glühend heiß; nur wir, die Menschen, konnten so verrückt sein, herumzulaufen, Büros und Restaurants aufzusuchen, zu leben. Das weise Vieh auf den Feldern suhlte sich in einem stehenden Kanal. Und doch ging ich stundenlang durch die Straßen. Ich sehnte mich nach einem Haarschnitt oder einem Eisshampoo, aber ich fürchtete mich vor Vamos' Salon: vielleicht würde Papagos dort erscheinen, um sich kämmen oder maniküren zu lassen. Die Sonne war mörderisch; der Gedanke ans Zimmer, an das Warten zu Hause, an die Falle kamen mir schlimmer vor. Ein- oder zweimal glaubte ich, ihn gesehen zu haben, und folgte einem fremden, vierschrötigen Mann über das zähe Asphaltmeer. Ich hatte mich natürlich geirrt. Erschöpft machte ich, mit schlaffen und schmerzenden Gliedern, kehrt und schleppte mich mit brennenden Augen, trockener Kehle, schweißnassem Hemd weiter. Den Rest des Tages verbrachte ich zu Hause mit Adelas Stimme, die von weither zu kommen schien. Hin und wieder ging ich ans Fenster und sah hinaus. Die Straße brannte in der bleiernen Sonne; von Papagos keine Spur.

»Hat Papagos nicht gesagt, wann er wiederkommen will?«

»Nein«, antwortete sie von ihrem Bett her. »Laß mich zufrieden.«

Es war der Morgen des dritten Tages, als ich den schlimmen Alptraum hatte:

Eine Krankenschwester stand am Ufer eines grünen Kanals, riß die Blütenblätter einer Blume ab und kaute einen Spargel. Schwester, rief ich aus dem Wasser, bitte, zieh dich aus! Sie setzte sich zu mir aufs Bett (irgendwie waren wir wieder zu Hause) und sagte, während sie mit ihrem Spargel wackelte: Wenn ich das tue, wird er sterben müssen. Ich drehte mich um, und der lange Geburtstagstisch stand voller Torten. Irgendwo unter dem Tisch war Papagos; wir kicherten in der Erwartung, daß er uns in die Beine kniffe. Ich dachte: Wenn ich die Krankenschwester nackt sehe, wird Vater sterben. Ich werde vieles tun müssen, um das zu verhindern. Das schreckliche war, daß jedermann meine Gedanken hören konnte; durch lange silberne Lupen starrten mich in der tiefen Stille alle an.

Als ich aus dem Traum erwachte, beobachtete ich Adela im Zimmer; es war der entsetzliche Tag: die Wand aus Sand kam immer näher. Meine Gedanken zerfielen in einzelne Worte, Sätze wurden nie beendet; das schlimmste war die aufdringliche Klingel vor dem Lunch.

Ich war in der Küche bei den dösenden Dienern und quälte Ahmed mit Fragen nach Zouba. Ich wollte mich gerade zu einer kühlen Dusche aufmachen, als das doppelte Klingeln durch das Haus gellte. Es gab keinen Zweifel an dem Befehlston. Ich rief schnell Ahmed:

»Ahmed!«

Er öffnete sein eines Haßauge. Ich ging zu ihm und packte ihn an den Schultern.

»Ahmed!« sagte ich. »Geh, mach die Tür auf.«

Er schloß sein Auge wieder in der Hoffnung, schlecht geträumt zu haben, wußte aber, daß ich nicht von ihm ablassen würde.

Es klingelte wieder in langen Stakkatotönen. Was, wenn Ritchie oder einer der anderen die Tür öffnete und dem Besucher sagte, daß ich zu Hause sei?

»Ahmed.« Ich zog ihn hoch und lehnte ihn gegen den Schrank, Schweiß rann mir über das Gesicht. »Geh, mach die Tür auf.«

»Ich, der Koch?« murmelte er. »Nix Tür. Ali aufmachen.« Er sank wieder zurück, wobei sich sein eines Auge öffnete und langsam wieder schloß.

Ich rannte zu Ali; er mußte das, was sich abspielte, entfernt mitbekommen haben und lag steif da, in seine Galabiya gehüllt. »Ali!« Ich schüttelte ihn. »Hundesohn, hoch mit dir, mach die Tür auf.« Ich zog ihm den Stoff weg, sah in sein starres Gesicht; er tat so, als schnarche er. »Ali! Ali!«

Wieder klingelte es; diesmal blieb der fette Finger auf dem Klingelknopf liegen und drückte ihn ohne Unterlaß; die ganze Welt muß ihn gehört haben.

Ich nahm einen Krug Wasser und goß ihn Ali übers Gesicht. Das Wasser lief sein Gesicht herunter, das bis auf eine zuckende Augenbraue reglos war. Ich schüttelte ihn wieder, verzweifelt jetzt, aber das Schrillen hörte auf. Jemand mußte die Tür geöffnet haben. Ich rannte zur Küchentür, lauschte und hörte aus der Halle Ritchies Stimme:

»Ich sehe nach, ob er zu Hause ist.«

»Danke«, antwortete der Besucher.

»Mr. Manasse! Mr. Manasse!« rief Ritchie. Er kam in den Speiseraum. Ich drehte mich nach den Dienern um. Ali fing wieder an zu schnarchen. Ahmed hatte sein Idiotenauge offen, glotzte mich blöde an.

»Ich, der Koch?« entschuldigte er sich. »Sehr heiß. Bitte, Herr.«

Ich hätte durch die Hintertür hinaus können, die Feuerleiter herunter, aber es war keine Zeit, Ahmed zu erklären, was er sagen sollte. So stand ich hinter der Tür und lauschte, ob der Besucher Ritchie folgen würde.

Ritchies Schritte klangen hohl; man konnte hören, wie seine Schenkel aneinanderrieben. Er kam zur Küche, schob schüchtern die Tür auf. »Mr. Manasse?« Er streckte den Kopf zur Tür herein und sah mich.

Ich lächelte ihn an, legte einen Finger an die Lippen und winkte ihm, einzutreten. Seine winzigen Augen weiteten sich; er wußte nicht, ob er zurücklächeln sollte oder besser nicht.

»Hören Sie«, flüsterte ich. »Ist es ein Mr. Papagos?« Er nickte. »Sagen Sie ihm, ich sei den Tag über unterwegs.«

Er machte ein verständnisloses, zauderndes Gesicht und zog stumm eine Grimasse. Ich packte seinen Arm, drückte ihn leicht, bedeutete ihm zu gehen, nickte ermutigend. Er ging auf Zehenspitzen hinaus. Ich ließ die Tür einen Spalt offen und konnte eine Ecke der Halle sehen. Bis auf die reibenden, raschelnden Schritte des großen Mannes war es still. Er ging hinaus in die Diele, und ich hörte ihn sagen:

»Es tut mir leid, aber Mr. Manasse scheint den Tag über unterwegs zu sein.«

Eine Pause, dann ein Murmeln, und eine Sekunde sah ich den Kugelkopf vorbeigehen, dann das Zuschlagen der Tür. Ritchies Kopf tauchte wieder auf: er nickte, die Luft war rein.

»Vielen Dank.« Ich kam aus der Küche. »Verzeihen Sie, daß ich Ihnen das zugemutet habe. Ein unangenehmer Bekannter. Sie wissen ja, wie das ist.«

»Äh, ja«, sagte er skeptisch. »Er hat gesagt, Freitag um elf käme er wieder.«

»Vielen Dank, Mr. Ritchie.«

Er ging, sorgsam die Füße setzend, wie auf Eiern. Ich eilte zum Fenster im Gang, aber der Wagen bog gerade um die Ecke, und Papagos' Hut war ein weißer Fleck in der Sonne.

»Kann ich das Licht ausmachen?«

»Ja«, sagte Adela.

Ich griff nach oben und drückte den Schalter.

»Also dann«, sagte ich, »du solltest jetzt schlafen. Vielleicht ist der Sturm morgen vorbei.«

Ich sah in der Dunkelheit unseres Zimmers zu ihr hinüber, und meine Hand griff an ihren Kopf;

ich streichelte ihr Haar und ihre Wangen; sie rührte sich nicht.

»Gute Nacht, mein Engel«, sagte ich.

Sie sagte nichts.

Es war Donnerstag nacht, die letzte Nacht des Sandsturms, die lange schlimme Nacht mit der wie Säulen stehenden Luft und dem endlosen Sand, der über den Boden wanderte. Eine Nacht ohne Schlaf, mit Hoffen und Bangen und Ränke-Schmieden.

Der Sturm, die Diener, Adelas irritierendes und hoffnungsloses Verlangen nach Zouba, die endlose Flucht vor Papagos in der sengenden Sonne hatten mich völlig erschöpft.

Ich lag auf meinem Bett und starrte die Straßenlaterne an.

Die Nacht war sehr still.

Nichts als ein leises Schnarchen, ein kleines Ächzen und die Füße der Käfer.

Ich zündete eine Zigarette an, vorsichtig, um Adela nicht zu wecken. Ich konnte ihren Atem nicht mehr hören und fragte mich, ob sie erstickt sei, das heißt, ich wünschte es mir.

Langsam verlor die Nacht ihre letzten Geräusche. Die Dunkelheit war wie eine starre Wand. Nur die Straßenlaterne und ich, wir zusammen und jeder allein, schienen wach zu sein.

Was, wenn sie erstickt wäre? Was, wenn ein Wunder geschehen und ich frei wäre? Welch glückseliger Gedanke!

Nichts blieb von der Vernunft des Tageslichts. Das Gefühl der Zigarette, der Rauch, der hinaus ins Laternenlicht waberte, die Berührung des Lakens waren keine Hilfe mehr.

Da war nichts weiter als der blinde Wunsch, sie zu vernichten; die lang unterdrückte und daher hundertfach gesteigerte Wut, daß dies immer nur ein Wunsch geblieben war.

Die Irritation, die juckenden Handflächen, den gereizten Magen jetzt noch einmal zu erleben, wäre unmöglich. Schließe die Augen, Tristan, versuche dich zu erinnern, versuche den Haß jener Nacht heute abend noch einmal zu empfinden! Es ist unmöglich, ihn wiederzuerleben! Nichts als undeutliche Gesichter, Fragmente einer Stimmung, ein oder zwei Worte, der Horror vor dem Besuch des kugelköpfigen Verfolgers am nächsten Tag, die Erinnerung an eine alte Stimme aus dem Grab; all dies kreiste um das starre Laternenlicht. Vielleicht hat es all das gegeben, ich kann es nicht sagen. Was ich jetzt weiß, wußte ich damals nicht; was ich jetzt nicht fühlen kann, konnte ich damals fühlen. Das Flüstern, der schwache Anstoß: *Geh, geh, geh!*

Stell dir eine Fliege vor, eingeschlossen in deiner Brust, wie ihre weichen Flügel mitten in deiner schwammigen Lunge sirren. Stell dir die Schlange vor, ihre schuppige Haut, die sich durch deine Organe windet, sich verhakt und wieder freischlängelt. Stell dir einen pochenden Finger in deinem Herzen vor, die Hand, die schlaff, aber bereit zum schnellen Zudrücken, über deine Luftröhre streicht. Stell dir das Tropfen der Hähne vor, die in deinem Hirn hämmern, *plop* und *plop* und *plop,* und nach der langen, vorsätzlichen, wahnsinnig machenden Pause wieder *plop.* Stell dir all dies vor, Tristan, und den Aufschrei in deiner Brust, den Wunsch, an Türen und Wände zu hämmern, den Spiegel in kleine Stücke zu zertrümmern, Stühle durch den Raum zu schleudern und das Holz in Abertausende von Splittern zerbersten zu hören.

Ich lag schlaflos im Bett, bis das erste Morgenrot ins Zimmer trat und Adela aufwachte. Ich sah, wie sie ins Bad ging, und wartete und lauschte. Nach einer Weile stand ich auf und schlüpfte hinaus in den Gang. Sie hatte die Badezimmertür offengelassen, die arme dumme Gans, sie hoffte, daß Zouba vorbeikäme, um einen Blick auf ihren runzligen Körper zu werfen. Ich blieb im Gang stehen. Die Pension war still, bis auf das leise Schnarchen Zoubas und einiger Mieter und die sanft plätschernden Geräusche ihres Bades. Sie summte vor sich hin. Ich ging auf Zehenspitzen zum Badezimmer, steckte plötzlich den Kopf zur Tür herein, und, leicht zusammenfahrend, sah sie auf. Ich legte den Finger an die Lippen und lächelte; sie runzelte die Stirn. Sie saß aufrecht in der Wanne und hantierte mit einem Schwamm und einem Stück Seife. Ich trat ein und schloß die Tür hinter mir.

»Was ist denn?« fragte sie gereizt.

»Psssst!« flüsterte ich. »Ich habe mir Sorgen gemacht, mein Engel.«

Sie ließ die Seife auf den Metalluntersatz gleiten. »Sorgen, Sorgen? Was für Sorgen?«

Ich trat näher.

»Deinetwegen, mein Liebes«, sagte ich. »Ich hatte einen so entsetzlichen Traum.«

»Unsinn«, sagte sie und gähnte. »Was starrst du mich so an?«

Es war wichtig, ihr zu schmeicheln, damit sie sich wohlfühlte und lächelte.

»Du weißt gar nicht, wie hübsch du bist«, sagte ich, »Mrs. Manasse.«

Sie errötete und drückte den Schwamm zusammen; Wasser spritzte auf ihre Schultern.

»Herrje«, sagte sie. »Bist du jetzt völlig übergeschnappt?« Einen Augenblick lang wurde sie mißtrauisch. »Du machst dich lustig über mich!«

Das Wasser machte *klack-klack,* als sie ihr Knie hin- und herbewegte. Ich setzte mich auf den Wannenrand.

»Ein schönes Weib bist du mir!« sagte ich mit sanfter Ironie. »Dein alter Ehemann spürt mal wieder das alte Feuer, und du bist mißtrauisch. Schäm dich!«

Sie lächelte.

»Sprich nur weiter!« Sie zog die Nase kraus. »Du willst doch nicht etwa um sechs Uhr morgens mit mir schlafen?«

Ich stand auf.

»Soll ich dir den Rücken einseifen, Liebes?«

»Na schön«, sagte sie und machte einen Buckel. »Paß auf, daß mir keine Seife in die Ohren kommt.« Sie reichte mir den Schwamm.

Sanft begann ich, ihren armen knochigen Rükken einzuseifen. Sie seufzte. Vielleicht war sie dankbar, vielleicht träumte sie von Zouba und wünschte ihn an meine Stelle.

»Entspann dich, mein Engel«, sagte ich. »Rutsch ein bißchen tiefer!«

Das tat sie; ich streichelte mit dem Schwamm ihre Schultern.

»Schön so? Na, siehst du. Vielleicht bin ich doch nicht so alt, wie ich bin.« Sie grunzte.

»Mach die Augen zu. So. Schön entspannen. Morgen schon kann der Sturm vorbei sein.«

Sie murmelte etwas. Im Spiegel konnte ich ihr Gesicht sehen.

»So. Braves Mädchen. Schön sauber und rosig.« Ihre Augen schlossen sich zögernd, ihre Kinnlade sackte herunter, mit einem kleinen Schnarcher schlief sie ein.

»Also dann«, sagte ich.

Es war so einfach. Das Lächeln hat ihr Gesicht nie verlassen. Die Blasen stiegen erst rasch, dann langsamer auf.

Die Toten zahlen für die Freuden der Lebenden, und eines Tages werden die Lebenden für den Frieden der Toten zahlen.

Arme Adela! Arme unwissende Mörderin!

Am Morgen nach ihrem Tod sah ich aus dem Fenster, die Versammlung hatte sich aufgelöst. Der Doktor untersuchte die Bläschen an seinen Händen, entschuldigte sich und glitt graziös davon. Am Himmel war ein strahlend blauer Streifen, die

Sonne wieder golden. Ich sah hinunter. Es gab keinen Zweifel: der Sturm war vorüber. Hafouli und sein Bruder palaverten aufgeregt, fuhren, mit den Milchkannen scheppernd, das Pferd antreibend, davon. Die Sanitäter hoben die Trage mit fröhlichem Schwung in den Wagen, schlossen die Türen, kletterten hinter das Lenkrad und fuhren in Richtung Fluß davon. Ich ging in den Gang, um im Hotel anzurufen.

Die Stimme des Mädchens klang metallisch.

»Mr. Papagos, bitte«, sagte ich.

»Einen Moment, bitte.«

Es summte in der Leitung.

»Sind Sie noch da?« fragte das Mädchen nach einer Weile.

»Ja?«

»Mr. Papagos, Mr. Achilles Papagos ist vor drei Tagen abgereist.«

Ich sagte: »Recht vielen Dank.«

Und fügte hastig hinzu:

»Sind Sie sicher?«

Sie war ganz sicher.

Ich legte den Hörer auf und stand im kühlen, dunklen Gang und lächelte, ich mit meiner größten Sünde, der Freiheit.

ENDE

Bemerkungen über George Taboris frühe Romane

»Original Sin«, wörtlich übersetzt eigentlich »Erbsünde«, erschien 1946 in London und kam ein Jahr später auch in den USA heraus, bei der Houghton Mifflin Company in Boston. Nur diese Ausgabe war greifbar und liegt deshalb der Übersetzung zugrunde. Zu diesem Zeitpunkt hatte George Tabori schon zwei weitere Romane publiziert, jeweils im Abstand von einem Jahr zunächst in London und anschließend in Boston: 1944 »Beneath the Stone« und 1945 »Companions of the Left Hand«.

Tabori lebte in diesen Jahren in London, wohin er bereits 1935 emigriert war, aus seinem Heimatland Ungarn, aus seinem Wohnort Berlin. »Als ich 1935 wegging, hatte man das Gefühl wie vor einem Gewitter«, sagte er später. Sein älterer Bruder Paul, Journalist und Schriftsteller, war bereits in London, er leitete dort im internationalen PEN-Club die Abteilung für Exilschriftsteller. George Tabori blieb bis zum Ausbruch des Krieges in London, arbeitete dann als Kriegskorrespondent zunächst in Ungarn, dann in Sofia und Istanbul. Er trat der englischen Armee bei und ging 1942 nach Jerusalem und ein Jahr später nach Kairo, wo er als Captain Turner geheimdienstlich in der ungarischen Abteilung der BBC arbeitete, beschäftigt mit Propaganda- und Abhörarbeit, wozu man antifaschistische und jüdische Intellektuelle aus ganz Europa zusammengezogen hatte. In Jerusalem entstanden seine ersten zwei Romane, der eine ist verschollen, der andere, angesiedelt in einer deutschen Station in Ägypten, war »Beneath the Stone« – die in den amerikanischen Kritiken später umstrittene Geschichte eines hohen deutschen Offiziers aus Hitlers Armee, der aus dem Korsett seiner Regeln ausbricht und damit aus dem Leben fällt.

Auf dem Sonnendeck des Konvoi-Schiffes, das Tabori nebst 5000 weiteren Passagieren im November 1943 nach London zurückbrachte, schrieb er, nach eigener Aussage, den Roman »Companions of the Left Hand« – den Roman eines Unbeteiligten, der am Ort seiner Kindheit in Italien weder den mörderischen Ereignissen zwischen Faschisten und Kommunisten entkommt noch sich selbst.

»Original Sin« entstand 1944 in London und verarbeitet Erfahrungen und Erlebnisse in Kairo. Dazu hat sich Tabori in einem Rundfunkgespräch geäußert:

... man hat uns nach Kairo übersiedelt – mein Chef war ein englischer Major, der uns nicht mochte, ein Arschloch –, da mußte ich eine Zeitlang als Funk-Monitor arbeiten. An ganz primitiven Empfängern sollten wir hören, was Tito und andere sagten. Ich habe die meisten Dinge erfinden müssen, denn man konnte kaum etwas verstehen. Aber ich habe ganz bewußt erfunden. Damals war die Frage, ob die Engländer den Tito, der Kommunist war, oder den Michailowitsch, der Faschist war, unterstützen sollten. Ich habe die Sachen pro Tito ausgewählt, und sie haben ihn dann auch unterstützt... Ich habe auch beim Kairo-Sender gearbeitet, ich war der Chef der italienischen Sektion. Ich konnte nicht Italienisch und der Italiener nicht Englisch, so ging es. Aber ich wollte immer reingeschmissen werden als Parachutist, um in Budapest den Krieg zu gewinnen.

Es war eine Zeit, Hanna (Hanna Freund aus Darmstadt, Taboris erste Frau. Er hatte sie in Jerusalem kennengelernt. Sie starb später an Krebs) *war noch in Jerusalem, in der Anfangszeit, da wohnte ich in einer Hush-Hush-Wohnung. Das war ein Armee-Slogan für eine geheime Wohnung in Kairo: zehn Schlafzimmer, wo die Leute, die man ausgebildet hatte, um sie dann nach Ost- oder Mitteleuropa reinzuwerfen, die letzte Nacht verbracht haben, bevor man sie losschickte. Und über uns war ein Puff, das haben die Engländer so eingerichtet. Wer wollte und keinen Schiß hatte, der konnte die letzte Nacht oben oder unten verbringen. Das ging zwei Monate. Es kamen Serben, Kroaten, Griechen und Deutsche.*

George Tabori begann seine Künstlerkarriere, die sich erst nach 1947 in ihren weiteren Dimensionen entfaltete, als Schriftsteller. Innerhalb kürzester Zeit hatte sich der damals gerade 30jährige einen beachtlichen Ruf erschrieben, seine Romane – bis heute schreibt der Ungar Tabori, der in Wien lebt, in englischer Sprache – erschienen in Auszügen auch im renommierten »Cosmopolitan« und machten amerikanische Literaturagenten auf ihn aufmerksam, die ihn als Drehbuchschreiber zu MGM nach Hollywood holten.

Schon vor Ende des Weltkrieges kamen amerikanische Kulturspione und Agenten nach London, um zu sehen, wen sie da verführen konnten. Sie kamen mit Füllfederhaltern und Nylonstrümpfen. Da war eine Agentin, Carol Brandt, bei MGM zuständig für Literatur. Ihr Mann war vielleicht der beste literarische Agent in New York, und die Carol war wie ein schöner Geier. Sie wohnte immer im Claridges. Nach meinen beiden Romanen kam sie an. Ja, was konnte MGM für mich tun in Amerika? Es ging Monate. Sie kam immer wieder. Und sie war besser informiert als FBI und CIA, ob über Koestler oder Evelyn Waugh, sie wußte, welche Schwierigkeiten die mit dem 5. Kapitel haben, man saß zu ihren Füßen im Claridges und hat das Dolce vita genossen. Dann hat sie mir eine Agentin beschafft, Kay Brown, die hat »Gone with the Wind« entdeckt. Die Idee war, daß englische Schriftsteller nach Hollywood gebracht werden sollten, und so geschah es auch. Ich wollte eigentlich nicht, vorübergehend vielleicht schon, aber damals waren wir alle noch sehr ernst und sehr links. Die Idee war also, für drei Monate hinzugehen. Man hat eine Kurzgeschichte von mir gekauft, »Non-Frat«, die in irgendeinem Magazin erschienen war. »Non-Frat« war der Armee-Ausdruck dafür, daß die Soldaten nicht fraternisieren durften mit Einheimischen, besonders nicht mit den Mädchen in Deutschland. Ich sollte also für drei Monate als Advisor rübergehen, ohne Gage, aber mit sehr viel Spesen, 500 Dollar in der Woche, was für mich damals soviel war wie heute 100 000 DM. Der andere war Evelyn Waugh, ein ungeheuer bösartiger, gramiger Engländer, der haßte alles, was mit Amerika zusammenhing. Aber er kam auch und hat dann in dieser Zeit sein wunderbares Buch »Tod in Hollywood« geschrieben, ein Meisterwerk, vielleicht das beste Buch über Hollywood. Ich sollte drei Monate bleiben und blieb dann zwanzig Jahre.

In Hollywood, wo Tabori bis 1950 blieb, anschließend zog er nach New York um, wurden die Weichen für seine künstlerische Zukunft neu gestellt. Hier, wo er neben William Faulkner saß und in einer Art Fließbandarbeit Drehbücher zu korrigieren und zu schreiben hatte, lernte er über Robert Losey Bert Brecht kennen, der ihn in die höheren Weihen des Theaters einführte. Hier kam er in Kontakt mit deutschen Emigrantenkreisen und traf, im Zusammenhang mit dem Versuch, den »Zauberberg« zum Drehbuch umzuarbeiten, Thomas Mann. Vorübergehend wohnte Tabori in der Filmmetropole, in Santa Monica, bei der Frau von Berthold Viertel, in deren Haus sich Arnold Schönberg, Bruno Frank, Lion Feuchtwanger, Heinrich Mann und Peter Lorre trafen – sie alle waren damals in Hollywood und versuchten, am Filmboom zu partizipieren und dadurch die von Deutschland abgeschnittene Existenz zu sichern.

Bevor Tabori sich verstärkt der Übersetzungsarbeit (Brecht!) und dem Theater zuwandte, schrieb er nur noch einen Roman, der 1951 bei der Appleton-Century-Crofts in New York erschien: »The Caravan Passes«. Auch dieses Buch spielt in Ägypten, das sich von der britischen Kolonialherrschaft befreit, auch hier geht es um den scheiternden Versuch eines Helden, sich aus der eigenen Vergangenheit, den bürgerkriegsähnlichen Zuständen und den Widersprüchen der Zeit herauszuhalten. Des Mordes verdächtigt, wird er Spielball der divergierenden Interessen und Machtkonstellationen.

Taboris Romane dokumentieren natürlich die Zeit, in der sie entstanden sind. Andererseits sind sie auch Dokumente eines produktiven, künstlerischen Denkens, das offenbar immer schon an Tabus rührte und den Verstrickungen des Menschen in einer Weise differenziert Ausdruck zu geben vermochte, die bis heute Gültigkeit beanspruchen darf. Wer die Theaterarbeit Taboris kennt, sieht darin die konkrete Umsetzung und Anwendung dieses Denkens. Auf durchaus unterhaltsame Weise führen uns diese Romane zu unserer eigenen Existenz zurück, das heißt, sie lassen uns nicht kalt, sie stellen Fragen, vor denen auch der Leser steht, und, das gibt Taboris Romanen Aktualität: sie erzählen von der Verlorenheit des Individuums, das sich frei glaubt, sich enthalten und entziehen zu können. Freiheit, so wird deutlich, ist immer Freiheit auf Kosten des anderen.

»Ich legte den Hörer auf und stand im kühlen, dunklen Gang und lächelte, ich mit meiner größten Sünde, der Freiheit« – so endet »Ein guter Mord«. Schon kurz vorher lasen wir: »Die Toten zahlen für die Freuden der Lebenden, und eines Tages werden die Lebenden für den Frieden der Toten zahlen.« Ein Kreislauf des Todes also. Bei Thomas Bernhard ist angesichts des Todes alles menschliche Streben lächerlich. Bei George Tabori ist angesichts des Todes nichts Menschliches verboten und schlechthin alles erwünscht, was dem einzelnen ein Bewußtsein von dieser befreienden und zerstörenden Kraft der Freiheit gibt. Nur mit diesem Bewußtsein ist der verantwortungsvolle Umgang mit ihr noch gewährleistet. Das andere, sehr viel direktere Wort dafür ist, und Tabori würde keine Sekunde zögern, es trotz aller Abnutzungserscheinungen zu verwenden: die Liebe. Angesichts des Todes, der, wie Tabori erfahren hat, ein Meister aus Deutschland ist, geht es um ihre Rettung. In diesem Zusammenhang steht »Ein guter Mord«.

Tabori stellt seinem Roman Verse aus Baudelaires »Fleurs du Mal« als Motto voran, aus jenem Kapitel, das »Spleen et idéal« betitelt ist. In Ableitung der ursprünglichen Bedeutung des Wortes ist »Spleen«, wie Friedhelm Kemp in den Anmerkungen zu seiner Übersetzung notiert, »die Sünde der Traurigkeit, der Baudelaire christlich-platonisch und christlich-romantisch die ›Sehnsucht‹ nach dem Ideal entgegenstellt«. In diesem Spannungsfeld, gleichsam zwischen Himmel und Hölle, und beiden gleichermaßen verfallen, kann der Mensch, so er den Konflikt überhaupt sieht und auszutragen bereit ist, nur ein »Héautontimorouménos« sein, einer, der sich selbst quält – so ist der Abschnitt überschrieben, aus dem Tabori sein Motto entnommen hat, das in Kemps Übersetzung lautet: »Ich will dich schlagen ohne Zorn und ohne Haß, wie ein Schlächter, wie Moses den Felsen schlug!«

Einerseits der Wunsch, emotionslos verletzen, »schlagen« zu können, andererseits die Erfahrung, daß der, der verletzt, auch sich selbst eine Wunde zufügt: »Ich bin der Vampir meines eigenen Herzens, – einer jener großen Verlassenen, die zu ewigem Lachen verdammt sind und die nicht mehr lächeln können!« heißt es am Ende des Abschnitts bei Baudelaire, Jahrzehnte später wird Tabori Hölderlin zitieren und seiner Erzählung »Mein Kampf« als Motto voranstellen: »Immer spielt ihr und scherzet? ihr müßt! o Freunde! mir geht dies / In die Seele, denn dies müssen Verzweifelte nur« – der Dualismus von Gut und Böse, von Haß und Liebe, von Opfer und Täter, der für Taboris gesamtes literarisches Werk eine entscheidende Rolle spielt, wird hier schon im Vorfeld des Romangeschehens angesprochen.

Von Baudelaire und bestimmten Aspekten des Symbolismus ist der Bogen zum Roman im Vorfeld des Existentialismus nicht weit, das Ich zwischen existentiellem Anspruch auf sinnvolles Handeln und dem Bewußtsein der eigenen Verlorenheit und des Todes, die bewußte Zeitbezogenheit der Romane, die Einbindung politischer, weltanschaulicher oder religiös-philosophischer Themen, all das lag für Tabori schon aus der Erfahrung von Krieg und Massenmord nahe, dem neben Verwandten auch der Vater zum Opfer gefallen war.

»Wir lasen die französischen Dichter«, sagt Tristan Manasse, der Held und Ich-Erzähler in »Ein guter Mord«. »La Condition humaine« von André Malraux gehörte sicher dazu, Tabori nennt als Vorbild diesen Roman, erwähnt auch die ersten Publikationen von Genet. Aber vor allem das Frühwerk von Camus und in zweiter Linie von Sartre, als das Verbindende zwischen den beiden noch stärker war als das Trennende, dürfte ihn beschäftigt haben – Sartres Roman »Der Ekel« und Camus' Erzählung »Der Fremde«. Stärker als alle anderen Romane Taboris steht »Ein guter Mord« in dieser Tradition. Camus' »Der Fremde« erschien erstmals 1942, formale und inhaltliche Parallelen in Taboris Roman sind unübersehbar, hier spiegelt sich die ungeheure Wirkung, die Camus' Buch in jener Zeit der Auflösung aller moralischen und ethischen Werte erzielte. Camus' Ich-Erzähler Meursault legt dem Leser sein alltägliches Leben dar, und es wird deutlich, daß er sich den gesellschaftlichen Spielen entzieht, ihre Konventionen ignoriert und über einen Zufall zum Mörder wird, aber nicht mal angesichts des drohenden Hinrichtungstodes seine Gleichgültigkeit verliert, in der sich die Gleichgültigkeit der Welt zeigt. Camus interpretierte sich selbst: »Man ginge nicht fehl, wenn man im ›Étranger‹ die Geschichte eines Mannes erblickte, der, ohne jede heroische Attitüde, bereit ist, für die Wahrheit zu sterben.« Die Wahrheit meint hier das Gegenteil von Flucht und Veränderung. Bei Tabori liegt der Mord am Beginn des Romans schon in der Vergangenheit. Auch hier ist der Mörder ein Gleichgültiger, aber er bleibt es nicht. Über das, was der Mörder schreibt, erfahren wir seine Geschichte und die Zusammenhänge, die zum Mord führten. Das wird bei Tabori in drei Kapiteln erst peu à peu entfaltet, gleichsam als ein Akt der Bewußtwerdung und der Beichte, ein Begriff, den im Roman ein »kahler Poet tiefer Traurigkeit« prägt, ein Grieche: »Man schreibt, um zu beichten, hat Konstantinopoulos neulich gemurmelt. Aber wie kann man etwas beichten, was man nicht weiß? Opfer sterben unwissend, besiegt von einem unsichtbaren Geschick. Aber was ist mit den Tätern? Wissen sie, welche Macht sie dazu treibt, blind die Kluft zwischen Angst und Tat zu überspringen? Sie sollten es wissen, denn Wissen bringt

Absolution« – Tristan Manasse schreibt weiter. Was als Selbstrechtfertigungsbericht beginnt, wird dem Helden unter der Hand immer mehr zum Rechenschaftsbericht, der Haß und Liebe neu evoziert und die Ignoranz überwindet. Aus dem Gleichgültigen wird einer, der sich selbst quält, dem das »Ich will dich schlagen ohne Zorn und ohne Haß, wie ein Schlächter... « nicht länger gelingt. Im Bemühen um Absolution rückt er im Schreibprozeß der Wahrheit näher und bringt dabei eine Krankengeschichte zu Papier, wie wir sie auch aus Freuds Neurose-Untersuchungen kennen. Auf der Flucht vor der Wahrheit und sich selbst war Tristan Manasse vor langer Zeit in des Wortes doppelter Bedeutung »in Pension gegangen«. In diese wohleingerichtete Pensions-Welt bricht das verletzende, das störende Fremde und hilft dem Helden auf die Sprünge, »jemand namens Papagos«, alter ego, Gewissen, das wahre Gesicht, ganz konkret: ein Jugendfreund, der an Verdrängtem rührt, weil er das Spiegelbild, das Manasse in 20 Jahren Ehe- und Pensionsleben in Kairo in den Spiegel gezeichnet hat, nicht zur Kenntnis nimmt. »Die Leute, die in Gesellschaft leben, haben gelernt, sich so in den Spiegeln zu sehen, wie sie ihren Freunden erscheinen«, heißt es in Sartres »Ekel«. Das Motiv des Spiegels, wer sich und was man in ihm sieht, zieht sich wie ein roter Faden durch Taboris Roman. Er hält auch uns, den Lesern, den Spiegel vor. Wir sehen uns darin – zur Kenntlichkeit verzerrt. Über unsere Freiheit neu nachdenkend.

Wend Kässens